金维一 著

阳光穿越地中海

生活·讀書·新知 三联书店

Copyright © 2022 by SDX Joint Publishing Company.
All Rights Reserved.

本作品版权由生活·读书·新知三联书店所有。
未经许可，不得翻印。

图书在版编目（CIP）数据

阳光穿越地中海／金维一著．—北京：生活·读书·新知三联书店，2022.1
ISBN 978－7－108－07189－7

Ⅰ.①阳⋯　Ⅱ.①金⋯　Ⅲ.①游记－作品集－中国－当代
Ⅳ.① I267.4

中国版本图书馆 CIP 数据核字（2021）第 129389 号

责任编辑	黄新萍	
封面设计	鹰视工作室	
版式设计	蔡立国	
责任印制	徐　方	
出版发行	生活·讀書·新知 三联书店	
	（北京市东城区美术馆东街 22 号 100010）	
网　　址	www.sdxjpc.com	
经　　销	新华书店	
制　　作	北京金舵手世纪图文设计有限公司	
印　　刷	天津图文方嘉印刷有限公司	
版　　次	2022 年 1 月北京第 1 版	
	2022 年 1 月北京第 1 次印刷	
开　　本	880 毫米 × 1230 毫米　1/32　印张 13.5	
字　　数	280 千字　图 278 幅	
印　　数	0,001－6,000 册	
定　　价	78.00 元	

（印装查询：01064002715；邮购查询：01084010542）

目录

序 她的蓝，像眼睛………7

第一章 尼罗河畔有奇峰 埃及………1
巍巍金字塔………2
生死阴阳隔·河东………16
生死阴阳隔·河西………30
阿布辛贝的误差………40
不灭的灯塔………54

第二章 文明摇篮曲 希腊………71
迷宫没有墙………72
黄金面具下的爱与痛………82
世界之脐有神谕………96
光荣属于雅典娜………106
与苏格拉底喝酒………121
地中海的联合国………138

第三章　一定是罗马　意大利和梵蒂冈………151
罗马，当然是罗马………152
国小乾坤大………166

第四章　苦涩的奶和蜜　以色列和巴勒斯坦………181
西墙不哭………182
沉重的十字架………200
先知的足印………223
隔离墙外有花香………237

第五章　穿过沙漠奔海洋　约旦………255
雄关漫道西克谷………256
罗马之外的罗马………267

第六章　北非露出尖尖角　突尼斯………279
　　罗马的死敌在对岸………281
　　七分之一的麦加………293

第七章　日落地中海　土耳其………309
　以弗所的美好生活………310
　山中日月长………320
　拜占庭的夕阳………332
　奥斯曼的曙光………345
　欧洲向左，亚洲向右………356

第八章　海角风劲好扬帆　西班牙………373
　　摩尔人的黄金时代………374
　　阿尔罕布拉的回响………387

序

她的蓝，像眼睛

假如给你十天假期，你最愿意去哪里？

我愿意自驾一艘快艇，畅游在蔚蓝的地中海。

第一天我从巴塞罗那出发，先去看看造型清奇、恍如童话梦境的高迪建筑：造了百年还没完工的圣家族大教堂、长着怪异烟囱的米拉之家，再去看一场令人感伤的弗拉明戈舞，然后到白帆林立的港口，吃一份铺满大虾和青口贝的海鲜饭，再扬帆出发。

第二天我沿着法国南部平整的蓝色海岸前行，在戛纳和尼斯停驻，那一片长长的金色海滩一望无际，小狗们在水边嬉戏欢腾，比基尼美女分外养眼。在海边坐坐，尝尝油封鸭腿和鹅肝，配一杯普罗旺斯的红酒。也可再往前航行一段，到富裕的弹丸小国摩洛哥，就算不赌一把，在山坡上眺望豪宅密布的港湾也是快事一桩。

第三天应该过利古里亚海域到了那不勒斯，港口和街头人头攒动，仿佛全城的人都走出了家门。不要见怪，不闹哄哄就不是意大利。高耸的维苏威火山就在眼前，两座壮观的中世纪城堡俯视港口。即便没时间去看看庞贝古城，独一无二的那不勒斯比萨总要吃上一口。

绕着意大利那只美丽的足靴,第四天从第勒尼安海转进亚得里亚海。伟大的威尼斯到了,坐上贡多拉,在蜿蜒狭窄的水道中穿行,两边尽是高敞、典雅的中世纪和文艺复兴时期的建筑。那些几乎被海水湮没了地坪的老旧府邸里,没准哪幅壁画就出自提香或者丁托莱托之手。宽阔的圣马可广场有乐队演奏,惊起一群鸽子,也撩动游人的心弦。

第五天沿着亚得里亚海南下到杜布罗夫尼克。这座克罗地亚海滨城市从来不是历史热点,但唯其如此才保存好,中世纪建造的水道、喷泉和修道院都别具一格,但最好的观感是俯瞰整座城市,一大片区域全是橙色的屋顶,别致、统一而壮观。晚饭可以试试炸鱿鱼和烤牛肉,还有散发香草气味的杜布罗夫尼克烈酒。

第六天绕过爱奥尼亚海域,繁忙的比雷埃夫斯港就不要停留了,驱车直奔雅典,上卫城山瞻仰西方文明的重要殿堂帕特农神庙。雅典娜的家园虽饱经风霜,却依然屹立不倒。沿着城堡山下来,还有大片古希腊、罗马遗迹,不妨在那里兜兜转转,寻找苏格拉底和柏拉图的踪迹。

希腊最美的岛屿很多都分布在基克拉泽斯群岛,第七天我们穿越群岛,钻出狭窄的达达尼尔海峡,抵达伟大的伊斯坦布尔。历史上它曾是拜占庭和奥斯曼土耳其两大帝国的首都,现在还是横跨欧亚的大都市。比照一下圣索菲亚大教堂和蓝色清真寺,会感叹两座不同宗教的建筑居然如此相似。相隔不远就是奥斯曼帝国的王宫托普卡帕宫,去那里了解一下苏丹们的宫闱秘史。伊斯坦布尔的夜生活丰富多彩,可以去吃土耳其烤肉,去洗个土耳其浴,或者

卢克索的儿童

去寻找一个迷人的肚皮舞娘。

第八天我们要离开地中海北岸,往东岸和南岸进发。先去亚洲,犹豫驻足在贝鲁特还是特拉维夫。小小的贝鲁特既有古罗马的城墙庙宇,也有奥斯曼时代的清真寺,还有从地下挖出的古腓尼基人的遗迹。新兴的特拉维夫则是犹太人聪明才智的体现,宽阔的海滨步廊和迷人的沙滩绵延到古城海法。向内地驱车一个多小时,就能抵达三大教派的精神中心、不断引发归属争议的圣城耶路撒冷。

第九天我们往西,经苏伊士运河,可以看见塞得港清真寺那两座宣礼塔高耸入云。到达亚历山大城。这个托勒密王朝的首都曾拥有世界七大奇迹之一的巨型海港灯塔,以及当时全世界规模最大的图书馆,如今都已无迹可寻。现在,这里是嘈杂拥挤的阿拉伯人聚居区,有轨电车开过

湛蓝的海水，斑驳的历史

克里特岛

狭窄的老城街道，惊得道路两边小贩笼子里的鸡鸭扑腾乱跳。若嫌吵闹，可以去抽一袋水烟，啜一杯土耳其咖啡，看人在浪涛拍岸的海边镇定地垂钓。

第十天我们离开南岸，去往地中海中央的岛屿。马耳他因其独一无二的地理位置，被称为"地中海的心脏"。首府瓦莱塔被蜂蜜色的险峻城墙围绕，城内满街都是保存完好的文艺复兴时期和巴洛克风格的建筑，间以优雅的露天广场。历史上这座小岛一直在抵御外侮，却又不可避免地受到法、意、葡、西、英等欧洲国家的影响，具备了统一而多样的欧洲风格。

第十一天再驶向南岸……怎么冒出来个第十一天？十天怎么都不够，无论如何也要多出一天把行程走完。我们要去非洲大陆最北端的突尼斯城，那里曾经是强大的迦太基文明的所在地，他们与同样强大的罗马人缠斗了整整一个世纪，最终落败被屠城，人类历史的笔触从此开始书写、称颂伟大的罗马。除了古老的文化遗存，这里还有上好的羊肉、极其正宗的羊角面包。北非的情调在于宽容和散漫的穆斯林风格，夹杂着挥之不去的法国情结。

  这是航行地中海的十一天，我们的快艇必须开得和飞机一样快。我们还遗漏了什么吗？当然！我们遗漏了通往大西洋、开启大航海时代的里斯本和波尔图，遗漏了西班牙热情奔放的马略卡岛和马拉加，以及记录着伊斯兰荣耀的科尔多瓦和格拉纳达；我们遗漏了拿破仑留下足迹的撒丁岛和科西嘉岛，遗漏了到处都有动人音乐和浪漫故事的西西里岛，遗漏了曾经与威尼斯同样强大的热那亚，我们甚至还没有进入与海岸线有一点点距离的伟大的罗马城；我们遗漏了与雅典斗得死去活来的伯罗奔尼撒半岛，遗漏了爱琴海上似珠串一般美丽的圣托里尼岛、米克诺斯岛、罗得岛，还有为埃及和希腊文明传播起到桥梁作用的克里特岛，甚至遗漏了作为一个独立国家的塞浦路斯岛；我们遗漏了亚历山大大帝的家乡塞萨洛尼基，更没有沿着博斯普鲁斯海峡进入黑海水域；我们没有靠近多灾多难的叙利亚沿岸，没有去大马士革和阿勒颇这些阿拉伯帝国的重镇，也没有去加沙地带这个被以色列人封锁的世界最大的监狱；我们到了亚历山大港但还没有深入到尼罗河流域，那里有吉萨金字塔和卢克索，那是人类文明最早的发祥地；我们遗漏了利比亚漫长空旷的地中海海岸线、它临海的首都的黎波里和苏尔特湾；我们遗漏了欧洲与北非亲密接吻的直布罗陀海峡，那里有英伦风范的直布罗陀、西班牙风

摩纳哥蒙特卡洛

情的休达港，还有因一曲浪漫恋歌而风靡全球的卡萨布兰卡……

　　这个星球上没有其他任何地方像地中海那样，在同一片区域呈现如此的丰富性。北岸是低矮的丘陵、遍地的橄榄树林和葡萄园，圣像庄严的教堂内钟声敲响，而南岸人类无法征服的广袤沙漠却要拉开帷幕，清真寺宣礼塔上悠扬的诵经声在炙热的空气中回荡；西边孤帆远影，大西洋茫茫无际，东边黄土漫漫，希腊人、阿拉伯人、犹太人、波斯人、蒙古人、突厥人为了一小块并不富饶的土地你争我抢，厮杀千年。但是，又有两样东西，无论东西南北，完全相同，亘古不变。一是海水，地中海的水蔚蓝、湛蓝、蓝得与天一色，蓝到某位大作家痛感词不达意，只能归纳说蓝得像他最爱的女人的眼睛；二是阳光，地中海的阳光澄澈、热烈，让这片土地上的每一片树叶都亮眼夺目，每一朵鲜花都娇艳欲滴，每一个瓜果都芬芳香甜，每一个人都展现最好的容颜、拥有最满足的心境。

　　正是这慷慨的阳光和海水，一视同仁，普惠众生，造就了地中海人感性、乐观、闲适而慵懒的性格。南欧人普遍擅长烹饪，地中海的餐饮远胜英国、德国、北欧各国等高纬度国家，他们有充足的时间、新鲜的食材，最重要的是有强烈的研究吃的愿望。西班牙人爱睡午觉，打盹时分有事不办、有钱不挣，完全与快节奏的现代社会脱节。意大利人永远像长不大的孩子，老大不小了还爱在妈妈家里蹭饭，举止夸张，说话叽喳，就爱搞个艺术踢个足球。希腊人就更不用说了，成天懒懒散散，年纪轻轻就在海边钓鱼，被人问你为什么不趁着年轻努力去挣点钱，他问挣钱

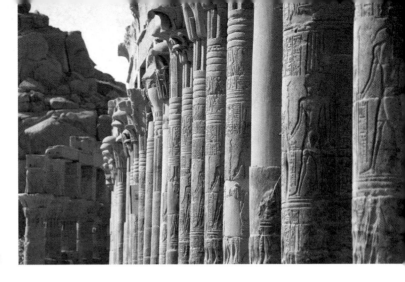

辉煌的古埃及文明

干什么，人说你挣够了钱老了就可以悠闲地钓鱼，他说我现在就做到了，还费那劲干吗。南岸的阿拉伯人祖先来自贫瘠的沙漠地带，千辛万苦到了这里也受感染，埃及人你从来不用指望他约会准时，他们的一天大概有28个小时。突尼斯人信仰和享受两不误，不少人一走出清真寺就去喝杯小酒，他们的领袖还为自己的国民开脱说突尼斯人并不是纯粹的穆斯林。

　　明媚的阳光、温暖的海水，令地中海人无法不热爱生活。热爱生活最重要的标志，就是活得不要太功利。天天忙于生计，为稻粱谋，就无暇陶冶情操、投身艺术、思考哲理。希腊的物产算不上丰富，但阳光培育果蔬，大海提供鱼鲜，满足口腹之欲足矣，古希腊人就将他们杰出而纯真的才华投注到神话、艺术和哲学中去。罗马人对希腊人的精神财富无比敬佩，努力光大传承，然后又教化和影响了取而代之的北方蛮族，渐渐让整个欧洲大陆摆脱了野蛮和愚昧。作为西方文明的摇篮，希腊和罗马的辉煌成就引领了人类社会的千年进步，至今仍是全人类科学、文化和艺术宝库的基石。在那样的遥远年代，希腊人和罗马人能

耶路撒冷：清真寺与教堂的交叠

思索和践行民主制度，修订并完善法律，建立共和模式，甚至反思奴隶存在的合理性和合法性，这无疑是人类最初的一缕人道主义曙光。回看当今社会，依然有那么多专制和独裁，依然有那么多恃强凌弱，就不禁感叹人类的进步未必与年轮成正比，善良与纯真、不为一己的非功利心，才是始自人类童年的可贵财富。

地中海是地球最古老的海洋，也是人类文明最显赫的家园和战场。有学者曾归结出地中海孕育、诞生过23种不同的文明。毫无疑问，有史可考的人类文明最早的高峰在尼罗河畔的埃及，尼罗河浩荡北去汇入地中海，多神教信仰也影响到了一海之隔的希腊。希腊人天性浪漫，将宇宙各种可解不可解的现象分门别类地归于天界诸神，大陆海洋、人间冥界，各有分管。罗马人承其衣钵，提倡信仰自由，谁爱抱哪个佛脚谁就去抱，直到与东方的犹太民族发生信仰抵牾。犹太人坚信耶和华是世间唯一真神，脱胎于犹太教的基督教更是坚称耶稣为耶和华之子，在罗马人看来这就是异端邪说，不可接受。谁曾想白云苍狗，沧海桑田，被打压的基督教摇身一变，成为罗马帝国国教，并传播到整个欧洲大陆，反过来压制其他的信仰，而其真正的对手变成了同根同源的伊斯兰教。此后千余年，基督教社会与伊斯兰社会的争斗成为人类文明冲突的主旋律，一直延续至今，小小的耶路撒冷因不同的信仰撕裂，成为这个旋律中的最强音。

事实上，文明的冲突很早就开始了。4000年前克里特岛上的米诺斯王国，其都城毫不设防，连城墙都没有。这属于人类天真的童年时代，已一去不返。大规模的冲突先有雅典和斯巴达联合抗击东方波斯,再有罗马人战胜了北非劲敌腓尼基人。地中海世界从斗争到融合,你方唱罢我登场,分分合合数千年。但即便信仰不同,纷争不断,背后还是有些人类共同的价值观,让不同种族、不同信仰的人们合力传承,将文明推至现在的高度。阿拉伯人在其鼎盛时期,大量收藏和整理散佚的希腊文卷,与中世纪欧洲对希腊文化的破坏形成鲜明对比。正是阿拉伯人的付出,为后来的文艺复兴运动保存了最珍贵的一支烛火。同样,奥斯曼帝国在征服了拜占庭之后,将大教堂改为清真寺,却只覆盖而不是毁坏殿堂内的圣像壁画,才让今天的我们有缘得见。也许,即便在战胜异教徒的那一刻,胜利者的心中也存有一念:天下是一家,世人皆兄弟。

  丰富而广袤的地中海,不要说十天,就是一百天、一千天、一万天,都无法穷尽其奥妙。那就让我们先定一个小目标,以诞生世界上最早文明、最强盛帝国、最重要宗教流派的东地中海为中心,从吉萨高地的金字塔和卢克索的雄伟神庙开始,追溯古老的埃及文明,再沿着尼罗河进入地中海,以克里特岛为跳板,进入南欧,在希腊寻找雅典城邦和罗马帝国的踪影,见识史上最有趣的哲人和艺术家。我们会遥望一眼伟大的罗马城,并在小亚细亚半岛和西亚寻访辽阔帝国的痕迹。我们要去新月沃土地区,了解犹太教和基督教的诞生,以及它们与罗马帝国的冲突和悲情历史。我们将再次返回北非,在迦太基的废墟上见证伊斯兰世界的兴起、其与基督教世界的激烈碰撞。这碰撞的高潮一幕又在小亚细亚半岛上演,伊斯坦布尔曾见证了拜占庭帝国的覆灭、中世纪的终结。最后,我们要远赴西班牙和葡萄牙,在地中海的最西端结束旅程。两大宗教的对立在那偏远一隅尚有余波,但更重要的是,人们的眼光已经从局促的地中海跳脱出来,面向浩瀚的大西洋,扬帆启航,去寻找东方,发现世界,拥抱未来。

让我们出发吧!阳光照耀地中海,这是神的眷爱。这里有陡峭悬崖,有洁白沙滩;有成荫绿树,有柑橘飘香;有香甜果蔬,有肥美海鲜;有醇厚美酒,有美丽姑娘;有令人惊叹和唏嘘的恢宏建筑,有精细入微的金银珍藏;有宣礼塔的诵经声,有唱诗班的吟唱;有天才的绘画、不可思议的雕塑、难以忘怀的乐章;有好看的皮囊,更有有趣的灵魂和深邃的思想。

如此地中海,怎能不爱!

第一章

尼罗河畔有奇峰　埃及

巍巍金字塔

出发去埃及之前，参考了好几家旅行社埃及团的行程。无一例外都把金字塔放在最后一天，就好像一场文艺演出，总得把最大腕的明星放在最后一个压轴。同行的伙伴们听说之后都反对，说万一最后时刻剧场断电了怎么办。看不到金字塔，这埃及也就白来了。于是不但把看金字塔的行程提前，而且前一夜的酒店就订在吉萨高地（the Giza Plateau）金字塔的边上。

当夜入住很晚，黑咕隆咚啥也看不见。次日清晨起个大早，顾不得吃早饭就跑到酒店的平台上去，还大呼小叫地冲边上的伙伴嚷嚷"看见了看见了"，仿佛金字塔是自己发现的一样。清晨的开罗西郊雾霭重重，路上已经有了飞扬起尘土的汽车和为生计奔波的行人，穿梭在低矮的建筑间和昏暗的路灯下。而这熙攘市井的背景，就是那个我们在图书、杂志和电视里无数次看到过的简洁造型。金字塔，像山一样默默矗立。它矗立得太久，站得又太高，脚下的一切繁华似乎都成了蝼蚁，成了尘埃。

天亮之后，埃及导游驱车送我们到吉萨高地的一处高点。那里朔风阵阵，吹得人眼神迷离。眼前一大片黄土地，如绒毯般平整地铺展开去，一望无际。远处，三座金字塔错落排开，居中是尖顶挺拔、造型最完美的哈夫拉金字塔（Pyramid of Khafre），它左侧身后是最著名最高大的胡夫金字塔（Great Pyramid of Khufu），顶角有些破损，因透视关系显得略小。最小的孟卡乌拉金字塔（Pyramid of Menkaure）玲珑精美，坐落在最右侧。天阴阴的，却突然

哈夫拉、胡夫、孟卡乌拉金字塔

有阳光穿透云雾,在三座金字塔上洒下金黄的光,将细密的石块纹理照得分外清晰。我们刚想欢呼,金光又倏然退去,留下三个巨大的剪影和渺小而沉默的我们。又是一阵风,卷起沙砾,呼啸而过。

面对金字塔,我们又能联想到些什么呢?我们可以说说皇家园林圆明园,其建造与焚毁离我们有200多年;可以说说红墙金瓦的紫禁城,明永乐年间建成,至今有600多年;可以说说中国最辉煌的盛唐,那个我们梦寐以求苦苦追忆的伟大时代,离我们有1300多年;可以说说被史书描绘得极尽富丽堂皇的阿房宫,那座秦朝的建筑如果真的曾经存在的话,离我们有2200多年。金字塔建造于公元前2500多年,距今有4500多年历史。中国人提到三皇五帝,差不多算到了上下五千年的历史尽头,而金字塔和它们的主人们,就与黄帝和尧舜同庚。

我们到了近前,站在胡夫金字塔的脚下。刚才远看还是一片细密纹理的墙面,现在成了一块块粗重的巨石,密密麻麻堆砌起来,直耸云天。对称的造型、宽大的底座,

浩大工程

让向来方位感很好的我也辨不清南北。高146米，因年久风化，顶端剥落了10米，仍有40层摩天大楼的高度。在1889年埃菲尔铁塔建造之前，胡夫金字塔在漫长的4000多年时间里始终保持着地球最高建筑的纪录。过去攀爬金字塔几乎是每位游客的必选项目，但自从1986年两位冒失的英国人失足摔死后，攀爬运动被就此禁止。不过金字塔实在太厚重，人踩在上面和蚂蚁爬到万吨巨轮上没啥区别，如今爬上三五级石阶还是不会有人来管你。我就这么爬上了几阶，回头再看，下面人来人往，已有几分微渺。身边的巨石及人肩高，上下缘被削切成同样高度以适合堆砌拼接，外侧又凸显嶙峋的原貌。不知道是哪位神仙算出来的，说胡夫金字塔用230万块大小不等的石头垒成，平均每块重2.5吨，全塔总重量684万吨，相当于100多艘"泰坦尼克"。靠近地面基座的石头巨大，往上渐轻渐小，可到了第35阶左右，每块石头又突然重达10～15吨，完全违反下重上轻的常规。我抬头，高不见顶。低头，人声缥渺。相信所有和我站在同样位置的人，都会生出同一个疑惑：这顶天立地的庞然大物，究竟是如何拔地而起的？

  这项浩大的工程源于古埃及人的一个执着信念：灵魂永远不朽，生命可以重来，一如浩荡北去的尼罗河每年泛滥，冲刷泥土，留下肥沃的养料哺育万众；一如太阳每天东升西落，循环不止，生生不息。古埃及第四王朝的法老胡夫动用了10万农民，历时20～30年的时间，在每年尼罗河泛滥的休耕季节，在尼罗河西岸建造起自己永久的陵寝。民工们从采石场采下一块块巨石，通过向地面洒水，来拖拽石块滑行，运抵金字塔工地。在工地上他们用沙石搭起一个环形的斜坡，将一块块削切好的巨石慢慢提拉，直到抵达该摆放的高度，再搬运置放到被斜坡围绕的金字塔塔座上……

这一切，都是今人的揣度。显然，已经登上月球的现代人还没有足够的智力完全解开几千年前古埃及先辈留下的谜团。待解的疑问一箩筐。

在那个没有金属杠杆和起重设备的新石器时代，230万块石灰石，轻的有一辆轿车重，重的超过一辆轻型坦克，靠地面洒水就能一路拖拽？那传说中的环形斜坡是怎么建造的？环绕一圈之后再怎么攀升？将石头推拉到理想的高度之后又如何从斜坡上平移到金字塔塔座上去？更何况，建造这样一个斜坡本身，就无异于再造一个金字塔。而金字塔建成之后，那座废弃被拆毁的斜坡，何以不见一砖一瓦，消失得无影无踪？

胡夫金字塔四边呈正方形，各边长230米，实测最长与最短两边的差距不足20厘米，误差不到1%。底部四边朝向正北、正南、正东、正西，误差几可忽略不计。四个边角都呈90度直角，误差最大的西北角为89度49分58秒，即便当代的建筑工艺都很难达到如此精确的境地。为了一座墓穴，何以如此大费周章？又是如何做到的？

胡夫塔塔高与塔基周长的比，就是地球半径与地球周长的比，也就是说用塔底的周长来除以两倍的塔高，即可求得圆周率 π。也许古埃及人早就知道地球是圆的？胡夫的金字塔与他儿子的哈夫拉金字塔、孙子的孟卡乌拉金字塔从东北到西南方向呈斜线坐落，其位置关系正好与猎户

巨石如山

座三颗腰星的位置关系相对应,而三座金字塔的高度与体积的比,又与三星的亮度值之比相对应。这哪里是造陵墓,分明是在建一座天文博物馆……

难怪有欧洲的科学家说,和古埃及人相比,我们欧洲犹如小人国。

花100埃镑,约合100元人民币,可以进到胡夫金字塔内。入口在三五级石阶的高处,也不知是谁在金字塔上凿的洞,幽深不可见底。进去没多久,就面对一条狭窄通道,不得不屈膝委身,如钻山洞般步步上行。这样约莫走过百米,刚喘一口气,又须折向,再如此向上折腾几十米,终于来到一个相对宽敞的上行空间,即金字塔内著名的大甬道。所谓宽敞,无非就是顶高陡然升到将近10米,不需要再缩着身子前进。两侧和头上,不再是后人胡乱瞎凿的痕迹,而全部是厚重的花岗岩巨石,几千年不见天日,未经风雨,依然透着涩涩的青石光泽。石块依着上行的角度斜向铺就,块与块之间严丝合缝,插不进最薄的刀片。而在这个位置和高度,已经是立锥形金字塔的中心地带,我们的头顶上还有三四百吨的巨石压顶。大甬道能够承受金字塔三分之二的重量,简直不可思议。

大甬道底端平行的位置,有一个被封闭的入口,事后得知是通向所谓的王后殿。我们一路向上,顺着两侧和头顶的青石板,踩着应该是后人搭建的木梯向上爬了近百米,终于抵达尽头,踩在一个相对宽敞的类似前堂的小空间。金字塔最核心的部位国王殿,就在我们眼前。

国王殿大约10米长,5米宽,差不多是现代家居一个客厅的面积,但有6米的挑高。上下左右前后6面全部是花岗岩石，简直就是用上百块大石板砌出来的一个密闭空间。密室空空荡荡，只有一物，就是摆放在尽头一侧的花岗岩石棺。石棺表面粗糙，嵌着石英、云母之类的硬粒子，无盖，也不太宽敞，人躺里面不会比单人床更舒服。此刻的国王殿居然没有其他的游客，我独自站在石棺前，凝视着空空如也的棺底，遥想4500多年前，统治尼罗河流域的皇尊、我们的祖先黄帝和尧舜的同龄人胡夫法老就在这里长眠。

这一切都是真的吗？四周100多块大花岗岩板，冰冷坚硬，未着一字。

史载最早的进入胡夫金字塔的记录，是公元9世纪的开罗伊斯兰教总督卡利夫·阿尔玛门。当时他率领一队石工从金字塔北面发掘了一条隧道进去淘宝，期待找到用之不尽的金银财宝和法老的木乃伊，结果钻进国王殿，他所看到的和1200年后我所看到的一模一样——没有黄金，没有珠宝，没有遗体，没有骨骸，没有哪怕一块陶片和一片碎布，甚至没有任何文字。

在阿尔玛门之前，金字塔在外观上完好无损。如果说在更早的年代里有人盗墓，凿开金字塔的洞穴在哪里？痕迹在何方？如果确实经历了盗墓，在行动如此不便的空间内，盗运值钱的珠宝乃至木乃伊也就算了，有什么必要又怎么可能搞得片甲不留？

我们去过卢克索的帝王谷，那里有埋葬着几十位后世古埃及法老的陵墓，几乎每一个都有五彩壁画，配以激扬文字，称颂帝王功绩，图坦卡蒙法老的陪葬品更是令人瞠目结舌。为什么偏偏在金字塔内，没有给后人留下只言片语？

7 厘米高的胡夫像

　　胡夫，这个因金字塔而被后人传诵的法老，人类建筑奇迹的建造者，究竟是什么样子？在开罗的埃及博物馆众多体量巨大的展品堆中，我们在一个不起眼的墙角，看到一个只有 7 厘米高的象牙雕刻。这是在埃及国土上能看到的唯一的胡夫像，于 1903 年被发掘于距离胡夫金字塔以南好几百公里外的阿拜多斯，因其背后的名字被认定为胡夫像。一个食指那么长的雕像和一座大山般伟岸的陵墓之间，实在难以引发必然的联想。

　　埃及博物馆陈列着十几具古埃及法老的木乃伊，个个有名有姓，全部出自卢克索的帝王谷，而胡夫、哈夫拉、孟卡乌拉甚至全埃及境内的 60 多座金字塔内，从未发现过木乃伊，一具都没有。有些金字塔内，甚至连石棺都不具备。胡夫金字塔内的所谓国王殿、王后殿，也都是后人进入之后的命名，是否贴切也无从知晓。问题又来了：究竟有什么证据能够证明，吉萨高地上的那三座与猎户星座遥相呼应的建筑，就是三位法老的陵寝所在呢？答案是，公元前 5 世纪，古希腊历史学家希罗多德周游列国，写出了辉煌著作《历史》。在游历了埃及之后，他将金字塔写入《历史》，并称之为祖孙三代法老的陵墓。就因为这一小段文字，法老与金字塔的对应关系，从此盖棺论定，成为此后 2500 年后世一切研究考证的基础。值得一提的是，希罗多德游埃及、写《历史》的时候，胡夫已经死了足有 2000 年，他们两人相隔的，差不多是我们和司马迁之间的时空距离。

　　从胡夫金字塔出来，阳光已经再次穿透云层，周边买卖明信片和骑马、骑骆驼的吆喝声更加嘈杂。胡夫即便真的拥有金字塔，也只是身后那幽暗阴冷的空间了。别忘了再往东走上四五百米，狮身人面像（the Sphinx）已经在那里迎候了几千年。他的四肢和躯体看着还年轻，面容却掩不住几千年的沧桑。鼻子早就被锤掉了，胡须也不见踪影。地质研究表明，狮身人面像的底层堤道连着哈夫拉金字塔的基岩，很可能是哈夫拉时代的作品，不过斯芬克司自己就是一个谜，又怎能替我们解答身后三座金字塔的奥秘。

一般的旅行团看过吉萨的三座金字塔后就打道回府了。其实应该继续往南，奔着沙漠再走上 20 公里，那里才是古埃及早期王朝的中心。孟菲斯（Memphis），公元前 3100 年，法老美尼斯统一了上下埃及，在这个尼罗河三角洲和山谷的交汇处建立了埃及最早的首都。希罗多德 2600 年后去旅行的时候，仍称早已不是首都的孟菲斯为"一个繁荣的城市和国际中心"。今天，这座昔日的伟大都城已经被岁月侵蚀得荡然无存，幸好还有几座气势不凡的金字塔连缀在茫茫沙漠中，那是往日荣光残存的记忆。阶梯金字塔、红色金字塔、弯曲金字塔，这些金字塔的年龄比吉萨还要古老一两百年，没有吉萨那么高大威武，但更像凡人的手笔。阶梯金字塔（Step Pyramid）高 60 米，据说是祖赛尔法老的陵墓。金字塔表面有梯田般很明显的阶梯感，说明当时的工艺尚未成熟。这座金字塔的周围搭满了脚手架，显然正在维修。我们的埃及向导说，每年都看到它在修，每年都有坍落，估计免不了有崩塌的一天。在阶梯金字塔不远处，还有一个巨大的土堆，据信是更早的一座金字塔，在造到一半的时候就塌陷而被弃置了。

到孟菲斯已经是下午时分，西斜的骄阳毒辣灼人。这里没什么游客，马和骆驼也百无聊赖。农夫懒得向我们招

狮身人面像

阶梯金字塔

第一章　尼罗河畔有奇峰　埃及

时间惧怕金字塔

揽生意，在荒芜的沙漠中面东长跪，开始了每天五次祷告中的晡拜。这里奇怪地没有风，只有静静的金字塔，在强光下让人无法睁大眼睛直视。而极目远眺，吉萨高地上的金字塔依然隐约可见。

我小时候第一次从书籍中接触金字塔，非常希望神秘的金字塔是外星人赠送给地球的杰作。今天，亲身站在金字塔下，神秘的感知依旧，我却愿意相信，这是尼罗河的赠与，是古埃及先辈勤劳与才智的结晶。1990年一次偶然的考古发现再次证明了这一点。在距胡夫金字塔南侧一公里的沙漠里，发掘出了当时建造金字塔的民工们的墓葬，出土的1000多具骸骨壮男居多，也有女人和孩童，说明建造金字塔的并不是奴隶，而是有相对自由和家庭生活的普通人。残破的莎草纸上有工人请假的记录，原因有生病、婚嫁、给儿子上坟、给死去的兄弟做木乃伊。出土的文物中还找到了几个彩绘小雕塑，都是寻常人家，儿子和女儿挽着父亲的臂膀，妻子把手臂搭在丈夫的肩上。他们的脸上，无不绽放祥和灿烂的笑容。

这才是关于金字塔最温馨也最真实的故事。今天的匆匆访客如我，与远古时代的建造者们、未来后世的子子孙孙们，面对同样的日月星辰在同样的金字塔上空划过。世界惧怕时间，时间惧怕金字塔。人类的智慧与创造，才是我们赖以生存的这个宇宙最大的奇迹！

生死阴阳隔·河东

开罗，埃及博物馆二楼展厅。众多的参观者挤在一个

图坦卡蒙黄金面罩

玻璃柜前，目不转睛，屏气凝神，忘了赞美，忘了周边其他展品的存在。这样的景象我在巴黎卢浮宫的蒙娜丽莎像前也遇到过，但还是不及眼前的震撼。聚光灯下的，不单是埃及的象征，更是人类早期文明高度的标志——图坦卡蒙法老的黄金面罩。

这个重11公斤的面罩全部用坚硬的黄金制成，据说是根据年轻的法老美化后的肖像铸成，眼睛以黑曜石和石英点缀，眼眶和眉毛用天青石描绘，前额部分饰有鹰神和蛇神，分别代表上埃及和下埃及的保护神。粗壮的胡须垂到胸前，象征冥神奥西里斯。整个面罩每处细节都精微无比，几无岁月磨蚀的痕迹。公元前1327年，年仅18岁的法老因骨折引起的并发症意外身亡，这个赶制出来的黄金面罩就服帖地覆盖在他脸上，连同他的木乃伊被放入一副110

公斤的纯金内棺,又像套娃般一层又一层地叠套了好几副镀金的木棺。这庞大而繁复的套棺被埋入帝王谷的图坦卡蒙陵墓,躲过了各路盗墓贼的侵扰,直到2000多年后极偶然地被发掘出来,成为轰动一时的考古发现。如今,套棺被分拆开来,从小到大一个又一个地铺遍展厅,像个大魔术团在展示它丰富的道具一般。而这,还只是图坦卡蒙墓葬出土的1700件展品中的一小部分。这些展品有些是专属于皇室的宝物,闪着奢侈的金光,有些则折射出主人日常的琐碎生活:法老的狮子宝座、黄金雕像、真人大小的法老木雕像、28尊镀金木质保护神、放置法老内脏的微型金棺、法老的假发盒、带金盘和金珠的束腰外衣、凉鞋、袜子……

这是我所见过的最震撼人心的馆藏,没有之一,不仅因为其宏大和精湛,更因为其所对应的不可思议的遥远年代。

有大量令人信服的考古成果确证了埃及拥有超过5000年的浩瀚历史。如果以千年为单位来粗略划分埃及上下五千年的历史,则离我们最近的2000多年,分别属于以亚历山大为中心、托勒密王朝为代表的希腊罗马化时代,和以开罗为中心的伊斯兰时代。而在此之前的3000年属于法老时代。法老时代又被埃及祭司马内松的《埃及史》划分为30个王朝,可惜皇皇巨著被狄奥多西一世付之一炬。后代学者根据纸莎草纸抄本和其他文献约略划分了这些王朝的大致年限,并依据首都所在地的变更和统治权的递嬗,将法老时代分为早期王朝、中王国和新王国。其中前1000年是早期王朝,中心在孟菲斯,代表作就是金字塔，后2000年是中王国和新王国，中心在卢克索，那时金字塔已被废止，其标志就是法老们的陵墓和墓葬，以及众多工程浩大的神庙。

浩荡的尼罗河由南向北，穿越沙漠，最终流入地中海。卢克索在中上游位置，距北方的开罗有700公里的距离。19世纪考古热刚兴起的时候，欧洲上流社会的一大风雅之事，就是跑到埃及，租用设备齐全的船只，雇用船员和厨子相随，沿河造访遗迹。他们坐在拥有雨棚的甲板上欣赏两岸的棕榈树，随手给家乡的亲人写下一路的所见所闻。如今，有更大更舒适的高级邮轮航行在尼罗河上，无论是从开罗出发往南，还是从阿斯旺出发往北，目的地都是一个，就是卢克索。在三四千年前的中王国时代，这里是世界的中心、全埃及的首都，名叫底比斯（Thebes）。

古希腊诗人荷马在史诗《伊利亚特》中，有过这样的描绘："底比斯，那里的人们屋宇豪华，拥有无数珍宝。底比斯有城门百座，门前是马行道；两百名骑马拥车的武士，日日巡城两圈……"荷马笔下的这座"百门之城"，曾经拥有无上的权力。法老们南征北战，驱逐外邦，统一埃及，大量的战利品、贸易利润和农业产出都聚集到底比斯。一代又一代的法老们在享用和继承着先祖们留下的巨大物质财富的同时，也不忘供奉他们心中的太阳——阿蒙神。

阿蒙神之于古埃及人，正如太阳之于尼罗河。在古埃及众多的神祇中，太阳神阿蒙居于至高无上的地位，到了底比斯时代更是与战神姆特、生殖神敏融为一体，成为诸神之王阿蒙拉。历代法老在尼罗河东岸，也就是太阳每天升起的地方，前赴后继地修建神庙。有意思的是，他们不

卡纳克神庙

公羊甬道

是各建各庙，而是发扬愚公移山精神，爷爷奠基，儿子添砖，孙子加瓦。家族传承保证了建筑风格的统一，同时又屡有创新和改进。子承父业，万代千秋，一切都是为了获得神的宠爱。

如今，岁月的磨蚀已令昔日的帝都胜景不再，宫殿没有了，民居没有了，百扇城门没有了，但卢克索东岸的那两个残存的伟岸神庙群，卡纳克神庙（Temple of Karnak）和卢克索神庙（Temple of Luxor），已经足够证明一切。这两个神庙群彼此相隔三五百米，由一条两边排满狮身人面像的宽阔大道相连接。它们大体都遵循着相同的模式和形制，面东迎着朝阳，以厚厚的砖墙阻隔外界日常，凸显作为混沌宇宙初始的微缩景象。

卡纳克神庙毫无疑问是全埃及最气势磅礴的建筑群。以中国人的算法，占地足有半个天安门广场；以西方人的说法，这里其实是个面积可以容纳 10 座大教堂的神庙群。所有人一走进去都会"蒙圈",体量之巨大、布局之杂乱,仿佛进了一座毫无头绪的巨石迷宫。也难怪,在长达 1500 年的漫长日子里,各代法老前赴后继,不停地建造、修饰、去除、移动、添加,就像一个数字被加减乘除开根号搞立方折腾了一万次,到最后都已经搞不清楚是怎么过来的了。我怀疑当年考古学家们刚刚发现卡纳克的时候,和我们这些无头苍蝇般的游客们一样,在神庙里转来转去晕乎乎地脑子里只有一个词:伟大。让人感受到"伟大"二字的地方很多:挺拔高耸的方尖碑、高阔工整的塔门、雕饰精美的公羊甬道、体量巨大的法老石像、无处不在的浮雕、满墙密密麻麻记载着历史又都能解读的象形文字……但最让人叹为观止的,无疑是多柱大厅。在差不多一个足球场的空间里,耸立着 134 根擎天大柱。每根石柱有 3 米多的直径,需要六七人才能合围,高度更达 22 米,饰以精细的壁画和浮雕,都依稀存留着彩绘的痕迹,歌颂神明与国王。柱上有莲花宝顶,承托着几十吨重的大梁,据说可供百人站立。今日的游人徜徉其间,仿佛置身在巨石构成的森林之中,又如进入了望不到尽头的历史长廊。

多朝法老对卡纳克神庙的建成都有贡献,有好几代法老的贡献如今已经沉埋在后代所盖的神庙地底下了。我们今天看到的神庙更多归功于第十八王朝法老和第十九王朝法老。第十八王朝在公元前 16 世纪到前 13 世纪之间,最杰出的代表人物是埃及历史上唯一的女法老哈特谢普苏特。她是图特摩斯一世与王后唯一的孩子,又与异母弟弟图特摩斯二世结婚成为其妻子与王后,其才情与手腕远在懦弱多病的丈夫之上,大权独揽不在话下。图特摩斯二世去世后,哈特谢普苏特又立丈夫与妃子所生的少年图特摩斯三世为王,自己则以摄政王的身份全权掌管国家事务。待图特摩斯三世年纪稍长,哈特谢普苏特就将他发配戍边,并自称是太阳神阿蒙之女,女扮男装成为法老。哈特谢普苏特掌管朝纲逾30年,其中以法老身份执政15年,经济昌盛,国泰民安,也有闲钱来修建神庙。今天的卡纳克神庙有不少建筑都是那个时代的手笔,据说女法老还别出心裁地在神庙顶上放置许多金盘来折射太阳的光芒,以此佐证自己是太阳神当仁不让的女儿。哈特谢普苏特还命人打造了两座高30米的方尖碑,上刻哈特谢普苏特感念阿蒙神的铭文,不远万里从阿斯旺运到底比斯。如今一座早已倒塌,另一座仍以埃及境内最高方尖碑的纪录,屹立在卡纳克神庙的圣湖边上。我们今日得见,又要拜她的继子所赐。图特摩斯三世长大成人后突然重返王位,统治埃及多年,他将哈特谢普苏特的所有痕迹统统抹去,或以自己的名字覆盖替代,用围墙将那座320吨重的方尖碑遮挡起来,客观上起到了保护作用。

紧随其后的公元前13世纪到前12世纪属于第十九王朝,那时的卡纳克神庙已经蔚为壮观,为之泼上浓墨重彩的当属塞蒂一世和他的儿子拉美西斯二世。这对父子是南征北战的高手,塞蒂一世甫一上任就重整军队,收复了一度失去的在叙利亚和巴勒斯坦的疆土;拉美西斯二世更是与赫梯人杀得天昏地暗,卡迭石战役被他作为功绩在卡纳克的建筑上大肆宣扬。父子二人对卡纳克最大的贡献当数多柱大厅那134根擎天大柱。他们或许想通过这些巨大的柱子和旁边繁杂的壁画来宣扬威仪,而今人除了感谢他们留下的历史记载，更要感佩他们在那个远古的年代对高度的追求。人类对高度的追求是一种原始的欲望，从来不曾停止，在卡纳克，我们找到了这种追求最早的起点。起点之高，只可仰止。

我们在卡纳克神庙花了半天的时间。但有些旅游书建议时间富余的游客在那里好好待上两天。我一点都不怀疑，断断续续造了1500年的建筑，花两天时间去解读已经算很仓促了。19世纪一位名叫阿梅利亚·爱德华兹的作家游历了卡纳克后，贬斥自己过去读到过的关于卡纳克的文字和绘画都是蹩脚之作，无非是些苍白的记忆而已，真正的卡纳克，"其规模如此之大，影响如此之深远，使得人的迟钝、渺小和无能显得如此的彻底，又如此的支离破碎"。

相比于粗犷的卡纳克神庙，被当作太阳神"南边的后宫"的卢克索神庙更秀气和精细一些，建造者也相对单纯，由阿蒙霍特普三世启动建造，他是第十八王朝图特摩斯三世的曾孙。到第十九王朝，卢克索神庙又经无所不在的拉美西斯二世扩建，中间年轻的图坦卡蒙也掺和过一把，时至今日也有3000多年的历史。后来古埃及30个王朝走完全程，来自马其顿的亚历山大大帝接掌埃及，又把卢克索神庙修葺一遍，再往后罗马帝国的君王们也来掺和。

参观卢克索神庙要比令人晕头转向的卡纳克神庙容易得多。从大门往里，越走所见之物越古老。入口两座20多米高的巍峨塔门，对称而立。镇守塔门的原是六尊巨大的拉美西斯二世雕像，四坐二立，如今仅剩两坐一立，依然威武气派。一侧塔门前矗立着一根红色花岗石方尖碑，另

擎天巨柱

法老石像

卢克索神庙

第一章　尼罗河畔有奇峰　埃及

一侧应该还有对称的一根，如今已不在这里，而是站在了
巴黎的协和广场上。进入塔门是拉美西斯二世大庭院，有
状如莲花花苞的石柱和法老向神敬献供品的城墙。再往里
走就是阿蒙霍特普三世的柱廊和庭院，有参天大柱，有祭
祀的殿堂，都庄严壮观，难以描摹。在中王国和新王国时
期，卢克索神庙最大的功用是用作欢庆一年一度奥佩特节
的重要场所。作为重要的宗教节日，奥佩特节在每年夏天
尼罗河汛期举办，阿蒙神等底比斯最重要的神的雕像会从
卡纳克神庙移出，由祭司护送，经过狮身人面像大道，到
尼罗河岸边，再由船队从水路运到卢克索的圣殿内。这一
路载歌载舞、万众瞩目的欢腾景象，在卢克索神庙的柱廊
上都有描绘。最令我感到惊奇的是诞生室，绘有法老母亲
受孕于阿蒙神，生下法老的壁画。有专家考证说，阿蒙霍
特普三世确实是在公元前 1390 年在这间小房间里诞生的。
在埃及，你不仅能够通过木乃伊直观法老的死亡，还能在

考古学家复原了
残缺的石雕

卢克索街头

神庙里感受到法老的出生,站在这间逼仄的小屋里,"恍若隔世"这个词已经不够分量。

无论在古代还是在今天,卡纳克神庙和卢克索神庙都地处市中心,紧挨着尼罗河。我们白天来了一次,晚上又来一次。夜色下装饰古建筑的灯光亮起,高大的柱廊和精美的浮雕在光影中呈现别样的情致。现代科技构筑的美,古埃及的法老们是无缘领略的,但我们也必然错失尼罗河东岸当年的盛景。那时两个宏大的神庙建筑群还不是废墟,多柱大厅是有穹顶的,壁画是五彩缤纷的,法老的神像是完整的,方尖碑是对称的。大河以东,是生的世界,每天晨曦初露,法老和祭司都会出现,与民众们在尼罗河畔迎接朝阳升起,铭谢阿蒙神的恩典。阳光在他们的身后金灿灿的神庙墙上投下动人的剪影……

夏夜的尼罗河畔有微风吹拂，消解了白昼无尽的暑气，吹得人沉醉。我们不禁转过身去，将眼光投射到尼罗河对岸。与东岸截然相反，那是一片黑魆魆的神秘世界。对于古埃及人来说，它属于冥界，属于死亡，属于往生。

生死阴阳隔·河西

生生不息的尼罗河不仅养育了古埃及人，也代表着他们对生与死的全部思考。太阳每天从尼罗河的东边升起，东方喻示着神明和现世；太阳每天从尼罗河的西边落下，西方喻示着灵魂和来生。直到今天，卢克索东岸仍是一个市井气息浓厚的喧闹都市，车水马龙，人来人往；西岸沿着尼罗河的岸边则树影婆娑，牛羊四散，一派田园风光。但说来也怪，西岸离尼罗河没几公里远，风貌就陡然大变：碧水变成了黄沙，平地变成了山峦，湿润变成了干燥，繁茂变成了荒芜。三四千年前的法老们眼光独具，一眼相中了这块寸草不生的"风水宝地"。那时节，先辈们声势浩大建造金字塔的年代已经远去，一来金字塔树大招风，前朝法老们的金字塔无一不被盗掘，二来尼罗河谷肥沃的土地寸土寸金，用来养育民众还嫌不够，建造金字塔占用面积太大，而且古埃及到了中王国和新王国时期，越来越多的王公贵胄都希冀死后重生，新的墓葬方式应运而生。古埃及人一贯相信太阳每天从西方坠落去另一个世界，而人的灵魂必须相伴而行，才能达到永生。于是新一代的法老们选择在尼罗河西岸，在黄色的沙石间，在层叠的山坳里，低调地营造自己灵魂通向往生的归宿地。

卢克索西岸最重要的古迹就是帝王谷（Valley of the Kings）。从尼罗河西侧上岸，一路车行，路程不长，却明显感觉道路蜿蜒向上，空气越来越干燥，越来越炽热。从这片起伏的黄色山岗里，考古学家探测和发掘出63座古埃及法老的坟墓，最晚一座发现于1995年，也许将来还会有新的墓穴被发现。当年所有的法老刚一即位，就迫不及待地动手建造自己的陵寝，好死后有个安身之处。有些陵墓还没完工，人就去世了，只好将就着安葬。几乎所有的法老墓都被盗掘过，第二十王朝后古埃及逐渐走向衰落，盗墓现象更加猖獗，盗墓者一旦被捉，轻则割去耳鼻，重则处以死刑，却依然收效甚微。有些法老墓在当年完工不久后就被施工人员盗掘，金银财宝肯定是没了，尸骨是否留存要看盗墓者的良心。后来有位祭司实在看不下去，将一大批法老和王室成员的木乃伊运出，藏到后山里的洞穴中，才算躲过一劫。这部分法老的木乃伊在1881年被偶然发现，成为古埃及历史的重要证据，如今被保存在开罗的埃及博物馆里。

法老的陵墓彼此相隔并不太远，近的几十米，远的数百上千米，四散错落。购票进入大门后，可以任选三个陵墓入室参观。我们兴致勃勃，查到了几个观赏价值比较高的墓，但来回寻找很费工夫，而且出于保护的原因陵墓交错开放，有些好不容易找到了，走到门前又不开。在炽热的阳光下没走几个来回，就差点虚脱了。好吧，都是3000多年前的一国之君，他们开门揖客，我们就不该太挑剔。

其实大部分法老陵墓的形制都差不多：长梯顺着甬道，

帝王谷的哈特谢普苏特神庙，不少法老的木乃伊都藏在后山里的洞穴中

一路向下，通往相连的几间墓室。甬道的长度、两侧壁画的精美程度、墓室的数量和装潢、石棺的等级和质量，决定了一个墓穴的品相。

我们先进入西普塔法老墓。西普塔是第十九王朝的第七任法老，可能在攻打南方努比亚人的战事上略有功绩，执政六年后不知所踪，不知是被废黜还是死亡。墓道幽深，有几十米长，四周粗糙没有壁画，但最深处的墓室里有个加盖的长方形石棺。也许名头不够响亮，进来的参观者不多。按规定一切照相和录像设备都不能带进帝王谷，但西普塔墓里的看守人见到我们，就眼珠子滴溜溜直转，嘴里"拍照拍照"念叨个不停。我们还没回应过来，他已经自说自话地夺过我们手中的小相机，跳到石棺上"咔嚓咔嚓"按起了快门，然后又蹲下来，满脸堆笑地等着你赏赐几块埃镑。

相比之下，拉美西斯三世的墓可能参观者众，看守人更规矩一些。拉美西斯三世并不是威名赫赫的拉美西斯二世的儿子，也许有一定的血缘关系，他存世于公元前12世纪，在位31年，是古埃及最后一位骁勇善战的法老，曾阻止了海上蛮族对埃及的入侵。他很可能在65岁的时候遭到谋杀，凶手是欲立自己的儿子为太子的某位王妃。他的木乃伊也在1881年的那次偶然发现中被找到，现代医学鉴定，在其颈部发现一处伤口，疑为刀伤所致，似乎进一步证实了他被暗杀的推断。拉美西斯三世陵墓的墓道长125米，是帝王谷中最长的墓道。一路走入，两边的彩色壁画都十分精美。靠近入口处的壁画描绘的是俗界的景象，船只往来穿梭，异邦送来贡品，军队整装待发。再往里深入，就进到墓室。墓室里的石棺已经不翼而飞，据说早已被法国人运到了卢浮宫。此处壁画的风格大变，我明白这是帝王谷诸墓葬里常见的《逝者之书》，描绘法老通过鳄鱼和巨蟒盘踞的十二时辰之门，走完了人生的最后一段旅程，来到冥间法庭向豺狼神阿奴比斯忏悔。他的心脏将被放在一个量秤上，够分量则说明忠贞和纯净，也就通过了神的考验，从此通往天堂，不然就会被旁边的怪兽吞噬，去地狱受苦。

帝王谷最赫赫有名的陵墓在最不起眼的位置。我们为了寻找选中的墓，在烈日下来来回回几趟，甚至在它对面的长廊里休息喘气，都没正眼瞧上几回。后来才知道，想要参观那个墓，不是你舍不舍得把手里三个份额用掉一个的问题，而是三个份额都没用，必须花更多的钱，买单独的门票进入。这就是帝王谷唯一没有被成功盗掘的墓——图坦卡蒙陵墓。也难怪我们眼拙，大约公元前1140年的时候，彼时离图坦卡蒙去世也有近200年了，这个小小的墓穴已经被世人遗忘。工人们要为在任的拉美西斯六世建造陵墓，他们把采石时废弃的土石随意丢在下方，好巧不巧地遮挡住了图坦卡蒙前辈的墓穴口。这无意的一挡让图坦卡蒙墓幸免于难。时光又过了3000年，1922年，英国考古学家霍华德·卡特埋首在帝王谷已足有6年，挖掘了成千上万吨土，依然找不到传说中的图坦卡蒙墓。远在英国的资助人已经不堪重负，决意撤资收兵。想不到收兵前的最后一次尝试，抱着聊胜于无的心态在已挖掘的拉美西斯六世陵墓下方的工棚屋下挖了几铲，居然发现一个石阶。石阶打开，举世震惊。他们花了3天的时间清掉了碎石，卡特用颤抖的手往洞窟口伸进一支

法老墓室

图坦卡蒙墓

哈特谢普苏特神庙的法老像明显有女性特征

蜡烛,墓穴内的热气使烛光摇曳,映照出了墙上奇特的动物壁画形象。陪葬物被烛光一照,闪烁出耀眼金光。卡特呆在那里,口不能言。专程从英国赶来的资助人卡尔纳冯在外面焦急地问:"看到什么东西了吗?"卡特依旧处在惊愕之中,口中只说:"是的,神奇!"

伦敦《泰晤士报》率先发布了这条新闻,震惊了西方世界。卡特收到了雪片般的信件,有表示祝贺的,有表达谴责的,有愿意提供帮助的,有向他索要纪念品哪怕是周边的几粒沙子的。沉睡了30多个世纪的图坦卡蒙墓重见天日。与其他陵墓相比,此墓面积偏小,可能年轻的法老即位不到10年就一命呜呼,本属于自己的陵墓还没建造完毕,只能匆忙开掘埋葬。虽然图坦卡蒙本人政绩平平,在位时间也比较短暂,但他所处的时代是古埃及的黄金时期,因此陪葬相当丰富,且工艺质量极高,发掘整理工作整整持续了四年。四个墓室的墙上是金光灿烂的壁画,绘着微胖的法老与诸神在一起的情状。墓室有被盗的痕迹,应该是早期曾有盗贼闯入但马上被抓获,但陈设已被破坏,未经完好修复就草草封埋。卡特打开的墓室里凌乱地塞满了

第一章 尼罗河畔有奇峰 埃及 | 37

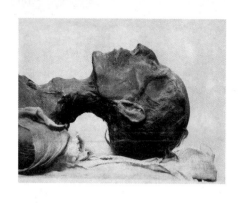

拉美西斯二世的木乃伊

各种珠宝、家具、雕塑、乐器、武器、火把、匣子和食品，有被拆解的整辆战车，有长达2米的刻着生育女神头像的灵床，有盛着法老内脏的雪花石膏罐子，有镇守陵墓的豺狼神阿奴比斯坐像，有涂着黑色树脂饰以金叶的真人大小的法老立像，当然，还有层层叠叠的法老套棺，第二和第三个是贴金木棺，第二个木椁上有一件绣着金花的亚麻布枢衣，最里一层是上百公斤的纯黄金棺。打开金棺，是罩着黄金面具的图坦卡蒙。这位年轻的法老有畸形足，走路都有可能一瘸一拐，左腿遭受过严重骨折，也许就是致其死亡的原因。他脊柱弯曲，还是个龅牙哥，并非传说中的美男子……如今，绝大部分珍宝都在埃及博物馆内展出，只有图坦卡蒙年轻的真身依然躺在帝王谷他自己的墓穴里。

　　走出阴暗的墓室，太阳已经偏西。本就泛黄的岩石被夕阳一晒，通体透着暖意。喧闹退去，游客们带着沉思、震撼和疲惫踏上归途。等太阳落山，帝王谷就将重新回归沉寂，回归黑暗，那才是真正属于帝王谷的时刻。可惜，帝王谷的主人们都已不在，只留下年轻的图坦卡蒙，成为这一大片陵墓真正意义上的守护人。

　　帝王们的木乃伊有的遗失，有的被发掘出来后离开生死故土底比斯，被带去开罗的埃及博物馆与世人见面。在

巨大的门农神像，只是公元前14世纪阿蒙霍特普三世神庙的微小部分

与图坦卡蒙陈列馆相对的一侧，十几具古埃及帝王的肉体真身保持着22摄氏度的恒温，躺在单独的玻璃柜中。岁月让他们的面目显得有些狰狞，但肌肤、骨骼乃至毛发清晰如昨，让人难以置信这些躯体都完好无损地保存了3000多年。最早的木乃伊也许是公元前16世纪的法老塞克奈里二世，他额头有伤疤，双臂呈扭曲状，很有可能是死于战争或暴力。那个穿着耳洞的法老是图特摩斯二世，女法老哈特谢普苏特的异母弟弟和丈夫。曾经征战四方、为埃及拓展了疆土、给后世留下无数宏伟建筑的帝王拉美西斯二世就躺在那里，他身材修长，头发泛黄，脸庞消瘦，家族特有的鹰钩鼻子凸显了他的傲慢，破损的牙口可以证明他生前遭受过病牙的折磨。而他的父亲塞蒂一世的真身保存得

更加完好，就安详地躺在他的对面。

　　这就是古埃及文明最让人着迷的地方。历史就像碎纸片，很容易在时间的风中销蚀。一般来说，历史离我们越近，越清晰；离我们越远，越模糊。可古埃及完全颠覆了这样的认知。纸莎草纸和残垣断壁上用象形文字记载的历史，能够和你的亲眼所见一一对应，仿佛我们穿过了时光的隧道，把三四千年的历史拉回到昨天。它身后的许多文明，如今早已面目不清，只留下几个无法印证的传说；而在它身前，又是一片混沌，人类文明处于石器时代的初级阶段，有温饱，能避寒，懂栽种，会饲养，已堪称奇迹。怎么突然之间，横空出世一个古埃及，如此灿烂夺目，如此傲世独立，如此炽热、优雅、辉煌、大气，没有一点铺垫，就像嗷嗷待哺的婴儿，一夜之间长成了伟岸的男子汉；就像尼罗河边的曙光，突然就刺破黑暗，扶摇直上，光芒万丈。

阿布辛贝的误差

　　经过了世界上最大的人工湖纳赛尔湖之后，尼罗河变得开阔、舒缓，甚至可以说慵懒。河岸东侧到处是简易的码头、错落而密集的建筑和街道。一钻进去，就是如蜂巢般复杂的集市。河岸西侧景象全变，是一片莽莽的黄土坡，干燥、炎热、荒芜，只有零散的棕榈树作为点缀，间或有些低矮小屋构成稀疏的小村落。无论是人还是动物，树还是景物，似乎能折腾出点动静的都跑到东边去了，西边的只顾发呆，从日出开始盼着日落。好在河面上有不少三桅小帆船，有的还挂起白帆，在波光粼粼的河上穿梭，这才

阿斯旺

将东边与西边勾连起来。

　　这里是阿斯旺（Aswan），埃及南部的城市，不要说北方的繁华首都开罗，就是中部的卢克索也要比这里喧闹不少。但这里又是蜿蜒而去的尼罗河道上第一个人烟汇聚的地方。众多外国游客从阿斯旺开始他们的埃及之旅，大大小小的游船和小帆船云集在东岸一侧，整装待发，开始其顺流而下的3～4天旅程，目的地基本就是卢克索。这一路，沿河两侧有颇多古迹可看。卢克索古称孟菲斯，是帝国的中心，以其为支点的尼罗河上下游串起了古代埃及的历史，而阿斯旺就是这根水上项链的第一颗珍珠。作为帝国南部的边陲重镇，阿斯旺是对抗努比亚人和其他外来势力的战场。再往南或者往西，就是绵延不断的沙漠了。西出阳关无故人，埃及的"阳关"，差不多就在阿斯旺。

第一章　尼罗河畔有奇峰　埃及 ｜ 41

照理到了阿斯旺就可以开始"北下"了，但很多人偏不，他们还要辛苦一天，往南走一程，就为了去看看阿布辛贝（Abu Simbel）庙。就为了这座孤零零的庙宇，凌晨4点多钟就要起床，5点不到就出发，坐着大巴车在荒无人烟的沙漠里开上280公里，再踩几脚油门就立刻到苏丹了。快到的时候会有警察护卫队护航。你若从阿斯旺叫出租车过来就惨了，外国人打车一概不让靠近阿布辛贝。由于这条荒僻的道路上曾发生过恐怖分子劫杀外国游客的事件，因此对外国游客的规范和保护都相当严格。

一汪湖水，一片黄土，一段山崖，就是为了凸显那一座嵌在山崖里的恢宏庙宇。进口并不大，最多也只可容三四人并排进入，这就更衬托出庙宇本身的宏伟。门外四个左右对称的拉美西斯二世坐像，它们表情平静，凝视远方，可巨大的身躯却传递出不容置疑的威严，震慑四方。脚下的基座有两个人高，就算有人爬上基座，也只能到达坐像脚踝以上的地方。游人们如果站在神庙不远处的小坡上眺望，就仿佛面对一面巨大的IMAX电影银幕，视线四周都被撑满，这种震撼通过视觉冲击，直抵内心；如果走到神庙近前，那高大的雕像会以排山倒海的气势压迫你、笼罩你，让你意识到生而为人的渺小。

我突然想起那部经典电影《尼罗河上的惨案》。富家小姐林奈特抢夺了闺密杰奎琳的男友赛蒙，闪电成婚，为了逃避杰奎琳的纠缠躲到埃及度蜜月。在空旷无人的阿布辛贝庙，这对新婚恋人自以为甩脱了累赘，在巨像的俯视下心无旁骛地拥吻。不料刚才还晴空万里，突然妖风大作，飕飕作响。巨像脚下闪出一个人影，正是他们最惧怕见到的杰奎琳。她带着胜利的微笑大声喊道:"欢迎你们来到阿布辛贝神庙,正面有84英尺长,拉美西斯二世的每座雕像有65英尺高……"霎时间飞沙走石,吹得惊慌失措的林奈特和赛蒙落荒而逃。杰奎琳身后的雕像依然一脸肃穆,看尽人间所有的悲欢离合、恩怨情仇。

阿布辛贝神庙建造于公元前1274年到前1244年间,正是拉美西斯二世统治埃及的时期,这座气宇轩昂的神庙是对他的美化和神化。门口的四座巨像都是法老本尊,倒是太阳神的形象被浓缩到小巧精致,如同一枚徽章,出现在入口的门梁上方,四尊巨像之间。走进神庙,纵深约有50米,结构并不复杂,先是一个多柱大厅,由8根大柱撑起,每根柱前都有一尊拉美西斯二世雕像。大厅墙上有多幅壁画,昭示拉美西斯二世的文治武功,包括在卡迭石战役中重挫赫梯人的雄风,以及法老与诸神在太阳船前的情形。通过多柱大厅,进入圣殿。殿内主要供奉四尊神像,从左至右为:代表冥界的普塔赫神、诸神之王阿蒙拉神、拉美西斯二世本尊、太阳神的另一变体拉哈拉赫梯神。至此,天神与凡人已经平起平坐,或者说人间至尊已经升格为神。

以今人的眼光,这样的做派被称作个人崇拜,但放在人类心智刚刚启蒙的年代,类似的做法无可厚非。从公元前3200年左右,古埃及有了第一任法老,到公元前343年最后一个也就是埃及第三十王朝落幕,如果说有哪一朝法老最有资格搞个人崇拜、位及诸神的话,别的不提,光凭其寿命之长、在位时间之久,就非第十九王朝的拉美西斯二世莫属。

阿布辛贝神庙

稍小的尼菲塔莉王后神庙

第一章 尼罗河畔有奇峰 埃及 | 45

公元前1279年，塞蒂一世驾崩，其子拉美西斯二世继位，时年25岁。这位法老一做就是66年。拉美西斯二世于公元前1213年去世，享年91岁。要知道，在那个年代，埃及人的平均寿命只有40岁。所以极端的算法是，如果在拉美西斯二世即位一年后有个埃及人出生，他生于拉美西斯二世时代，如果这人在20岁时结婚生子，儿子还是拉美西斯二世的臣民。再过20年，此人去世，儿子结婚生子，依然处于拉美西斯二世时代。又过20年，儿子去世，孙子娶妻成家，曾孙所处的天下，仍旧归于拉美西斯二世。加上那个埃及人的父亲，五代人蒙荫于同一个帝王，这是何等神奇的现象。如果当时世上有一个人可以被山呼万岁的话，那一定是拉美西斯二世！

古今中外，凡长寿的帝王都多有建树，毕竟身体是革命的本钱。拉美西斯二世在世时南征北战，恢复了对巴勒斯坦的统治。他还与当时西亚的另一强国赫梯发生战争，在今天属于叙利亚的卡迭石大打一仗，在他后来建造的各个庙宇中大肆宣传。拉美西斯二世还是个狂热的建筑爱好者，他兴建了属于自己的首都培尔拉美西斯，以自己的名字建造了拉美西斯神庙，他在历代帝王耕耘已久的卡纳克神庙上又大兴土木，宣扬自己的功绩，他还在尼罗河上游荒僻的努比亚地区建造了我们眼前的恢宏巨制——阿布辛贝神庙。当然，他本人也妻妾成群，非常多产，正式的王后就有8任，生有80多个儿子，其中有12个先后被立为王子，又被他生生熬死。最终继承他王位的莫尼普塔接过权杖时已经60岁了，撑了10年就一命呜呼。

拉美西斯二世很可能并不像他吹嘘的那么伟大。后来

圣殿内

的考古证明,那场让古埃及人视为无上荣耀的卡迭石战役其实只是打了个平手,拉美西斯二世本人一度差点成为对方的俘虏。只是在签订和平协议之后,拉美西斯二世把它包装成帝国的伟大胜利,通过各种渠道包括自己建造的楼堂庙宇大肆宣扬,欺骗了无知的埃及百姓。而可以肯定的是,拉美西斯二世大兴土木,耗尽了帝国的财力,在他之后,帝国开始步入衰退期,此后的埃及再也没有出现如前朝那样恢宏的建筑。一代君王的伟绩背后,是人民的血汗、国力的透支,这是历史不断循环的悖论。

公元前 1213 年,拉美西斯二世去世,按照世代习俗,遗体被涂上防腐香料,裹上布带,饰以宝物,做成木乃伊葬于卢克索帝王谷他专属的墓穴里。后来的考古发掘发现,由于墓穴的地势较低,因此承受了长期地下渗水的侵蚀。墓穴里空空如也,金银珠宝已被盗墓贼一锅端,尸骨也不见踪迹。一代君王在人间消失。1881年，卢克索地区盗卖文物成风，埃及文物局的欧洲官员在追查案件的过程中，偶然在哈特谢普苏特神庙背后的峭壁下，发现了一条通向大山深处的神秘通道。这座公元前15世纪女法老哈特谢普苏特为自己建造的神庙在帝王谷后面的山间小路上，有着与其他古埃及神庙截然不同的风格，外观现代而时尚，矗立的法老像虽是男装打扮，却也有女性的柔美之姿。文物局官员在这条隐秘的通道尽头发现一个巨大的昏暗墓室，里面堆满了石棺和各种随葬品。透过手中的烛光，工作人员看清了石棺上刻着的名字，光历代法老就有8位，其中一位颈部套着花环，胸前系有纸莎草纸，他，正是拉美西斯二世！他身边，还有王后尼菲塔莉和众多王子、公主的木乃伊。

这是世界考古史上奇绝堪比侦探小说的重大发现。根据分析，拉美西斯二世去世近200年后，当地盗墓行为已经非常猖獗，屡禁不止。拉美西斯二世的墓葬也没能幸免，他的墓室被劫，宝物被盗，连埋放在他腹腔里盛放香料的金盘也不翼而飞。底比斯地区地位最高的宗教人物，祭司皮纳杰姆不堪其扰，遂将一大批法老木乃伊移出墓穴，统一转移到德尔巴哈里神庙半山腰一个常人很难到达的山洞里封存。虽然大量陪葬品在转移过程中或在此之前就已被窃走，但至少，法老们的木乃伊和大量纸莎草纸文献被保存了下来，成为研究古埃及历史的重要宝藏。

在尘封了3000年之后，拉美西斯二世又重见天日。但岁月的沧桑磨蚀着他的躯体，损坏着他的肌肤。1976年，这位著名帝王的木乃伊被送到巴黎，接受法国最优秀的科学家和医生的救治。动员了全国最好的科研机构，通过分析木乃伊胸口和头发上脱落的微粒标本，法国专家最终得出结论，侵蚀法老肌体的是一种比较罕见的真菌。修复工作谨小慎微，一旦失手，不仅千年帝王会在二三十年内彻底腐蚀，而且会影响到法国与埃及的外交关系。最终，通过用别的木乃伊作试验品，确定了治疗方案，用放射线照射的方法成功修复了法老的木乃伊。卢浮宫博物馆还特意捐赠了一块古代麻布，重新包裹好容光焕发的法老，将其装入雪松棺木，运回他的祖国埃及。

今天，你能够在开罗博物馆幽暗而肃穆的展室里，凝视这位经历了风风雨雨的著名帝王。他身材颀长，面容清瘦，有着家族特有的鹰钩鼻子，头发生前用花叶的色素染过，呈金黄色。他的牙龈有点肿胀，生前应是饱受牙病之苦。脊柱稍显僵硬，背微驼，且略有跛足。当年在法国的诊断还显示，法老死于某种疾病导致的全身感染。他的双手纤细修长，长长的指甲还留有琥珀色泽。他的面目如此清晰，肌肤似有弹性，既威严又脆弱地躺在那里，似乎只是沉沉睡去。面对眼前的这具高高瘦瘦的躯体，你很难想象他曾指挥千军万马，发动旷古战役，也曾统领万众臣民，修建伟大建筑。那些建筑依然屹立，他的威名至今还被人提及，而岁月已经匆匆过去 3300 年。

历史是由人创造，由人书写的。回望任何一段历史，我们不仅会关注当时的政体、文化、经济、事件，也关注活生生的人——那些曾经风云际会、如今已烟消云散的人，他们当时的生活环境、家庭状况、个人特征，他们的言行举止、爱恨情仇，他们在历史关头的所思所想和所作所为。

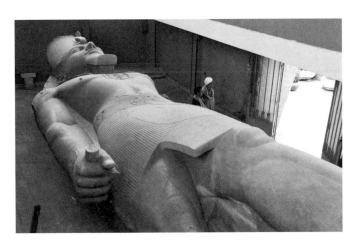

散落的拉美西斯二世巨像

对我而言，这是比呆板的年代、冰冷的数字更令人着迷的东西。当然，正因为是历史，很多人物的背影会模糊不清。年代越久远，这种缺憾就越明显，毕竟文字与书写方式还没到达一定的高度，记载容量本就有限，留传后世就更难了。偏偏在人类文明如此早期的埃及，文明留下了可以考证的个人痕迹，不仅仅是金字塔和诸多神庙，更有这栩栩如生的木乃伊，让我们感知岁月如何通过这些活灵活现的生命，如汩汩尼罗河水般流淌到今天。

还是回到阿布辛贝，在这个前不着村、后不着店的地方，热闹都是短暂的。逛逛神庙一个多小时足够，游客们熙攘而来，蜂拥而去，神庙突然就变得冷清，只有头缠白巾、身穿灰土布衫的努比亚看门人，无所事事地在巨大的拉美西斯二世雕像前发呆。在历史上，努比亚人一直被北方的埃及人攻击和征服，他们成为统一埃及的一部分、被边缘化的少数民族。由于需要兴建世界上最大的阿斯旺水坝，努比亚人背井离乡，几度迁徙，他们的古老家园如今已沉入深深的纳赛尔湖底。对努比亚传统文化的保护始终是联合国相关组织和埃及政府的一个重要议题。从阿斯旺到卢克索的大量帝王陵墓和神庙，看门的都是努比亚人，他们最主要的工作，就是确保游客不在墓室或者庙内拍照。

阿布辛贝庙前已空无一人。我在门外努比亚人警惕的目光下，走进大庙的多柱大厅和圣殿。强烈的阳光从室外照射进来，在大厅的地面上产生折射，让四周肃穆的法老立像变得温馨一些。光线也影响到了最深处的圣殿，三位神和一位神化的君王，在阴暗的角落里静静伫立，他们的面庞因有限的光影而生动起来。

"一天。就差一天。"身后突然传来口音浓重的英语。我回身，是那个努比亚人，他讨好地冲我微笑，希望用有限的单词取悦我，给他小费。

我当然知道他想要说的是什么。阿布辛贝庙的原址并不在这里，它的发现和迁移同样有很多传奇故事。这座巨大的神庙造好足有3000年，最后一次被人看到和提及还是在公元前6世纪，以后就成了无影无踪的神话般的存在。直到1813年，瑞士人布尔卡德来到努比亚旅行，遍访当地神庙，有一天他从沙漠高原下到谷底，看过了拉美西斯二世的王后尼菲塔莉的小神庙后打算原路返回，只是不经意地稍稍往南面转了一下，突然发现前方200米处漫漫黄沙堆起一个深凹的洞口，洞口里似乎有巨大的雕像。"它们几乎已经全部陷入沙里，只有其中一座有完整的头、一部分胸部及手臂还露在外面。旁边一座几乎看不出来了，它的头部已经断裂，沙子堆到肩膀处，另两座只看得见头饰，很难判断这些雕像是坐着还是站着。"布尔卡德由此判断这里有座巨大的神庙，

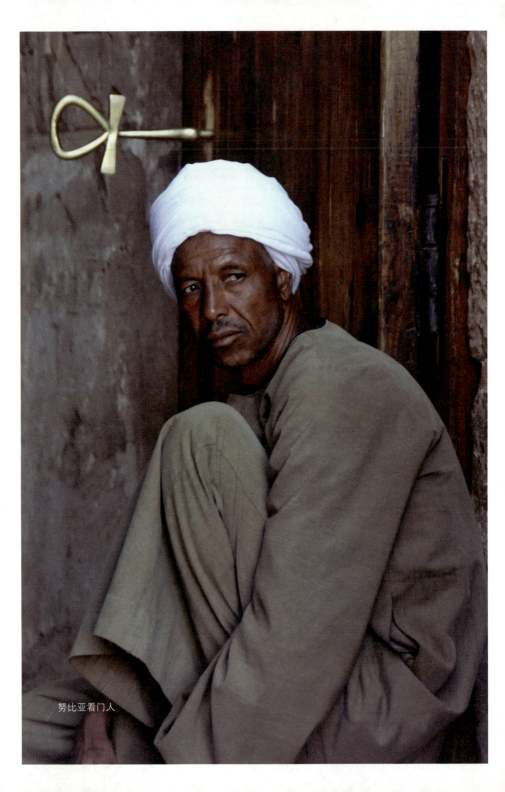
努比亚看门人

巨无霸般的法老本尊

千年风沙的堆积令努比亚人浑然不知。以当时的技术条件，没有任何机械可以搬走封堵在神庙门前的几百万立方米的沙子，周边荒无人烟，找上千个努比亚人挖沙也不现实。在后面的十几年间，各种人为了这个惊奇的发现而来，试图将神庙从沙漠里挖出来，有的挖了一半没钱又走了，有的挖开了口又封起来，直到1909年，阿布辛贝神庙才得以扫去千年的沙尘，重现人间。

阿布辛贝的曲折命运还没有结束。1956年，埃及政府决定在阿斯旺兴建水坝，尼罗河两岸的努比亚地区的所有古迹都面临灭顶之灾。联合国教科文组织发起了一次国际性的救援行动，抢在大坝建成之前，迁移挽救了20多座古代建筑，其中最壮观的工程，非阿布辛贝莫属。拉美西斯二世大庙和不远处的尼菲塔莉小庙都被切割拆卸，每块巨石足有20多吨，用吊车和卡车运送到比原址高60米、距尼罗河200米的山坡上，重新拼合复原。如今，你细看的话依然可以发现切割拼合的缝隙，但对于体量如此宏大的建筑，这点罅隙确实微不足道。

如此浩大而精巧的工程依然留下了遗憾。古埃及人巧夺天工，在建造阿布辛贝神庙时留下了阿蒙神迹：每年2月22日拉美西斯二世诞辰日和10月22日他的登基日，阳光会直入洞口，穿越50多米的庙廊，洒照在圣殿最尽头的三座雕像上：阿蒙拉神、拉美西斯二世、拉哈拉赫梯神。为什么不同样照在最左边的普塔赫神身上？因为他是冥界之神，本不该被阳光照耀。当3000年后瑞士科学家和施工队精心计算、反复核实、谨小慎微并成功地迁移了神庙后，太阳每年依然有两天直射入圣殿，照亮三位大神，却不想人算不如天算，日期阴错阳差，比原先各自提前了一天。

卫星可以上天，人类登上月球，却搞不定法老的日历表。这谈不上是讽刺，但至少算是一种修正，一个提醒。无论科学如何昌明，人类如何努力，我们对历史的探寻与真相之间永远存在距离，也许是一天，也许是千年。

不灭的灯塔

孤单的尼罗河由南往北，一路蜿蜒，等过了开罗，就撒网般的分出许多枝杈，其中最主要的一脉再往北奔腾个百多公里，汇入蔚蓝的地中海。那个入海口叫作亚历山大（Alexandria），完全不是个法老时代古埃及的名字。

亚历山大城规模不小。驱车驶入市区，不得不经过漫长的海滨路。漫漫黄沙已经不见,蓝色的海水就在你的右手边,左侧则是密集得望不到尽头的高楼。海滨路上挤满了来去匆匆的各色汽车,不管车速快慢,驾车的阿拉伯兄弟都不闲着,打手机、吃零食都不算什么事儿了,有和身边的女朋友热烈地接吻的,有聊得兴起与隔壁车辆里的人彼此敬烟的。再看看他们的车身,几无例外都是这边破损那边剐蹭,很多车两边的反光镜全部缺失,老司机们完全不以为意。人生不求圆满只求开心,再破的车,再乱的路,他们照样开得风生水起。

这还不算完。车从漫长的海滨路拐进老旧的市中心安富西(Anfushi)地区,景象顿时乱到令人发笑。本就不宽敞的马路两侧被绵延的商贩队伍占领。留胡子的老头、戴披巾的老妇们将瓜果蔬菜、鸡鸭鱼肉一字排开,身后还不时有游手好闲的年轻人窜进窜出。熙攘的人群一边要搜寻中意的商品,一边还要留心自己身后,因为马路中央是两条挨得几乎要重合的轨道,相向行驶着通勤的有轨电车。车身破旧,邋遢不堪,乍看仿佛彼此要撞上。电车交会时两个驾驶员热情地打着招呼,要不是还有点车速,他俩恨不得就要击掌相庆了。相对的一侧距离太近让人眼花,乘客就纷纷从对侧车窗伸出头来,对着沿街的景象呵呵傻乐或者大呼小叫,反正破旧的玻璃窗也就是个摆设。行人们毫无顾忌地在行驶的车头前穿越马路。驾驶员对面前的凌乱景象也有点恼火,急促地按起喇叭。根本没有人理睬,拥挤的路人们知道有轨电车不会脱轨转弯,忙碌中自如地控制着与车身微妙的距离,只有几只从笼子里被抓起的鸡鸭受惊扑腾,羽毛直飞向敞开的车窗。

亚历山大城有绵延的海岸线

这样搞笑的场景使人欢乐，也让人头晕。阿拉伯世界经常是这样于杂乱中见秩序，甚至杂乱本身就是秩序。而我们此行过来探访的，是阿拉伯时间之前、法老时代之后的亚历山大城，那个当时世界上最伟大的城市。在地理位置上，它属于今天的埃及，在人文与精神层面，它更属于地中海对面的伟大文明——希腊。

公元前3世纪，古埃及文明已渐没落，地中海对面曾经光芒万丈的古希腊文明也因城邦之间的纷争大伤元气，而希腊北部的小国马其顿脱颖而出。才20多岁的年轻国王亚历山大带着3万多人马披荆斩棘，依靠独特的长枪战法扫平了几乎所有的希腊城邦，雅典和斯巴达为了一统希腊斗了几十年，结果这个目标被一个北方偏僻一隅的小子轻松实现。亚历山大的雄心远远不局限于小小的希腊。公元前332年，马其顿军队跨过地中海，从波斯人手中拿下了埃及，又乘胜追击，翻过兴都库什山脉，覆灭了曾经不可一世的波斯帝国。波斯首都波斯波利斯被亚历山大一把大火烧尽，只留下如今的残垣断壁。亚历山大的步伐到了印度边界才告停歇，回头望望，他们跑得实在是太远了！今天的北马其顿共和国只是从前南斯拉夫分离出来的一个小国，想想当年一位英武的年轻人居然将其疆土扩展到如此范围，实在是人类征服史上堪比蒙古帝国的奇迹。

相比只识弯弓射大雕的成吉思汗，亚历山大腹有诗书气自华，毕竟他的家庭教师就是大名鼎鼎的亚里士多德。亚历山大每征服一地，都希望在尊重当地文化和宗教的前提下，将希腊的文明火种传播到当地。当他征服埃及时，就选中这个尼罗河入海口的小渔村建设城市，作为古埃及和新希腊两种文明的联结点。但亚历山大并没有看到以自己名字命名的城市建成，几年后他因疟疾死在从印度归来的途中。本想循法老之例葬在孟菲斯，不料遭到孟菲斯祭司的反对，因为这个人无论死活，出现在哪里哪里就不太平。结果，骁勇善战又英年早逝的亚历山大大帝被运回以他名字命名的城市，葬在至今未知的某个角落。亚历山大手下的将领托勒密接管了整个埃及，创建了托勒密王朝，并将首都定在亚历山大城，直至公元前30年为止。托勒密王朝的前几代帝王秉承了亚历山大大帝的理念，兢兢业业地建造这座以英雄大帝命名的城市，亚历山大城到处是可与罗马和雅典媲美的建筑，同时又有从孟菲斯等地搜集来的狮身人面像，使这座城市有别于希腊而保有传统的埃及风貌。作为地中海南岸的港口城市，亚历山大城逐渐成为立足北非、联结欧洲和亚洲贸易路线的重要停靠点。而这，还远远不是这座城市伟大梦想的全部。

我们的车停靠在一个气势宏伟的现代化建筑前。随行的埃及朋友说这里是"世界看埃及的窗口"，也是"埃及看世界的窗口"。我就笑，这种窗口在我们中国每个三线城市都有。我当然理解，这里是现代埃及的重要工程——2002年开馆的新亚历山大图书馆，可藏图书800万册，穆巴拉克亲临剪彩。如此浩大的工程，当然是向那个远去的王朝致敬，希望恢复昔日的荣光，但所有人都明白，那个已消失于无形的亚历山大图书馆，完全不可复制。

当年的亚历山大图书馆，是全世界最大的图书收藏和学术研究机构。藏书50万～70万卷，这在印刷术还没发明的时代是个惊人的数字。根据当地法律，所有在亚历山

郁闷的司机

小店家

亚历山大图书馆

大港停靠的船只都要将船上拥有的图书上交以供复制存档，更有许多人员被派到地中海沿岸各地搜集各种书籍，无论是羊皮卷书还是纸莎草纸书，一概翻译成希腊文后分档保存。现代的图书馆学即开端于亚历山大图书馆。而亚历山大图书馆只是缪斯神庙博学园（Mouseion）的一部分，这个词后来成为英文"博物馆"（museum）的词源。博学园除了图书馆，还有神庙、天文所、演讲区、植物园、动物园和解剖室，是一个完整的科研中心。

想象一下当年的盛况吧。在环绕着常春藤的希腊风格建筑内，来自五湖四海、由政府出资高薪延请而至的100多位专家学者专心致志于自己领域的科学研究，并将自己的知识通过授课传给年轻人。而卷帙浩繁的图书馆就是他们最大的支撑。那些夹着书本擦肩而过的人、那些面对一个几何图形愁眉不展的人、那些举起手术刀对着嗷嗷乱叫的动物下手的人、那些在夜色中仰望星空的人,千百年后的我们依然对他们耳熟能详,充满敬意。

欧几里得在亚历山大城完成了他的不朽著作《几何原本》。千百年来,西方人一代接着一代地演算《几何原本》中的问题,一代接着一代地培养出逻辑推理和科学思考的习惯,一代接着一代地形成了西方文明的科学与理性构架。当托勒密一世嫌十三卷的《几何原本》太过浩大,问欧几里得有无捷径可走时,这位古代世界第一数学天才回答说:"回禀陛下,几何学没有王道。"

年幼欧几里得一辈的阿基米德在亚历山大城学习的时候,不知是否与欧几里得有过交集?阿基米德的成就和身后的名望,丝毫不亚于前辈。他发现了圆周率;他在浴缸里总结出:物体在水中所受的浮力,等于其排出的液体的重量;他豪迈地宣称:"只要给我一个支点,我就能撬起地球。"

天文学家阿利斯塔克在这里发现了地球围绕着太阳转。

天文学家埃拉托斯特尼在这里计算出了地球的周长。

解剖学家希罗菲卢斯在这里发现了思维器官是大脑而不是心脏。

医学家盖伦在这里撰写了多本医学著作,详细记述了关于骨骼、肌肉、神经、关节、血管与内脏的研究成果。

物理学家希罗在这里写就了代表作《机械集》,涵盖诸多力学和工程学原理。他还发明了链泵、气泵、活塞泵、

物是人非的名城

跑步驱动水轮车等各种机器。

没有留下姓名的学者们搜集、誊抄并完善了有古希腊《圣经》之称的《荷马史诗》，为今后欧洲文明的传承奠定了牢固的基础。

对于喜欢读书、热爱科学的人而言，这是一个多么令人向往的城市！今天，我对钢筋水泥的新亚历山大图书馆已然了无兴趣，还是去看看亚历山大城残存的真迹吧。

离安富西闹市不远，难得有一处古亚历山大城遗址。在一个荒芜的土山坡上，竖着一根30多米高的圆柱。圆柱取材于埃及南部阿斯旺的花岗石，柱头呈阿斯旺石材特有的红色，配以简洁的科林斯风格雕饰。圆柱周边有两尊体量不小的狮身人面像。我们绕着石柱和狮身人面像兜圈子，不到5分钟也就兜完了。这就是几个世纪以来亚历山大城最有名的古迹了，石柱名叫庞培柱（Pompey's pillar），其实和古罗马将军庞培没有丝毫关系。圆柱的底部文字显示，这是庞培去世300多年后为当时的罗马皇帝戴克里先而建的，柱头上原应有戴克里先的雕像，不知为何被15世纪无知的游客张冠李戴搞到了庞培的头上。庞培柱所在的这个土山坡曾经是塞拉比尤姆神庙遗址，这个托勒密王朝建造的神庙非常雄伟，光台阶就有100多级，后来亚历山大图书馆的书籍已经容纳不下，就在塞拉比尤姆神庙开办了第二个图书馆，埃及艳后克里奥佩特拉曾把安东尼赠她的70万卷书稿存放在这里，将这里打造为另一个地中海宗教和文化中心。离庞培柱步行可及的地方，有个考姆舒卡法地下墓穴（Catacombs of Kom Ashi-Shuqqafa），是个深达35米的三层地下墓穴，除了大大小小的安放尸体的墓洞，还有圆形大厅、宴会厅等供哀悼者聚会的地方。整个墓穴颇值得一看，但这已经是古罗马时代的遗存，也与托勒密时代的亚历山大城搭不上边。无论是庞培柱还是墓穴，周边都是破旧的多层楼房，几乎每个窗台前都挂满了晾晒的衣服、床单和尿布，微风吹过，颇为壮观。

这就是亚历山大城？这真是亚历山大城？

凭借着对希腊文化的尊崇和对埃及文明的尊重，以亚历山大城为代表的托勒密王朝成为与地中海对岸罗马帝国长期对峙的强大势力，直至它的最后一任国王，与恺撒和安东尼都有爱与泪、血与水的故事的埃及艳后克里奥佩特拉。公元前30年托勒密王朝为罗马所灭。从亚历山大大帝去世到托勒密王朝灭亡这300年的时间，史称泛希腊化时代，也是人类科学与文明史上值得追忆的时代。缪斯神庙

庞培柱

和亚历山大图书馆应该就是在泛希腊化时代末期惨遭厄运的,也许是恺撒的一把大火,将辛苦积累的人类知识财富付之一炬。而在塞拉比尤姆神庙里的第二图书馆,则可能在此后两三百年的时间里被疯狂的基督徒破坏,直到罗马皇帝狄奥多西在清洗异教徒的运动中被全面摧毁。

想稍稍离开沉重的历史,去海边呼吸点新鲜空气。我们来到东部海岸边的凯特贝城堡(Fort Qaitbery)。城堡建于15世纪,黄昏时分,地中海温暖的橘色落日映照在砂岩盖成的碉堡上,使墙面呈现出鲜艳的蜂蜜色泽。海风有点大,海浪有点急,却丝毫影响不了几位钓鱼翁的雅兴。旁边,一位用黑色罩袍将自己通体裹起的妇女正陪伴着自己年幼的孩子,朝我们这些异族人瞥来戒备的目光。都说整个凯特贝城堡里面没什么好看的,但我们又不得不再次与历史相遇。据说城堡所在的位置,正是人类古代文明七大奇迹之一的法罗斯灯塔(the Pharos)曾经的位置。

公元前 283 年,托勒密一世下令在亚历山大港口建造一座巨大的灯塔,让惧怕地中海暗礁的往来船只远远就能确定亚历山大城的方位。建造灯塔的想法在当时是个创举。灯塔高达 110 米,差不多相当于现代大楼 30 层高,在设计上受东方建筑的影响,后来又对伊斯兰清真寺的塔尖结构产生了影响。可能有上百个人员对灯塔进行日常管理和维护,白天借地中海明媚的阳光,用几片巨大闪亮的金属板为船只导航,夜晚则用熊熊的火炬照亮漆黑的海面。法罗斯灯塔屹立了 1600 年,于公元 1436 年因地震而倒塌。

站在传说中的法罗斯灯塔旧址上,深深理解了为什么今天的亚历山大城被称作"徒有虚名的最伟大世界历史名

传说中的法罗斯灯塔

灯塔的位置已被城堡取代

城"。大自然是残酷的，无情的地震会将一座城市的绝大部分沉埋到冰冷的海水中去，使其在陆地上的辉煌痕迹无处可寻。比大自然更残酷的是人类本身，对权力的贪婪、信仰的抵牾，带来的不仅是战争的灾难，还会因愤怒、冲动、狭隘和愚蠢而随手燃起一把火炬，毁灭一代甚至几代人辛苦构建的文明成果。亚历山大图书馆被焚了可以再建造，早在古希腊时代就被揭示的地球绕着太阳转的发现则会被基督徒视为异端邪说，与古希腊的很多科学和艺术成果一起，因其多神教甚至无神论的基因，被尘封在黑暗的中世纪达千年之久，直至文艺复兴的曙光出现。

我们怀着虔诚之心千里迢迢来到亚历山大城,却见证了一个城市的消亡、一段历史的倒退,但是,我们以健康的躯体,坐着飞机、轮船抵达这里,本身就拜先贤的成就所赐,就已蕴含了这座城市和这段历史给人类创造的巨大财富。我们来到这里,面向大海,向已经消失的法罗斯灯塔致敬。两千年前,这座灯塔上熊熊燃烧的火焰为众多远洋水手指明了航程,更让无数喜欢读书、热爱科学、拥抱知识、探求真理的人找到了家园。直到今天,这熊熊火焰依然让我们感到浓浓的暖意。

第二章

文明摇篮曲　希腊

迷宫没有墙

站在埃及亚历山大港的城堡上远眺，北方是一片深绿色的地中海，茫茫不可见彼岸。彼岸，就是希腊。其实对于航海者来说，相比于太平洋和大西洋，地中海实在太过温馨了。南北岸之间的距离并不遥远，而且中间遍布小岛，尤以靠北边希腊一侧为甚，地中海航行即便在古代也不算是一件难事。这些星星点点的海岛成为地中海两岸商贸往来和文化交流的支点，因此，说起来埃及属于非洲，希腊等巴尔干半岛国家属于欧洲，但事实上埃及与希腊彼此之间的对应和契合度，要远高于埃及之于南非，希腊之于英、法、德。

这千岛之中最大的一个岛叫克里特（Crete），如一道防护堤拱卫在希腊大陆的面前。其面积约略等于四分之一个海南岛，气候温和宜人，相比于纯粹作为旅游景点的圣托里尼岛、米科诺斯岛，它有自给自足的丰沛物产，有多处别具特色的美丽沙滩，有险峻巍峨的峡谷，有丰厚的人文历史环境。在其主要城市伊拉克利翁（Iraklio）、干尼亚和雷西姆农，沿海一律有个威尼斯港，斑驳的建筑、狭窄的商业弄巷、交错而立的东正教堂和清真寺，处处体现出它的历史轨迹：从拜占庭帝国的疆土到威尼斯人的管辖，再到奥斯曼帝国的统治，最终回归希腊的怀抱。在"孤独星球"丛书中，《克里特》是厚厚的一本，远超许多国家。比起雅典，在克里特岛旅行，物价更便宜，服务更贴心，遇到小偷的概率也更低，有着希腊其他逼仄小岛所不具备的畅快度和松弛感。但如果你以为它只是希腊历史与文明的偏远延伸，那就错了。克里特岛上的文明远在辉煌久远的古希腊之前，其存在曾经饱受质疑，只是到了近代，考古发掘才让人相信：文明在这个偏远一隅的小岛上曾经到达过相当的高度。

《荷马史诗》记载，在遥远的年代，克里特岛上的国王米诺斯拥有一座迷宫般的宫殿。米诺斯得罪了海神波塞冬，波塞冬施法术让米诺斯的妻子帕西法厄爱上了漂亮的公牛，生下了牛头人身的怪物弥诺陶洛斯。米诺斯国王无奈，只能把这头杂种囚禁在这座极其复杂的迷宫里，又胁迫一海之隔的雅典每隔9年向他进贡7对童男童女，作为迷宫牛头怪的食物。到第三次献祭的时候，童男童女被运上船，挂起黑帆，雅典城中哭声一片。高大英俊的雅典王子忒修斯看不下去，主动向父王请缨，与献祭者共赴克里特岛，他要进迷宫除掉牛头怪。但是，屠牛尚且不易，逃出迷宫更几无胜算。天无绝人之路，忒修斯行前向爱神阿芙洛狄忒献祭。心诚则灵，米诺斯的女儿、克里特公主阿里阿德涅居然一见钟情地爱上了忒修斯，决心背叛父王，与情人私奔。聪明的阿里阿德涅给忒修斯一个线团和一把宝剑。忒修斯将线团的一头拴在迷宫门口，揣着线团进入迷宫，经过一番恶斗，用宝剑杀死牛头怪弥诺陶洛斯，然后顺着线团轻易走出了迷宫，带着克里特公主逃离克里特岛。而这座迷宫一样的宫殿，就叫克诺索斯（Palace of Knossos）。

关于古希腊行吟诗人荷马的存世年代素有争议，一般认为是在公元前9世纪到前8世纪。这比伯里克利的雅典黄金时代还早500年，所以荷马口中的遥远年代，更不知是几夕几年。何况《荷马史诗》最大的特点，就是人与神、

伊文思找到了《荷马史诗》中的克诺索斯宫殿

历史事件与远古神话交叠叙述，彼此关联，所以你听到海神施法搞出牛头怪、爱神让岛国公主爱上忒修斯，简直就像说玉皇大帝派托塔李天王和哪吒三太子下凡相助黄帝与蚩尤对战一样，天上地下搅和在一起，完全辨不清真伪。因此对于克里特岛上是否如《荷马史诗》所说，有90座城市，有座像迷宫一样的克诺索斯宫殿，千百年来人们都将信将疑。

在希腊近代考古史上，有两个不得不提的重要人物，第一个是德国人海因里希·谢里曼，正是他在土耳其发掘出了特洛伊遗迹，在伯罗奔尼撒半岛发掘出了迈锡尼遗迹，才向世人证实了2700多年前一位行吟诗人口述的长篇画卷不仅仅是神话传说，更是真实的历史。由此，谢里曼进一步认为《荷马史诗》所说的克诺索斯王宫也确实存在于克里特岛，但他为开掘权与克里特岛当地权贵的谈判破裂，终成一生憾事。英国考古学家约翰·伊文思再接再厉，趁着奥斯曼土耳其帝国危乱之际，买下了传说中的宝地。从1890年开始的发掘工作异常顺利，往土层下没铲几锹，文物古迹就冒出来了，不是一件两件，而是成堆成片，是被岁月湮没的一座伟大都城。伊文思迫不及待地宣告，他找到了《荷马史诗》中的克诺索斯王宫！既然《荷马史诗》中这位国王的名字叫米诺斯，伊文思就将他考古印证的这段历史称为米诺斯文明。伊文思的发现，将原先所知的欧洲文明史整整往前推了1000年。

根据考古发现，公元前2000年时，米诺斯文明在克里特岛已经高度发达，最早的克诺索斯王宫已经修建，后于公元前1700年左右被地震所毁，又在原址上大兴土木，建成后成为一个繁盛强大的君主国的都城。直至公元前15世纪到前14世纪再遭厄运。有人认为是被不远处圣托里尼岛喷发的火山湮灭。

今天，绝大多数去克里特岛旅行的人都得在抵达首府伊拉克利翁之后，去近郊的克诺索斯拜拜这个老土地公公。访问克诺索斯王宫有一种与访问其他考古现场截然不同的体验。很多考古现场是往下走，毕竟文物都埋在地下，在克诺索斯是往上走，因为王宫建在一座平缓的小土坡上，而且层层叠叠有5层之多，国王当然在最高的地方，所以一路走去，你不是低头俯视，而是不停仰望。很多考古现场会框定参观线路，哪进哪出哪拐弯都标示明确，克诺索斯不是，没什么常规线路，你想怎么走就怎么走。于是遗址现场游人像逛城隍庙一样，东南西北地在一堆层叠

克诺索斯王宫

的古迹上跑来跑去，上上下下，东张西望，还不时回头望望，挠挠头说这地方我刚才到过没有啊？到过？没到过？哦，原来转一圈是这里啊，那还是到过的！其实占地也就三个足球场大小，但这样兜兜转转，一两个小时很快就过去了。同伴感慨地说："这儿怎么像迷宫一样！"像迷宫就对了。《荷马史诗》上写的不就是一座迷宫嘛！当年忒修斯提着线团才敢进去杀了牛头怪，今天若不是迷宫已成一堆废墟，我们恐怕也得找个线团才能走到出口呢。想想距我们近3000年前的荷马如此精准、如此艺术地描摹出了在他之前1000多年的、不曾见过的神秘宫殿，你真不得不由衷感叹人类伟大的记忆力和艺术再造力。

　　简单说一说我自己的参观路径吧。在杂乱的废墟中把起点定在宫殿的北门，在我看来这是整个遗址中最吸引眼球的地方。几根红色的柱子撑起架构，柱子后是一幅形态生动的壁画《进攻中的公牛》，足见对牛的狩猎和驯服在米诺斯文明中的重要地位，《荷马史诗》中出现牛头怪而非其他怪也在情理之中。拾级而上，来到一个宽阔的平台，被称作中央庭院，类似于整个宫殿通往各处迷宫住宅的小型广场。平台近前最显眼的一排房子是国王宫殿，国王有可能在此主持宗教仪式，处理政务。墙壁呈棕褐色，明亮典雅，绘有壁画。沿墙壁安放着一个汉白玉座椅，椅背饰以狮鹫图案，应是国王宝座。出来后右转，再上台阶，就到了主楼层，其功能可能是接待室或者大客厅。有一间壁画室，几幅著名的壁画《跳跃的公牛》《蓝衣女人》都出现在这里的墙上。主楼层的最南端是西储藏室，这里存有很多黏土制造的巨大容器，应是用于储酒或粮食。沿着楼梯向下走到南门廊，看看那里的一幅《侍酒者》壁画。返回中央庭院，不要错过南侧墙面巨大而精美的壁画《百合王子》。宫殿东侧，有八根红色柱子撑起四段石膏台阶，名曰大楼梯间，通往王室的私人住所。这些住所如今只有残垣可供想象，但宽敞的王后正殿被打理得有模有样，墙上用蓝色颜料绘就众多海豚水中嬉戏的壁画。王后正殿旁直通盥洗室，但传说中的大理石浴缸没有看见。正殿隔壁是双斧殿，有说是国王居室，其名称来自采光井上方的双刃斧标志。这是米诺斯文明非常神圣的标志，英语"迷宫"（labyrinth）正来源于"双刃斧"（labrys）一词，是古希腊对欧洲文化影响的一个佐证。沿石阶而下时，顺便看一下精密的排水系统和巨型大口陶坛。下了宫殿别忙离开，再绕转到西北角上，那里有巨大的圆坑，供储存粮食。还有

装饰有海豚壁画的王后正殿和盥洗室

一个小型的剧院遗迹，也许荷马的祖先曾在这里吟唱。剧院正对一条幽静的被绿植环抱的小径，也是考古发掘的成果。这条小径通往米诺斯其他的宫殿。那些宫殿也以其悠久的历史和丰富的考古成果被列入世界文化遗产名录，只是名声被克诺索斯盖过而人迹罕至。而这条通幽的小径被认为是全欧洲第一条马路。

晕乎乎一圈转下来，不禁要说，三四千年前的东西，怎么可能保持得如此栩栩如生，如此完好?！这也是今人对克诺索斯王宫誉之毁之的地方。

伊文思在发掘出克诺索斯王宫后，其倾心与爱慕之情难以言表，他不仅将后半生大部分精力倾注在此，还耗费大量资金，按照自己的理解修复当年的王宫。所以你在王宫遗址看到的石头基座是真的，废墟是真的，但那些红色柱子、金色镶边的黑色柱头、建筑的屋顶，全是伊文思的手笔，墙上色彩鲜艳的壁画也全部是复制品。发掘时出土的众多壁画、陶坛、雕刻、金银饰品、青铜武器如今都被保存和展陈于首府的伊拉克利翁考古博物馆和雅典的国家考古博物馆。伊文思的做法引起了极大争议，有人批评他将自己的想象和现代复原技术强加于历史遗迹，无异于对考古现场的破坏。我作为众多游客中的一员，倒想为伊文思申辩几句。首先，伊文思所有的重建都基于考古本身的成果而非凭空想象，是复原而非创建，这些复原用非常显眼的方式呈现出来，如红漆的柱子、封闭的屋顶，观众对哪些是原迹哪些是复制品一看便知，绝不会混淆；其次，我们走过太多的历史遗迹，面对一片残砖碎瓦，即便有文字和导游介绍，对曾经的盛景和场面还是茫然的。有关历史真实面貌的揣测只存在于少数专业考古人士的脑海之中，绝大多数外人则完全无感。海量的考古信息无法得到有效传播，这对丰厚的历史本身也是一种巨大耗损。不难想见，如果没有伊文思对米诺斯文明科普化的解读和审慎的重建，游人来到克里特岛也许就是为了阳光和沙滩，小岛一隅的克诺索斯未必会让他们趋之若鹜，即便过来打量几眼，对人类早期文明的景况也不会有太清晰的体悟。

后世对米诺斯文明的好奇绝不限于砖瓦栋梁。这个如此悠久又如此出彩的文明的建立，是否如世界上很多早期文明一样，充满了剥削、杀戮、专制和残暴？跨度太久远，线索很有限，各种解读也就未必符合历史真实。也许考证过太多的血腥，专家们在勘测到米诺斯明亮温馨的一面时，就偏向于相信这是一种宽容友善的文明。偌大的克诺索斯

巨大的陶罐

王宫没有城墙,这在当年弱肉强食的时代几乎不可思议。是敌人太遥远,米诺斯太强大,抑或是四海之内皆兄弟?再如发掘出来的诸多精美壁画,多是生动地展示日常生活或美好自然,没有丝毫硝烟和戾气,人们由此断定,整座城市色调明快,整洁有序,朝气蓬勃。多数专家相信,米诺斯人彪悍强大却又性情温和,王国的规划井井有条,王宫居中,商人、陶工、金匠和画匠比邻而居在王宫周围,他们已经熟练地掌握了冶金和陶艺技术。耕种的农民则居住在更远的城郊和山谷中。王宫高高在上,每当节庆时分,威仪的国王与穿着华丽的贵族女眷们从宫中俯瞰庆祝丰收的游行队伍,或者在剧场观看刺激的斗牛比赛。王宫离海港只有五六公里的距离,坐马车去海边眺望地中海只要一个半小时的时间。在港口,国王的贸易船队正扬帆出海,通过那一个个珠串的岛屿,将克里特岛的丰富物产和手工产品运往地中海的广大地区……

美国作家亨利·米勒曾经表示,虽然不是十分肯定,但他有一种强烈的感觉,就是在漫长的岁月中,克诺索斯

人们对伊文思的手笔褒贬不一

曾经历过一段繁荣的和平时期。他在凭吊其他历史遗址时,很少有类似的冲动。他说,克诺索斯貌似普通平凡,却宛如教堂里传出的风琴声,整首曲子的基调流畅欢快,其演奏技巧又令人赞叹不已:

> 人们觉得,克诺索斯人似乎是为了生活而生活,并无明确的人生目标。他们从不迷恋过去,也不拘泥于传统。他们也信奉神明,但有适合自己的独特生活方式,尽可能地享受现有的一切,从稍纵即逝的每一瞬间汲取生活的甘露。

读着这样动人的文字,虽然我也和米勒一样"不敢十分肯定",但也乐于相信他恰当地描绘了一个真实的、合乎我们心意的米诺斯文明。

当米诺斯人建造这座结构严谨、布局精巧的宫殿时,在欧洲大陆的绝大多数地方,人们还都住在草棚子里。米诺斯文明从何而来?很多证据指向克里特岛往南300多公里、非洲大陆的北角，那里正是古埃及文明之所在。古埃及的文明比克里特岛更早、更宏大、更广泛，虽然今天的克里特岛属于希腊领土，其历史又有古希腊诗人荷马做背书，但其基因来自古埃及。伊文思在克诺索斯废墟中找到很多刻有线形文字的泥板，证明米诺斯人已经拥有了自己的文字。这些文字至今无法完全解读，但研究表明其文字发展经历了从象形到线形的转变，而早期象形文字中表述生命、酒具、宫殿、塔等意象时，其形状与古埃及的象形文字极其相似。

可以说，历史巨人沾着古埃及法老们尘封的泥土，从悠悠尼罗河畔起步，迈向蔚蓝的地中海。他将克里特岛作为跳板，一步跃到彼岸那还处在蒙昧中的欧罗巴大陆，而他溅起的第一朵浪花，正是古希腊文明。

黄金面具下的爱与痛

以我的观点，希腊国土的形状除了众多星星点点的小岛，就像一头生姜，呈不规则的茎块状，分枝与主干的连接很细小，轻轻一掰就下来了。希腊国土的那块分枝，就是伯罗奔尼撒（Peloponnese）半岛。它靠着细细的科林斯地峡与希腊大陆相连。从雅典去伯罗奔尼撒，先开 1 小时车到科林斯地峡处，可花 10 分钟看一眼科林斯运河，这条从峭壁处开凿的运河虽然狭小，却相当于在生姜分枝上的轻轻一掰，爱奥尼亚海与爱琴海就此打通。过了这个窄窄的峡口，就算进入了伯罗奔尼撒半岛，路上的车渐渐稀少，地势逐渐变得起伏，空气也更加清冽，橄榄树和松树随处可见。很难想象，这片略显荒芜的土地居然孕育了古希腊最早的文明。

很多没去过希腊的人熟悉伯罗奔尼撒半岛的名字，是因为历史课必讲伯罗奔尼撒战争，这场雅典与斯巴达耗时30多年的内战最终戕害了古希腊文明。斯巴达就在伯罗奔尼撒半岛的中部位置。那时候希腊还不叫希腊，整个地中海北岸东到如今土耳其的小亚细亚半岛，西到意大利西西里岛，遍布着难以计数的大小城邦，雅典和斯巴达是最大的，小的可能只有几百上千人口。它们各自独立，互不干涉，但语言相同，信仰一致。伯罗奔尼撒半岛的城邦也不少，古城遗迹成堆，比如最有名的古代奥林匹克运动会创始地奥林匹亚古城，逐一细访的话一个星期都看不过来。我们没有去名载史册的斯巴达，因为据说那里的古城遗迹已经所剩寥寥，本来斯巴达的文明程度也难望雅典项背，没有城墙，也不关心艺术，它战胜雅典，是人类历史上武力战胜文明的又一典例。我们要探访的是迈锡尼古城（Ancient Mycenae）。虽然也叫古城，但它与奥林匹亚、斯巴达、科林斯等不同，它不属于城邦时代的希腊，它更久远，属于荷马。

《荷马史诗》无论是《伊利亚特》还是《奥德赛》，其背景都是那场冲冠一怒为红颜的战争。小亚细亚古城特洛伊的王子帕里斯爱上了斯巴达美女海伦，将她诱拐回了特洛伊。海伦的丈夫、斯巴达国王墨涅拉俄斯召集周边其他城邦，率领强大的舰队围攻特洛伊，仗一打就是10年，直至用了木马计，才告功成。而这支联合部队的统帅，就是迈锡尼国王，也即墨涅拉俄斯的兄弟阿伽门农。10年离家远征，终于得胜回朝，阿伽门农满心欢喜，想不到等待他的却是杀身之祸。阿伽门农的妻子克吕泰涅斯特拉对丈夫早有不满,因为当年攻打特洛伊时,无情的阿伽门农将自己的亲生长女伊菲革涅亚献祭给月神,以求神明保佑其凯旋。阿伽门农一别十载,克吕泰涅斯特拉早有新欢,此人还是与阿伽门农有家仇的埃癸斯托斯。阿伽门农的回归对他们来说可是天大的噩耗。盛大的凯旋欢宴之后,阿伽门农泡在宫殿的浴缸里一洗征尘,克吕泰涅斯特拉和埃癸斯托斯从帷幕后冲出,挥舞利刃刺杀了阿伽门农,鲜血染红了凶手的衣衫。克吕泰涅斯特拉镇定自若,向满朝文武宣布,是自己杀死了阿伽门农,为死去的女儿报仇,从今往后,埃癸斯托斯是新的国王,掌管所有军队。众长老唯有默然无语。但克吕泰涅斯特拉未能斩草除根,她和阿伽门农不满12岁的儿子俄瑞斯忒斯在聪明的二姐厄勒克特拉的帮助下,逃出了迈锡尼。多年之后,受尽自己亲生母亲与狠毒继父虐待的厄勒克特拉终于盼来了弟弟长大成人归来。俄瑞斯忒斯杀死了克吕泰涅斯特拉和埃癸斯托斯,姐弟同心报了杀父之仇。

这样的故事不免让人想起《哈姆雷特》。俄瑞斯忒斯与哈姆雷特的区别,在于他的果敢和决绝。

《荷马史诗》人神混杂,汪洋恣肆,天马行空。且不说木马计这样的取胜之道过于传奇,就是众多出场人物都真假莫测,光宙斯的子女一个巴掌都数不过来。引发战争的绝色美人海伦与蛇蝎之心的克吕泰涅斯特拉居然是同母异父的姐妹,其母亲是斯巴达王后勒达,克吕泰涅斯特拉的父亲是斯巴达国王廷达瑞俄斯,而海伦则是好色的天神宙斯变身为白天鹅飞进洗澡的勒达怀里所生。因此海伦有神的血统，得永生，而克吕泰涅斯特拉是人的后代，有人寿。史诗般的传说流传了千百年，可一旦有人信以为真并付诸考古，就会受到很多人的质疑和嘲笑。德国人海因里希·谢里曼从小酷爱《荷马史诗》和希腊文化，熟读古罗马学者帕萨尼亚斯等人关于古希腊的著作，甚至娶了一个希腊女子为妻。他在众人的嘲讽声中，于1870年在小亚细亚半岛东岸成功发掘出特洛伊古城遗址，印证了荷马羡称的特洛伊王宫和宝藏，震惊了西方学术界。谢里曼并不就此收兵，他转战伯罗奔尼撒半岛，希望找到《荷马史诗》中另一个伟大都城迈锡尼。发掘工作非常不顺利，1876年11月的某一天，弹尽粮绝的谢里曼带队作最后的努力，如果无功而返，整个发掘行动将于次日终止。也许是谢里曼的执着感动了奥林匹斯山的哪位天神，这次一铲下去，居然铲出了一个祭坛，祭坛四周是"井"字形凹槽。谢里曼施展平生所学，认为凹槽是供祭物的鲜血流淌到地下，给死去的魂灵享用的。于是沿着凹槽往下挖，居然挖出一个巨大的竖井墓。进一步开掘，有五个墓穴，30

阿伽门农的黄金面具

多具尸骨。在第一个墓穴里发现一具疑为君主的干尸,其脸上罩有一个历千年依旧光可鉴人的黄金面具。谢里曼大喜过望,立刻给希腊国王乔治一世写去一封热情洋溢的信:

> 尊敬的陛下,容我向您禀报,我依据帕萨尼亚斯的记载,成功发掘出了阿伽门农、卡珊德拉及其战友被克吕泰涅斯特拉和埃癸斯托斯杀害于宴会后埋葬的墓地。墓地用双层石墙围拢,而这只为向位高权重者致意所专用。在墓中,我发现了大量珍宝和古代黄金饰品。这些珍宝足以填满一个大型博物馆并使之名扬四海,吸引全世界的人纷至沓来。对科学的热爱是我工作的动力,我无意于这批珍宝的所有权,诚挚地将其全部奉献给希腊,愿这些珍宝成为国家巨大财富的基石。

我本人不是个博物馆控,但雅典的国家考古博物馆是必去的。这个馆的建筑已经颇为老旧,但雅典人毫不介意,只因为其展陈的是古希腊,是整个西方文明的源头。谢里曼的迈锡尼文物占据了博物馆底楼最显眼的一个大厅。残破但色彩依然艳丽的壁画、厚重的墙面石雕、小巧但极其细腻的人形雕塑、有抽象花纹或飞禽走兽图案的陶瓶陶罐、雕工精细的纯金饭碗,还有众多可以拼成人体图案或蝴蝶造型的黄金饰品箔片。令人震惊的不全是其庞大的数量,也不仅是其精巧的工艺,更有充满艺术想象力的设计,无论是绘画、雕塑还是工艺品上的纹饰,放在今天看,是那么具有现代眼光,那么新潮时尚,让你疑惑当今的一些艺术品，是不是那些画匠、工匠从三四千年前的古代穿越过来所作。

展厅正中的展品，无疑也是希腊考古博物馆的镇馆之宝，就是阿伽门农的黄金面具。薄薄一层，光芒闪耀，显然被打磨得贴合主人的面庞。其脸形略消瘦、苍老，但有威严之气。面具沿着耳郭做成钩状，应是供两股绳索穿过，像口罩一样戴在死者的脸上。这个面具，真的属于一生坎坷又名垂青史的阿伽门农吗？后来的技术测定认为，特洛伊战争爆发于公元前1230年左右，而这个面具主人的生存年代要早于阿伽门农300多年，很可能是之前某位不知名的迈锡尼君王，但所有人都乐于称之为阿伽门农黄金面具，毕竟阿伽门农这个名字连同这个面具，算得上迈锡尼文明的代名词。

迈锡尼文明的时间，大致与克里特岛上的米诺斯文明相近，公元前2000年左右步入青铜时代，到公元前1200年左右走向衰落。对照迈锡尼与米诺斯的文化遗存，会找到不少有关联的地方，比如壁画的主题、色彩和绘画风格，都极其近似。根据从两地发掘出来的线形文字泥板分析对比，很有可能是米诺斯文明慢慢影响和渗透到了对岸的迈锡尼，甚至有观点认为是迈锡尼征服了米诺斯，取而代之成为地中海的经济和文化中心，进而通过神话的创造与完善，形成了古希腊文明的初步形态。

迈锡尼古城的选址也与米诺斯的克诺索斯王宫有异曲同工之处，都是在小山坡上。只是迈锡尼古城所在的山坡更高，更有气势，用中国人的话来说，风水更好。克诺索斯没有城墙，被后人视为米诺斯人心无城府天真烂漫的证

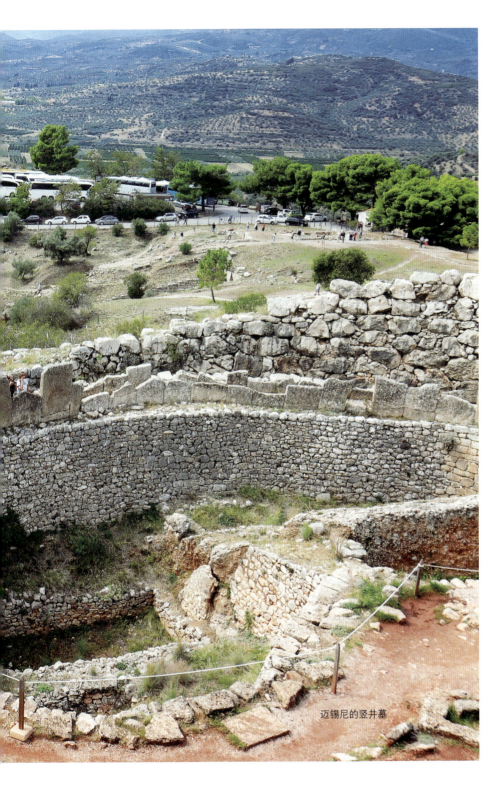

迈锡尼的竖井墓

狮门

据。迈锡尼则不同,也许真的在彼此交战中吸取了对方的教训,其城墙十分厚重,一段城墙中开凿出山门,也就三四人并行之宽,但巍峨雄壮,由坚固的石块砌成,门梁更用巨大的石块压住。门梁上有石雕,是两只对称跃起的母狮。此门因此被称为"狮门"。进入狮门,就算进入了这个不可一世的王国的核心区域。

进入狮门后的右手边,就是直径达 30 多米的巨大竖井墓,希腊国家考古博物馆里的展品很多就出自这里。当时发掘出来的尸骨上多有黄金饰品覆盖。在一个儿童墓里还发掘出大人怀抱婴儿的雕刻,巴掌大小却栩栩如生。狮门前的道路蜿蜒曲折,呈"之"字形向山坡而去。一路两侧尽是残砖碎瓦,说起来都曾是宫殿庙宇、亭台楼阁,如今已是荒芜一片，昔日胜景唯有靠想象来弥补。山坡最高处是国王宫殿所在地，现在奇怪地变成了一片平地。从山顶眺望，四周群山环绕，郁郁葱葱，20公里外伯罗奔尼撒首府纳夫普利翁的城堡居然清晰可见。狮门外，又有旅游大巴驾到，游客纷纷挤在门口，拍照留念。也许当年阿伽门农国王就是从这里旌旗一展，率军出了城门，跋山涉水，去攻城拔寨。

古城遗址上的导示牌工整严谨，哪里是殿堂，哪里是客厅，哪里是工匠村，哪里是蓄水池，有一说一，绝不发挥。倒是很多旅游书不甘寂寞，结合千古传说和戏剧故事，在废墟上为古人安排好了行事地点：这里是阿伽门农遇刺的地方，那里是俄瑞斯忒斯刺杀生母克吕泰涅斯特拉的地方，然后从这个后山门，逃出了迈锡尼城……说得好像3000多年前的一幕都亲眼所见一般。想想也是，刺杀总在宫殿之内，逃跑多从后山门出，基本八九不离十，谁让千年卫城如今只剩残垣断壁，又不似克诺索斯王宫用现代技术复原部分景观，到头来让人看了一头雾水。有些体力不好的游客，到了狮门就停步不前，反正山上都是石头，到了狮门就算来过了。

幸好，古希腊文明的可贵之处在于，除了山墙、城门、墓穴、宫殿、陶器、黄金、象牙、玉雕、壁画之外，还有丰厚的非物质文化遗产。首先是荷马，他的年代距离迈锡尼只有三五百年，其史诗却记叙历史，描绘诸神与先人，传诸后世。而到了雅典的黄金时代，众多戏剧家距离荷马又有四五百年，又从荷马那里获得灵感，集体构建和完善人类的远古记忆和情感传承。死人不能说话，但艺术

人偶　　　　　　　　陶瓶　　　　　　　　金牛首

壁画

家可以让他们复活。古希腊三大悲剧家埃斯库罗斯、索福克勒斯和欧里庇得斯，都曾在自己的作品中写到过阿伽门农遇刺和他的一双儿女十年磨剑、为其报仇的故事，尤其是女儿厄勒克特拉忍辱负重的形象，三位戏剧家都浓墨重彩，将其作为主角塑造。三位大师笔下的厄勒克特拉又彼此不同，各有各的精彩。

埃斯库罗斯笔下的厄勒克特拉温柔、善良，甚至有些怯懦，既觉得为父报仇是自己的使命，又为复仇对象是自己的生母而苦恼。她对自己的母亲说不出控诉的话语，更没有勇气亲自参与刺杀行动，她纠结而痛苦，希望谋害自己父亲的人能在一个荒僻的地方被杀而不是死在她的眼前，她甚至祈祷：最好不用凡人动手，而由无所不能的宙斯亲施天惩。

索福克勒斯笔下的厄勒克特拉坚强、刚毅、果敢、无所畏惧。她在王宫中就像一个女仆，穿下等的衣服，吃奴隶的饭食，受尽了"那个女人"和"卑鄙的懦夫"的侮辱，她祈求兄弟俄瑞斯忒斯速速归来，救她于水火之中。当俄瑞斯忒斯一剑刺向克吕泰涅斯特拉时，她在门外喊道："如果你还有力气，再给她沉重的一击！"

相较而言，我个人更喜欢欧里庇得斯笔下的厄勒克特拉。她被克吕泰涅斯特拉和埃癸斯托斯相逼，嫁给一个农夫，这样她的后代就不会对他们产生威胁。但粗茶淡饭没有泯灭其善良的天性，她对自己的丈夫充满柔情与感激，希望能分担他的劳作。但一转身，她又提醒自己是阿伽门农的女儿，曾经也是骄傲的公主，而自己的母亲是邪恶的王后。"神明知道我的耻辱。"她的控诉声

声血泪,字字珠玑:

> 这灰尘和烟雾咽住了我的呼吸,
> 这低矮的房屋使我只能弯着身躯,
> 你看这衣衫——我只能一针一线自己缝补,
> 要不就只能赤身露体……
> 啊,她——她!
> 她的王位周围闪烁着特洛伊的战利品,
> 左右手侍立着我父亲从东方俘虏来的王后,
> 还有东方的绫罗绸缎,无数的黄金。
> 而就在王宫的地板上还流淌着鲜血,
> 凝固成黑色的斑斑血迹,如同石头上
> 霉烂的污渍。

欧里庇得斯笔下的厄勒克特拉,毫不犹疑地跟随兄弟去刺杀他们的母亲。克吕泰涅斯特拉一袭华衣走来,与自己褴褛的衣衫对应,更激起了她的愤懑。当俄瑞斯忒斯犹豫"她曾经哺育了我,我怎么能杀她"时,厄勒克特拉决然地说:"就像她杀死我们的父亲那样杀死她!"而当俄瑞斯忒斯一剑刺中克吕泰涅斯特拉、大仇终报之时,她又瘫软下来,替俄瑞斯忒斯承揽一切罪责:"弟弟,这都是我的责任,我是她膝下的女儿,我称她为母亲。我的罪恶天地难容。"她坚持说,是自己给了兄弟暗号,要他动手,并递过去那把宝剑,一切罪责在她。然后,她又跪倒在地,伏在自己母亲的尸体上:

埃皮扎夫罗斯剧场

　　　　她——我从前深爱过，

　　　　她——我也痛恨过……

　　这是多么复杂又丰满、多么矛盾而深刻的人物塑造！多么细腻精微的细节描绘！这是公元前5世纪的作品，戏剧已经成为当时的古希腊人生命中不可或缺的组成部分。迈锡尼的风流人物与刀光剑影在雅典卫城帕特农神庙下方的狄奥尼索斯剧场复活，对于他们，那是千年以前的历史，就像我们离他们一样遥远，但剧场里的短短个把小时就能穿越这巨大的心理时空。

　　距迈锡尼古城东南约30公里，还有一个世界文化遗迹：埃皮扎夫罗斯剧场（Theatre of Epidavros）。这座建于公元3世纪的剧场由石灰岩筑成，可容纳14000名观众，是保存最好的希腊古典时期建筑。其气势宏阔，坐在最后一排可眺望葱翠群山，而舞台中央的人已身形微小。不过，据说那里掉一枚硬币，末排的观众也能听得清清楚楚。谓予不信？熙攘的游客中走出一位长者，在舞台中央打开一册书，用希腊语放声朗读。我猜是哪位古希腊戏剧大师的作品。距离太远，声音随风吹来，不够响亮，却依然清晰。长者将手掌放在耳边，等待回应。回应来了，是梯田般高高的斜坡上传来的一片整齐的掌声。

听得清，听不清，听得懂，听不懂，都没有什么关系。这掌声，献给埃皮扎夫罗斯，献给山那头的迈锡尼，献给科林斯地峡对面光荣的雅典！

世界之脐有神谕

神眷顾希腊，希腊人也热爱神，他们在不同的地方为特定的神修建庙宇，神就在那里有了户口。伯罗奔尼撒半岛的奥林匹亚属于万神之神宙斯，雅典属于智勇女神雅典娜，而德尔斐就属于太阳神阿波罗。

从雅典出发西行，一路车越来越少，树越来越多，坡渐渐朝上，路慢慢变窄，约180公里后进入帕纳索斯山区，抬头仰望几根巨大石柱高高耸立。停车熄火，德尔斐（Delphi）到了。同行的伙伴翻翻眼珠子："又要转山去看乱石岗？"希腊境内多的就是公元前几百上千年的古城废墟，且大都建在山上，走多了体力不好的人会放弃，说心到眼到，青山处处埋忠骨，且饶了我这小身子骨。不过古希腊人非常讲究建筑与环境的对应关系，小到神殿、剧院、运动场，大到整个城市定位，都尽量选在山高水长、钟灵毓秀之地，所以也许"乱石岗"的乱石多有近似，但要转的山绝对各有千秋，用中国人的话来说，就是古希腊人对风水的感觉极佳。所以你可以不问哪块石头是从哪座庙里掉下来的，光看看风水宝地、呼吸一下新鲜空气也是好的。这德尔斐的风水就非常令人赞叹。整个区域的核心位置是阿波罗神庙（Sanctuary of Apollo），你刚接近的时候是在山坡下方，虽距离不远，坡度不高，但仍需抬头仰视其雄伟，沿着"之"字形的小径往上走，经过一个不大的罗马市集（Agora），相当于中国人庙前贩卖香火的地方，折向走上宽阔一些的圣道。所谓圣道，也无非就是一条两车道宽的土路，但两侧遍地的残砖碎瓦分明提示你，在曾经的1500多年岁月里，这里遍布着各个年代、远近八方、不同阶层、无数君王与民众建造的小神殿、纪念碑、雕像、柱廊，其品种之多、数量之巨，今天你在遗址旁的博物馆里浏览一圈都要走到腿酸，被历史的年轮碾压成齑粉的更不计其数。再折向，你才来到气势不凡的阿波罗神庙遗址旁边，如今它只剩下六根粗大的多立克石柱，还是近代法国考古队的复原之作。这最重要的场所并不是行程的终点，抬头仰视，一个恢弘的剧场就在你上方。于是继续沿着小径折向往山坡上走，每走一段，阿波罗神庙就会因视角变换而呈现不同的观感。直到你气喘吁吁地爬到一个高度，可以俯瞰5000人的剧场和阿波罗神庙，你会发现自己已被青翠崇山环绕，澄澈的蓝天有白云飘荡，远处偶有苍鹰在天穹下翱翔,微渺的天际边似可看到氤氲的科林斯海湾。清风拂面之际,你回头,身后居然又是嶙峋峭壁,陡入蓝天。

古希腊人懂得风水,却将之归功于神。据传说,万神之神宙斯想知道世界的中心在哪里,他派了两只苍鹰分别从世界的两极出发,相向而行。在它们相遇的地方,苍鹰扔下了衔在嘴里的石头,石头掉落的地方,就是世界的中心。这块貌似炮弹头的石头,被称作"大地之脐",如今依旧伫立在德尔斐圣道边的草地上,几乎每个游客到此都要与它合影留念。但这是块复制品,原先的石头珍藏在隔壁的德尔斐博物馆里。去了博物馆,见到了"大地之脐",又听说这块也不是原迹,也是不知哪朝哪代凡人扔下的替代品。其实也不用介怀,反正就是很久很久以前的一块天外飞石界定了德尔斐作为古希腊人心目中的世界的中心。对于今人而言,困惑的是即便站在了大地的肚脐眼上,我们依然不知道世界的头顶和脚底在哪里。

古希腊人对德尔斐情有独钟,不仅宙斯将世界的肚脐眼儿点穴在此,而且让自己的儿子阿波罗神择此良地而栖。阿波罗是太阳神,是天地间第一美男子,每天清晨,他驾驶着黄金制作的太阳车从遥远的东方出发,给大地带来光明与温暖,而当他驾车返回时,又留下黑夜给人间。他出生时高呼:"给我弓箭,给我竖琴,我要传达神奇的预言。"正是在德尔斐,他用无敌神箭射杀了缠绕自己母亲的大妖蛇。古希腊人相信阿波罗将神迹留在了德尔斐,就像雅典娜将神迹留在了雅典一样。

德尔斐之所以在整个古希腊乃至古罗马时代前期具有

德尔斐

极其特殊的地位，是因为它所拥有的强大而神秘的精神力量——以太阳神的名义，它能够预知未来。阿波罗神庙是个奇妙的地方，每年特定的时候，众多朝拜者蜂拥而至，带着不同的贡物祭拜太阳神，心中满怀对各自未来的迷惑和期许。朝拜者走进神庙内殿最里面那幽暗潮湿的房间，一位身穿白袍的女祭司坐在高高的三脚凳上，她年过五十，口嚼月桂树叶。三脚凳边缘冒出丝丝烟雾，袅袅而上，直入肺腑。女祭司吸了这股仙气，也变得神情恍惚，双眼蒙眬，口齿不清。朝拜者会道出所求，求婚约，求子女，求旅行启程之日，求生意盈亏之算，求领袖选举，求战争胜败。总之俗人有俗人的期许，大人有大人的烦恼。而女祭司在缭绕的烟雾中梦呓般给出答案。闻者初觉不知所云，茫然无感，再细细品咂，又觉言之有理，话中有话。天机不可泄露，大道必然至简，女祭司三言两语，令朝拜者醍醐灌顶，心领神会，俯身叩首，喏喏而去。这不是人间对谈、凡夫闲话，这是来自太阳神阿波罗的声音，这是神谕。

现代考古和科学探测有不少成果来解释阿波罗神庙里的神秘氛围，比如三脚凳下嘶嘶作响冒出的气体，据考证是三脚凳所在的位置存在地缝，而地缝下汩汩而流的山泉中含有乙烯，乙烯具有使人亢奋和迷幻的功能，它作用于女祭司，使其昏昏然如入仙境。有毒的乙烯也戕害人的身体，一代代的女祭司都不长寿，也许与此有关。我倒是觉得，不管三脚凳下的地缝起不起泡，冒不冒烟，都无碍于德尔斐作为古希腊人联通未知命运的纽带作用。有所求，无地也生三尺烟。

求签算卦之类的事情，任何年代在任何民族中都不乏需求，在人类早期更是不可或缺。古希腊人感知世界最独特的一点在于，世上万物无论一草还是一木，都有神灵附体，在天界都有神在管辖，诸神各有分工，定下了世间的运行逻辑。人有疑问，天会作答，阿波罗神的代言人，就是那位神神道道的女祭司，她的回答，几乎总是模棱两可，让人费尽猜详。最著名的一个案例，当数公元前547年，吕底亚国王库罗伊索斯想与波斯一战，来到德尔斐求神谕。神谕告诉他："如果跨过哈里斯河发动战争，就将摧毁一个伟大的国家。"吕底亚国王回去就发动了战争。神谕果然灵验，一个伟大的国家被摧毁了，只是这个国家不是波斯，而是吕底亚。神没有错，错的是人。

对于德尔斐神谕，古希腊文明的"铁粉"、美国学者伊迪丝·汉密尔顿多有辩护。她的观点用今人的话来说，就是古希腊政治与宗教相对分离，祭司的地位只限于宗教，古希腊人不会为孩子的教育问题来询问祭司，而只会找苏格拉底这样的人，雅典的执政官也不会为行政和法律事务让祭司来下结论。在德尔斐，也没有过分的宗教色彩，更不会像很多古代文明一样，把人作为祭品。波斯人入侵雅典的时候，女祭司并没有让雅典人向诸神敬献百牲祭，而吕底亚国王带着丰厚的贡品去德尔斐求神谕，女祭司也没有功利地暗示他：贡品越丰厚，胜算就越大。女祭司只是预言了一个客观事实，吕底亚国王的理解只是印证了他自己的愚蠢。

德尔斐所具有的宗教意义和神谕所功能，使其在当时的发展规模远超今人的想象。那时候的地球远没有今天这么热闹，更悠久的古埃及文明已趋式微，两河文明也只有光秀肌肉而底蕴不足的波斯帝国，东亚大地夏商文明模糊不清，欧洲大陆一片蒙昧。希腊还不是一个国家，众多城邦和小国星罗棋布般的散落在地中海和爱琴海区域，这才是人类文明的高点，他们对混沌初开的世界有基本相同的理解，他们信仰一样的神。东到小亚细亚半岛，西到西西里岛，北到马其顿，南到埃及，这一大片地区的帝王将相、布衣臣民，但凡条件允许，都会不畏辛苦、千里迢迢来到德尔斐，一了心愿。比如吕底亚国的位置就在小亚细亚，今天的土耳其。朝圣者带来各种贡品，从牲畜到金银财宝，从纯银打造的大牛雕塑到狮身人面像，不一而足。当时也没什么土地规划，各地的朝圣者都要在德尔斐留下痕迹，就像各省市都要在首都建立驻京办一样，于是在圣道两侧建起众多小神殿或者财宝库，竖起不同的纪念碑。雅典人

德尔斐出土的驭车人青铜雕塑

当年的德尔斐盛景

将自己的英雄雕成塑像站立一侧，斯巴达人不甘落后又把他们的英雄雕像竖在对侧。阿波罗神庙就被各种建筑物拱卫在中间。渐渐地，小小的德尔斐也具有了城市的功能，山上有大剧场，再往上走一段还有一个至今保存完好的体育场。德尔斐每四年举办一届女祭司节，有文艺演出，有体育竞赛，与雅典的泛雅典娜节、奥林匹亚的运动会一样，都是地中海区域重要的文化庆典。以那个时代的标准，说德尔斐是世界的肚脐还真不是浪得虚名。

　　五湖四海的人来到这里，也让德尔斐成为古代世界的信息汇集中心。古希腊历史研究的很多考证都是在德尔斐获得的。考古学家在乱石岗中发现一块大石头，明显是一座雕像的基座。雕像已经不存，作为基座的石头上刻着的文字，却说明这是希腊联盟送给太阳神的礼物。这是第一次，分散的城邦作为一个整体，以希腊之名呈现于世。希波战争获胜后，雅典人将他们烈士的名字刻在一根高耸的青铜蛇纹柱上，蛇纹柱就矗立在阿波罗神庙的一侧。这根柱子的复制品还杵在原来的位置上，原物被某位古罗马皇帝搬运到了遥远的伊斯坦布尔，至今尚在，只是断了大半截。雅典虽然讲求人权平等，政体民主，但奴隶制的存在算是一个缺憾。在德尔斐的一段挡土墙上，考古学家发现了 800 多字的铭文，事涉奴隶解放。这位来自雅典的朝拜者恭敬地表示，只有神才有资格拥有奴隶，因此他把自家的奴隶奉献给神，请神以祂的名义还奴隶以自由。

　　千百年间，女祭司换了一茬又一茬，德尔斐的香火绵延不断，尤以公元前 6 世纪到前 4 世纪最为鼎盛，即便古罗马帝国将整个希腊揽入自己的版图，也依旧很好地维护了德尔斐的宗教地位，大剧场和体育场都在那时得到了修缮和扩建，发挥了更大的作用。但基督教的兴盛也让德尔斐遭了殃。公元393年，古罗马皇帝狄奥多西宣布基督教为国教，禁止异教传播及各种相关活动，无论是古代奥运会还是德尔斐神谕都难逃厄运。香火倏然熄灭，昔日盛景不再。又过了200多年，原先成片的建筑被黄土埋没，上面建起了村庄，升起的是袅袅炊烟而不是香火。再过1200多年，久远的德尔斐又被人想起，19世纪末法国人在与美国人和德国人的竞争中胜出，获得了开掘权，他们迁出了村庄的居民，根据公元前2世纪帕萨尼亚斯的记载，成功发掘出了德尔斐遗址。但一切都已成废墟，法国人只有搭起六根巨柱，作为往日风华的象征。

德尔斐神谕预示了雅典人能够抵挡波斯人的进攻，预示了吕底亚与波斯的交锋令一个伟大的国度毁灭，可又有谁预示了德尔斐自身的命运？千百年间曾经有过的无数神谕，又有多少流传于世，给人们真正的启迪？

都说神谕语义含混，我却知道唯一一个毫不含混的神谕和苏格拉底有关。苏格拉底有位朋友叫凯勒丰，他去德尔斐求神谕，问世界上有没有比苏格拉底更有智慧的人。女祭司回答说没有。这事传开后苏格拉底觉得很困惑，作为虔诚信神的人，苏格拉底自认为没有一点智慧，想不明白永远正确的神为什么说他是最有智慧的人。于是苏格拉底开始拜访很多人，传闻中非常有智慧的人，政客、诗人、匠人，结果发现很多所谓有智慧的人都是因为自己熟悉领域里的一些知识或技能，就自认为是天下最有智慧的人。所以苏格拉底得出了如下的结论："我比这个人有智慧，似

昔日神谕所，今日乱石岗

乎不是因为我们谁知道些有价值的事情，而是因为他自以为知道些什么而实际上不知道。而我虽然也不知道那些事情，但我知道自己并不知道。所以，因为这一点点的区别，我似乎比他有智慧。"

　　史载阿波罗神庙的大理石腰带上，曾经刻着一些铭文隽语，最著名的两句分别是："认识你自己"和"凡事勿过度"。如果吕底亚国王在求得神谕走出之后，回首望一望头顶上的铭文，是否就会避免引发一场灾难性的战争？古往今来，无论信仰如何变化，科学如何昌明，人类似乎总有无法遏制的欲望、对自身不清晰的定位和认知。从这个角度，也许真正的德尔斐神谕不在幽暗的殿堂，而早已以神的名义镌刻于柱廊，昭示在阳光之下。

光荣属于雅典娜

　　"假如你没有见过雅典，你就是一个笨蛋；假如你见了雅典还不欣喜若狂，你就是一头蠢驴；假如你到了雅典还自愿离开，你就是一头骆驼。"

忘了是从哪里读到的这段话，有点类似中国的"不到长城非好汉"。没错，去希腊，千万别只惦记着风光旖旎的海岛。身为异乡旅客，也许你不得不是一头"骆驼"，但一定不要做个"笨蛋"，而你绝对不会是一头"蠢驴"，因为这是雅典，独一无二的雅典，西方文明的重要发源地。

雅典的重心在卫城（the Acropolis）。在这个城市的很多角落，你都能远远地望见一块凸起的高地和山上孤冷伫立的神庙群。它们似乎不属于周遭活色生香的世界，而属于与我们隔绝的远方，只可仰望，难以企及，无法触摸。与去过雅典的人讨论接触卫城的感受是件有意思的事情。有人在雅典东跑西转走遍所有古迹，多角度、多侧面远观卫城山无数次，到离开之前才依依不舍地过去，仿佛把蛋糕上最好的奶油留在最后一口；有人深夜抵达雅典，次日一早就匆忙直奔卫城，走着走着一拐弯，陡峭的山崖和巨大的神庙就突然出现在头顶，精神为之一振。无论哪种方式，无不欣喜中带着一丝敬畏。

雅典卫城矗立在一座孤立的石灰岩小山上，比四周的平地高出 80 米左右。顶部被人工做平，形成一个台地。东西长 280 米，南北宽 130 米，差不多等于将六个标准足球场两三合并铺排。小山三面都是无法攀登的峭壁，只留下西侧有斜坡可供上山。巨大的山门（Propylaia）由六根巨大的多立克石柱对称撑起斜坡状的屋顶。屋顶今已不存，但山门很容易令人联想起德国柏林勃兰登堡门，其结构是何其相似，可见古希腊建筑对整个欧洲建筑的深厚影响。紧挨着山门右侧，在一块凸起的岩石上建有小巧秀美的雅典娜胜利女神庙（Temple of Athena Nike）。虽也屡经修葺、拆卸和重装，但在遍地废墟的希腊，保存得这么好的古建筑已属罕见。它有点像一个精致的岗亭，丰富了山门建筑群的结构。

进入山门，就真正进入了卫城的台地。所有人的视线都无法不被右前方的帕特农（Parthenon）神庙吸引。作为整个希腊位置最核心、气势最雄伟、体量也数一数二的神庙，帕特农就是古希腊文明的视觉坐标。我们看见卫城，谈论卫城，至少一多半是因为看见了帕特农，谈论着帕特农。整个神庙以质地最好的纯白大理石打造，中间本应是庙宇内殿，一堵墙将其分隔成东侧圣堂和西侧的提洛同盟财库，可惜内殿现已不存。建筑四周以一圈粗壮的多立克石柱环绕，南北各17根，东西各8根，高达10米，构成围廊。柱上横亘檐部，刻有雕饰，东西两侧还有三角山墙，共同支撑起庙宇的屋顶。檐部和三角山墙应有大量精美雕刻，着浓艳的红、蓝、金三色，如今仅在残存的三角山墙上依稀可见部分浮雕，其余雕塑早已变成巨大的残片，与整个卫城山上发掘整理出来的历代雕像一起，展陈于山脚下的卫城博物馆。整个内殿和屋顶都随战火灰飞烟灭，因此当代人看到的帕特农，其实就是绝大多数的多立克石柱，以及残缺不全的檐部和三角山墙，但其曾经的恢弘气势，依然通过粗壮坚硬的石头传递出来。

帕特农神庙对面，也就是山门入口左前方，是形制相对偏小的伊瑞克提翁（Erechtheion）神庙。虽也饱经岁月摧残，但相对于帕特农，至少还保留了部分内殿墙面和屋顶。伊瑞克提翁更秀美，更个性化，廊柱采用了相对细长、头部呈涡卷状的爱奥尼亚柱式。最有意思的是南面正对帕特农一侧，撑起屋顶的既不是多立克，也不是爱奥尼亚，而是六根比真人还大的女神柱。如果说帕特农像一个雄健的男性，伊瑞克提翁就像一位柔美的女子，两相映衬，构成了卫城山神庙群的主体。

原本卫城台地上还有零星几个规模更小的神庙，也早已不知所踪，留下一地残石碎瓦，与高低不平的岩石地基一起定下了卫城山沧桑的主基调。这里几乎寸草不生，唯独在伊瑞克提翁西侧的墙角下，倔强地生长着一棵橄榄树，引来游人纷纷拍照，似乎这独一无二的生命，印证了雅典的来历，见证了城市的历史。

根据古希腊传说，智勇女神雅典娜是宙斯的长女，与很多千娇百媚的女神不同，她头戴盔甲，手持长矛，全副武装，英姿飒爽，简直就是个女汉子。她与海神波塞冬争做阿提卡地区历史最悠久的一座城市的保护神，为此各施绝技。波塞冬用三叉戟敲击海面，海上跑来一匹骏马；雅典娜用长矛戳在地面，地上长出一棵橄榄树。骏马意寓战争，而橄榄树象征和平，当地人民选择雅典娜作为他们的保护神，这座城市就因此定名为雅典。阿提卡地区海拔最高的这一片空地，就被用来修建庙宇，供奉雅典娜。到了公元前480年，波斯人大举进犯雅典，卫城山上所有的庙宇都被战火夷为平地，雅典和周边城邦都陷于灭绝之境。幸好雅典人统帅的希腊联军在萨拉米斯湾重挫波斯舰队，获得了希波战争的最终胜利。这场胜利在某种程度上决定了人类未来千百年的运行轨迹，因为这是以海上贸易和手

雅典卫城

伊瑞克提翁神庙的女神柱

工业为基础的自由民主制度对古代东方君主帝国的胜利,如果当年希腊被征服而被纳入波斯版图,雅典就不会在后面几十年间迸发出旺盛的创造力,后来的罗马帝国再强大也将失去希腊这位老师,人类也许还要在专制制度和蒙昧的环境中再摸索几百上千年。

  取得了希波战争的胜利,雅典开始了战后重建,其关键人物就是公元前443年即位并在位15年的执政官伯里克利。那时的雅典信心爆棚,政通人和,那个时代堪称希腊历史上的黄金年代。伯里克利不顾部分人的反对,说服公民大会同意斥巨资重建卫城,一来宣示雅典的强大,确立其在希腊诸多城邦中的盟主地位;二来庆祝胜利,并以此祭献"天助我也"的雅典娜女神;三来也通过这一世纪工程拉动整个城邦的内需,提振经济。这其中,最浩大的项目当推帕特农神庙。神庙高大的主体结构花了9年时间建成,然后又多花了7年时间完成山墙和檐部精美的雕刻。庙宇主体前部的圣堂里,供奉着一尊12米高的雅典娜神像,她的面部和手臂都由象牙雕成,眼睛镶有宝石,左手执长矛，右手托着胜利女神的小像。而外墙檐部和山墙上，有的刻画雅典娜与波塞冬争夺雅典的保护权，有的记录希波战争激烈的鏖战景象，有的描绘泛雅典娜节的欢腾场面。每4年一届的泛雅典娜节是整个城市的狂欢节日，各种体育、戏剧和音乐比赛在全城展开，最后一天，游行队伍旌旗招展，从几公里外的凯拉米克斯出发，一路向卫城行进。进得山门，乐师吹起号角，少女高举圣衣，壮士献上祭品，感谢女神对城市的佑护。不是所有的雅典人都能上得卫城，但那一刻，卫城山脚下必定是万众云集，雅典公民们抬头仰视山上的隆重仪典，感怀胜利，感恩神明。山脚下狄奥尼索斯剧场的合唱队也一定与观众一起高歌咏唱，共同庆贺雅典乃至全希腊的高光时刻。

那一刻的雅典人可能不会想到，他们生活、欢庆、享乐、沉思的所在，正是整个西方文明的摇篮。

古希腊构建了民主政治体制的雏形。雅典的最高国家决策机构是公民大会，由全体雅典成年男性公民组成，每年开会40次，出席人数不得少于6000人。所有成员都可自由发言或参与辩论，共商城邦大事，最后以少数服从多数原则投票表决。后来又设置评议会，选出500位代表以辅助和监督官员，拟订议案交付公民大会表决。官员的选拔更是别出心裁，除执行官、财务官、军队将领等重要职位由公民大会选出外，其余官职均由抽签产生，所有雅典男性公民均可报名，任期1年，期满后不得重复担任同一职位。不要担心大家抢官做，因为做官是兼职的，只有荣誉，没有酬劳，后来到了伯里克利时代才开始给予官员一定薪资，并可在公共食堂免费吃饭，世界上第一批公务员就此诞生。司法相对独

昔日的雅典娜神像和帕特农神庙盛景

立，雅典没有专职法官和检察官，只有6000人的陪审员队伍，其成员也是通过每年公众报名、抽签产生，每个案件庭审时再从中抽签选出500人组成陪审团，仍以票数多寡决定被告是否有罪。城邦的任何公民都可以对另一公民提起诉讼，但如果庭审表决认为被告有罪的票数不超过五分之一，则原告要缴纳相当于普通官员3年薪水的罚款，以此制约滥告。雅典这套政治制度无论在当时还是后世都受到一些诟病，例如女性和奴隶没有民主权利，还有官员录用以抽签决定，犹如儿戏。但以当时的社会环境，公权力有限，为官的技术难度也不高，通过全民体验和参与来提升民主政治的质量，也不失为创造性的一招。对比一下同时代与希腊交战的波斯帝国，大流士、薛西斯君王独裁说一不二，或者更遥远的东方，孔夫子正用"苛政猛于虎"的大道理苦口婆心地劝说帝王实施仁政，你就不得不佩服希腊人在这么早就认真思考政府与公民的关系，充分肯定个人的尊严和价值。希罗多德曾经说过，在雅典人建立了彻底的自由民主制度后，"每一个人都尽心竭力地为自己做事情了"。

古希腊人奠定了以数学表达和逻辑思考来关照世界的理性基础。希腊所在的巴尔干半岛南部岛屿众多，星星点点的海岛如珠串一般洒落在爱琴海上，非常适合航行。航海安全的需求催生了希腊人研究星象、天文、地理和数学。他们很早就用数字来表达天体之间的距离，各种学说层出不穷。有学者认为地球是圆的，从地球到星星、月亮、太阳的距离分别是地球直径的9倍、19倍和27倍；还有学者认为宇宙由水、火、空气和土壤四种元素构成，亚里士多德又进而认为这四种元素是由温与冷、干与湿这两组相

雅典公民大会

对的状态构成,温与干形成火,温与湿形成空气,冷与干形成土,冷与湿形成水。如果说这些认知还处于人类知识的初级阶段,那么我们今天在课堂上学的几何课程,则几乎完全是古希腊人的成果。因为需要在航海时计算远处两点之间的实际距离,古希腊人开始研究几何,然后不断深化发展。在他们眼里,几何学是个简单、优雅的逻辑系统,有着令人赏心悦目之美,是引导人类认知宇宙本质的重要途径。在他们看来,这个世界是可以通过明确清晰的逻辑进行数字化描述的。古希腊人既敬畏神,又崇尚科学,在我看来丝毫不矛盾,这一切都源于他们的天真。因为天真,他们视天地万物都各有不同的神主宰,有神管白昼,有神管黑夜,有神管农田,有神管海洋,有神管爱情,有神管文艺;因为天真,他们才渴望穷尽世界的本质,渴望开启愚钝的人类头脑,通过观察和思索,逐渐参悟神的旨意。古希腊后,欧洲大陆被一神教统治,一度陷于思想禁锢的境地,神的阴影挥之不去,但欧洲人的内心始终继承古希腊人的衣钵,从未间断过对科学真理的追求和探索。

古希腊艺术始终是人类精神殿堂的宝贵财富。如果说当代科学证明他们对天文、物理、化学的论述还有许多错谬和幼稚的地方，古希腊的艺术则当仁不让地稳居世界艺术宝殿的祖师爷位置。没听说历史如此悠久的希腊人发展出了什么"饮食文化"，在希腊旅行一个星期，准保你进饭馆点菜不用看菜单，但古希腊人在戏剧、音乐、美术和建筑上所取得的辉煌成就，他们在精神世界所获得的富足感，依然烛照今人。在希腊旅行，最累的不是考察遗址，而是参观遗址旁相应的博物馆，数量与质量都惊人的雕塑、棺椁、首饰、绘画、陶器令人目不暇接。罗马人在领土上征服了希腊，在精神上却诚实地向希腊俯首，这样的例证不用去罗马找，在雅典比比皆是。卫城山脚下有初建于公元前6世纪的狄奥尼索斯剧场（Theatre of Dionysos），我们所知的最早的古希腊戏剧就诞生在这片已经斑驳的石头座椅中间。700多年后一个有钱的罗马人就要在卫城山另侧依样画葫芦建造一个剧场。如今这个修葺后的希罗德·阿迪库斯剧场（Odeon of Herodes Atticus）还时有演出，而狄奥尼索斯剧场则被严格地保护起来。古罗马的东西是可以用的，古希腊的只能瞻仰。在离卫城山东面一二公里处，有座气势非凡的奥林匹亚宙斯神庙（Temple of Olympian Zeus），公元131年由罗马皇帝哈德良建成，由104根高达17米的巨型科林斯石柱围起，体量远超过帕特农神庙，但其形制和风格又完全模仿古希腊庙宇。在这里可以远远仰望卫城山上的帕特农神庙。宙斯神庙就像一个身材高大的学生，无比谦恭地站在比他矮去一头却威仪无两的老师边上。还是那位哈德良皇帝，在老城与新城之间建了一道高大拱门（Hadrian's Arch），作为宙斯神庙的配套建筑。在

宙斯神庙，是罗马人对雅典前辈的敬意

面向老城一侧的拱门雕带上，他恭敬地刻上："这里是雅典，忒修斯的古城"；在反面的雕带上才不乏自得地刻写道："这里不是忒修斯，而是哈德良的城市"。

重温一下伯里克利的演讲，就能明白卫城山和帕特农神庙所代表的雅典精神，是那个黄金年代留给后世的最大财富：

> 巨大的雅典神庙蔚为壮观，当你每天凝视它的时候，你会不由自主地爱上它。当你意识到它的宏伟，你就会想到那些创造伟大的人，那些勇于探索、敢于承担责任，并且羞于平淡的人。

载歌载舞的雅典人，好好珍惜吧！虽然历史的余音非常悠远，会弥散在古罗马广阔的天域里，会被中世纪教堂的钟声压抑，会在文艺复兴时代在欧洲大地重新回响，但这段岁月本身，无论对于希腊还是对于全人类，都非常短暂。

为整个西方文明奠定了根基的希腊，为人类才智提供了样板的雅典，不会料到人类给卫城山和帕特农神庙的回报是如此不堪。古罗马帝国来了，它敬奉雅典为老师，却不妨碍将雅典的古迹占为己有。基督教来了，疯狂的教徒们视多神教的信仰为异端，开始打砸卫城山庙宇里的神像。拜占庭来了，公元426年，狄奥西多皇帝将镶着黄金、珠宝和象牙的雅典娜神像迁往东罗马帝国首都君士坦丁堡，这一去就再也没了下落，至今我们对雅典娜雕像的认知都来自当时众多的仿制品和现存于罗马博物馆的一幅描摹画。北方的蛮族来了，他们让昔日无比强大的罗马帝国奄奄一息，也不忘在卫城山上大肆劫掠。奥斯曼土耳其帝国来了，它因地制宜，就地取材，把帕特农神庙改建成了伊斯兰教的清真寺。威尼斯人来了，他们依靠强大的海军将爱琴海的许多岛屿据为己有，并向死守在卫城山上的土耳其军队发起攻击，1687年的帕特农神庙已被土耳其人改造成了军火库，威尼斯人可不管这些，一炮打去，炸药爆炸，帕特农神庙的内殿和南侧多根石柱轰然坍塌。赶走了土耳其人，威尼斯人打算拆卸帕特农神庙山墙上的雕刻运回老家，结果刚动手就摔碎了几块，只好收手作罢。英国人来了，他们的手法比威尼斯人高明，艾尔琴伯爵花钱买下12座雕像和几十块雕刻板，运回英国，至今它们仍是大英博物馆的镇馆之宝，英国人死活也不肯归还。希腊人来了，没错，独立后的希腊人来了，可他们不懂修缮和维护，令帕特农

修复工程浩大而漫长

神庙的状况更加糟糕……

当下,帕特农神庙的修复工程已经持续了多年,而且还将持续下去。吊车和金属支撑架与高大的石柱、檐部和山墙残体形影相随,相当有碍观瞻。我们不知道会把帕特农神庙修复成什么样子。重建内殿?盖上屋顶?可四周那一圈雕塑怎么办?今天还有什么大师和能工巧匠,能重现昔日的精美辉煌?其实不修也罢,让残缺的帕特农神庙永远提示着人们文明的代价。

古希腊之所以被人类铭记,并不是因为它本身有多强大。历史上强大的国家太多,希腊却只有一个。希腊的价值,在于它虽然强大却并不耀武扬威,虽然富于信仰却时刻充满理性。在如此久远的年代,人类摆脱了原始社会的贫瘠和困顿,在生存得到基本保障之后,可以考虑一些更深切的问题。希腊大陆的土地并不肥腴，物产也谈不上丰富，但那时候，它的民众没有选择追求纯粹的物欲，它的政府没有试图攫取无限制的权力，它关注社会整体的协调发展，它对宇宙和世界的本质充满好奇，它追求探索世界之所以如此的真理，它对诉诸人类心灵愉悦的绘画、诗歌、音乐和戏剧充满激情。在物质极大丰富、科学昌明的 21 世纪，我们也许会想念一些简单和本源的东西，想念人类纯真的童年时代。

美国学者伊迪丝·汉密尔顿曾经比较古埃及和古希腊的庙宇建筑，认为古埃及一味追求高大形制和超人力量，而古希腊对此并不介意，希腊人只用最简单的造型、最简洁的手法，来体现典雅和庄严。他们没那么在乎体量，而更在乎环境。他们把神庙建在山巅，映着苍穹，面向大海，让我们感悟：人才是这个世界的主宰，人的头脑可以理解这个世界，人的精神能够感受这个世界的美丽。

那么，残缺一些又何妨？修与不修又怎样？坦然站在这一片残垣断壁之中，感激遗存，接受残缺。我们不需要回到童年，我们也回不到童年，我们只需记住自己从这里走出时的模样，尽情沐浴阳光，俯瞰海洋。

与苏格拉底喝酒

在雅典住在一座小山边上。清晨起来，就去山上散步。山不大不小，不高不矮，绕一圈也要一两个小时的工夫，肯定出汗，足够你一天的运动量。茂密的松树林令山间的空气格外清新，走着走着到了山顶，视野一下子开阔起来，东北方向两三百米开外，雅典卫城巍然矗立，卫城之巅那高阔而残缺的帕特农神庙与山脚下质感厚重的古罗马时代的希罗德·阿迪库斯剧场构成了非常和谐的对应关系。视线从卫城挪开转到南方，建筑鳞次栉比，那是雅典古老的阿提卡城区，以及远处的比雷埃夫斯港和萨洛尼克海湾。如此独一无二的壮美景致令我恍悟，自己所在的这个小山丘正是小有名气的菲洛帕普山（Filopappou hill），传说中忒修斯与女性部落亚马孙人战斗过的地方。公元2世纪的时候为了纪念罗马执政官尤里乌斯·菲洛帕普斯，在山顶造了一个纪念碑，小山丘由此得名。从古希腊到拜占庭时期，这里都有人居住，因此依然留有不少古代的痕迹，只是雅典太过古老，历史的遗存又太多，像这种落单的古罗马纪念碑也就乏人怜爱了。山脚下旅游大巴排成行，游客们下车都奔向卫城，菲洛帕普山倒显得冷清，只有晨练和遛狗的当地人才懂得跑到山上闲逛，找个最好的角度领略卫城之美。

顺着山间的斜坡往下走，道路旁有片岩石构成的山墙，土褐色的山体被凿成三个相邻的洞穴，洞穴外围已经有爬藤缠绕。洞口被铁栅栏锁住，不得进入，但仍可探望一眼幽深的洞内，似乎在目力不及的地方还别有洞天。看标牌介绍，"二战"时期曾将卫城博物馆的一批文物藏匿于此，并用水泥封住洞口，免遭战火破坏。再细看介绍，不禁让人吃惊。据一些史书记载，这里居然是关押哲学家苏格拉底的监狱！

公元前399年，苏格拉底被控告不信神明、引进新神、蛊惑青年，最终被500人组成的陪审团以微弱票数判定有罪并处以死刑。这对于向以宽容、民主的美誉名传后世的雅典城邦来说是个罕见的污点，但千百年来，更多的人震惊于苏格拉底直面死亡的过程，以及他对真理的捍卫、对法律的尊重、对死亡的坦然。这个世界上不乏慷慨赴死、舍生取义的勇士，苏格拉底可能是有文字记载的第一人，而他在生命的最后一天对死亡的思考，尤会引发永远的议论和深思。

在法庭上，苏格拉底本可以通过认错和悔过来求得赦免，但他没有。他向雅典人清楚地展现了自己的生活方式和平生志向，不管法庭是惩处他还是释放他，他都不会改变自己的作风，即使让他反复受死也不改初衷。苏格拉底还借这个机会劝告雅典人："朋友，你是伟大、强盛、以智慧著称的雅典城邦的公民，像你这样只图名利，不关心智慧和真理，不求改善自己的灵魂，难道不觉得羞愧吗？"

在监狱里，他的好友克里托来探望他，提出可以轻松帮助他越狱逃跑，并过上不差的生活。苏格拉底却认为，不该用邪恶来回应所遭受的邪恶。逃跑意味着在没有得到城邦许可的情况下离开，违背了城邦所有人已经赞同、达成共识去遵守的东西，那就是法律。如果每个人都以自己的行为令法庭的判决失去效力，那法律就变成一纸空文，城邦就无法存在，会随时垮掉。苏格拉底让克里托认同，遵守法律接受死刑，才是正确的做法，才是神指引的道路。

在生命的最后一天，苏格拉底坦然地与向他告别的朋友们展开了灵魂是否不朽的探讨，其对死亡的理性思考完全压过了身为人类对死亡本身的恐惧。在场的斐多事后向朋友讲述那一刻的情形："当时那种在场的经历是非常让

关押苏格拉底的监狱

人惊奇的。我见证了一个朋友的死亡,却并没有为他难过的感受。他的神情举止、他所说的那些话,都没有表现出一丁点儿对死亡的恐惧。面对死亡时,他显得很安详高贵,显得快乐平和。想到他将要死去,我的心里便有一种混合着快乐和痛苦的奇怪感觉。所有在场的人也都跟我一样有类似的感受,我们时而放声大笑,时而擦拭眼泪。"

如果我眼前这个山坡洞穴真如传说所言,是关押苏格拉底的监狱,那这位哲人应该就是在这里,说服了克里托遵守法律胜于珍爱生命,也就是在这里,与朋友们在哲理的探讨中度过了人生的最后一天。

苏格拉底生前未著一字,他的哲思与观点大都片段式地保留在其学生柏拉图的著作中。柏拉图以很大的篇幅,在《斐多篇》中记述了导师生命的最后时刻。苏格拉底平

苏格拉底

静地与他的学生和朋友们一起,用其经典的问答和推演方式,论证生命之重生、灵魂之不死。论证很长,有多个段落,比如任何一组相互对立的事物,像"分离"与"合并"、"睡"与"醒",都存在辩证的互相产生的过程,"生命"和"死亡"也是一组对立物,因此生命产生死亡,死亡也产生生命,由此推断"重生"是存在的。进而论证,如果灵魂在人死亡后不继续存在,就不可能重生为人,得出结论:灵魂在人死后继续存在。

从今人的眼光来看,尤其是从无神论者的角度,对于灵魂是否存在、生命会否重生的问题,光凭逻辑推理是难以得出结论的。即便科学昌明提供了许多濒死研究案例,生而为人的局限也许永远无法在有生之年得到确切的答案。那一段段逻辑严密的推理,在我读来还不如《申辩篇》中苏格拉底在法庭上说的话:

> 死亡无非意味着以下两项结果之一:要么死亡意味着不存在,不再有任何意识;要么就像人们说的那

样,死亡就是灵魂从一个地方转移到另一个地方。如果死亡就是没有意识,就像无梦的睡眠,那么死亡也是非常棒的,不仅平民百姓,就连波斯王都会发现跟那种无梦夜晚一样舒适的夜晚实在不多。如果死亡就是这个样子,它就是一件有益的事情,因为永恒的时间也就不过是一夜了。另一方面,如果死亡就是从一个地方迁移到另外一个地方,所有死者都在那个地方,那么,还有什么比死亡更好的事呢,法官们!那些到达冥界的人,会远离我们这里被称为"法官"的人,而在另一个世界中发现真正的法官。还有,你们还能跟奥菲斯、穆赛乌斯、荷西俄德及荷马他们见面,这样简直是太美妙了!让我死多少次都愿意!

真正打动人心的并不是条分缕析的论证,而是苏格拉底直面死亡的态度。《斐多篇》最令人动容的也正是对那一刻来临的描绘。苏格拉底起身沐浴,与自己的子女和妻子告别,将他们打发走以免哭泣的场面。他告诉门徒们,他们爱怎么埋葬他就怎么埋葬。奉命行事的典狱官流泪送来了毒酒,苏格拉底向他表示了感谢,并询问了饮用毒酒的方法和饮后该做的动作。太阳即将西下,门徒们劝他再等一会儿,因为所有人都会将死亡拖到最后一刻。苏格拉底觉得这点对生命的贪恋对他毫无好处。他温和地接过酒杯,平静地、轻松地一饮而尽。门徒们有的没能遏制住眼泪往外走,有的当场号啕大哭。苏格拉底说:"这是怎么了?你们这些奇怪的人!人死去最好是在平静当中,所以,请保持平静,勇敢点吧。"他在房间里来回踱步,直到双腿沉重就躺下来。从脚底到腿部到躯干，他的身体渐渐变冷变硬，失去知觉。他向门徒作最后嘱托，意思是自己还欠医药神一次祭祀，请代为补上。

苏格拉底就这样安详地离开了这个世界，没有恐惧，更没有怨愤，正像他在法庭上对陪审团所说的：

> 先生们，害怕死亡是什么东西呢？它只是一种无知而自以为知道、没有智慧而自以为有智慧。没人知道死亡是不是人生最大的祝福，然后人们害怕死亡就好像他们知道死亡是最坏的事情似的。把自己不知道的东西当成是知道的，这种无知是该受责备的。

苏格拉底与孔子差不多是同一时代的人。孔子去世10年后，苏格拉底出生。孔子说过："未知生，焉知死。"苏格拉底也许会说："未知死，何惧死。"

走下菲洛帕普山的时候，我并不相信这真的就是苏格拉底被囚禁和最终死亡的监狱，可能是为吸引更多的人造访这座小山坡，可能是一代代人的以讹传讹，也可能一代代人都和我一样，明知只是传说却愿意信以为真，乐于想象一代宗师在这洞穴般的牢房门前与弟子们侃侃而谈，而我们就像狄奥尼索斯剧场的观众一样，坐在对面欣赏聆听。同样，苏格拉底并没有说服我相信生命重生、灵魂永恒，就像他没有在法庭上说服陪审团自己无罪一样，但他的哲思依然为有涯的生命点亮烛光。生命的意义不仅在于肉体，更在于灵魂。人应该在财物和名誉之外，追求更好更宁静的生活，获得更大的幸福，那就是尽力完善自己，

古市集

尽力追求智慧，懂得人生的价值，以达到灵魂的善和生命的完满，从而从容面对死亡。

让我们摆脱沉重的死亡话题，去感受古希腊的人间烟火吧。下了菲洛帕普山，绕着卫城往东北方向走，就到了一片封闭保护的遗址区——古市集（Ancient Agora）。古代雅典城邦的行政、商业、政治和社会活动中心就在这里，早在公元前6世纪，这里就因集成市，渐成规模，但于公元前480年被来犯的波斯人摧毁。希波战争终以希腊城邦获胜而告结束，市集很快重建，伯里克利在位时期，这里欣欣向荣，一直延续到古罗马统治时代，历数百年而不衰。如今，这里虽然林木茂盛，绿意葱葱，但2500年前的建筑已经只剩一片残垣断壁。雅典正午的阳光火辣烫人，游客更乐意躲进古市集博物馆阴凉的阳台上，俯瞰整片废墟，遥想当年的繁盛景象。那壮观的阿塔洛斯柱廊，底层是多立克柱子，上层变为轻巧的爱奥尼亚柱，支撑起人类早期的购物商场。圆形的大殿曾经是雅典城邦政府首脑会面的地方，也是议事厅的所在地，抽签选中在政府里任职的公民在这里商讨城邦要事。西边尽头在低矮的小坡上，有座保存非常完好的赫菲斯托斯神庙，供往来的公民拜谒锻造神赫菲斯托斯。同帕特农神庙一样，也是由伯里克利下令建造，虽然规模偏小，但你在残破不全的帕特农神庙所感受到的缺憾，在这座精美的神庙能得到补偿。下坡往东边略走几步，有一大片残破的廊柱地基，像成排残断的牙根嵌在牙肉里。也分不清什么是什么了，据说这是宙斯柱廊的遗址。在这里，我们又要遇到那个时代"最善良、最有智慧、最正直的人"。没错，这里，才确定无疑是一代宗师

雅典的古罗马市集

苏格拉底经常讲经布道的地方。

如果你在公元前5世纪的某个下午来到这里,很有可能会遇到一个其貌不扬的老人,他身材矮小,眼睛凸出,鼻子塌陷,嘴唇肥厚,穿着朴素的单衣。见到你手上大包小包血拼来的商品,他会惊讶地说这世界上居然有那么多他不需要的东西。他找到你不是为了推销商品,而只是为了找你谈话。是的,找人谈话,获取知识,讨论问题,探求真理,是他最大的快乐。如果你是政治家,他会问你什么是民主,公民应该有怎样的美德。如果你是教师,他会问你在教育无知的学生之前如何征服自己的无知。也许你对他有些恼火,因为他一个接一个有连续逻辑关系的问题让你左支右绌,破绽百出,开始还觉得自己无所不知,结果发现自己一无所知。但更有可能,你会喜欢上这个老头,因为他只是设问,从不将答案强加于人,他告诉你他自己的母亲是个助产士,而他只想做个精神上的助产士,帮助别人产生属于自己的思想,从而获得或接近真理。也许你一开心,就拖着他说,别在太阳底下晒着了,找个地方我请你喝一杯,咱们好好聊聊。

论喝酒,你还真找对了人。苏格拉底不仅有趣,而且酒量惊人。

戏剧家阿伽同在家里宴请宾朋,苏格拉底来晚了一点,进门前还若有所思。阿伽同请他坐在自己旁边,"这样我就能触摸到你,也可以有幸听你说说你在门廊下又有了什么充满智慧的思想"。苏格拉底在他旁边坐下,说:"我多么希望可以通过触摸传输智慧。那样的话我将会非常珍惜坐在你身边的殊荣,因为你可以在我的身体里注入一股明澈的智慧之流,而我自己的智慧倒实在没有什么。"阿伽同笑道:"我辩不过你,苏格拉底。"苏格拉底说:"不,亲爱的阿伽同,你不如说你辩不过真理,因为苏格拉底是很容易被说服的。"众人皆笑,一个叫斐德罗的年轻人对阿伽同说:"你别理他,他要是找到一个可以谈话的人,特别是一个容貌俊美的人,那他就什么也不管不顾了。"大家在笑声中开宴。即便是仰慕苏格拉底的年轻人都会和他开玩笑。问他为什么娶个悍妻,他说,好的骑手都愿意骑烈马,驾驭了烈马,其他的马就都不在话下了。亚西比德劝苏格拉底喝下整整两品脱的一坛酒,苏格拉底毫不费力地一饮而尽。亚西比德叹气说:"苏格拉底能饮千杯而不醉,他可以没完没了地喝下去,也可以一口都不喝,而且他也不管我们喝不喝。"这顿愉快的筵席一

公元前 4 世纪的
雅典墓门石雕

直持续到第二天清晨,所有的人都喝倒躺下了,只有苏格拉底、阿伽同和阿里斯托芬还在喝。苏格拉底边喝还边与他俩探讨艺术,诸如"真正的悲剧艺术家也会是一个喜剧艺术家"等等。那两位戏剧家唯有频频点头,因为他们已经喝得醺醺然完全跟不上节奏了。终于年轻的阿里斯托芬先睡着了,主人阿伽同也跟着倒下。苏格拉底将他俩安顿好,悄然离开。他去吕克昂洗了个澡,开始了新的一天。

这就是以苏格拉底为代表的古希腊人优雅、闲适、精致、有教养而无功利的生活。在这里没有权威,唯有平等,即便是年轻的喜剧家阿里斯托芬也曾在自己的剧中调侃苏格拉底:一对父子奇怪地发现苏格拉底把自己吊在一个箩筐里。问他在干吗，苏格拉底说他在空中行走，在逼视太阳，因为只有离开大地，才不会让土地吸去我们思想的精华，就如水芹菜吸水一样。孩子的父亲忍不住对苏格拉底说，你说的什么话！我们的思想精华会被吸到水芹菜里去吗？观众大笑。但这并不妨碍阿里斯托芬与苏格拉底喝酒，并被他灌醉。

有一次苏格拉底遇到斐德罗，也许就是在古市集。斐德罗说自己刚与一位修辞学者谈了一上午，现在需要休息一下，如果苏格拉底有时间和他一起走走，两人可以聊聊一上午他都学了些什么。苏格拉底同意，说自己情愿陪着他一起走到麦加拉，然后再走回来，也不愿错失这次学习的机会。老先生如此认真，年轻人倒有些忐忑了，他说："相信我，苏格拉底，我没有记住他每一句话都是怎么说的，我只记得他大致的意思，可以给你说个大概。"苏格拉底眼尖，看见了他胳肢窝下夹着的东西："好的，亲爱的小伙子，可是你首先得给我看看你外衣下面的那个东西，因为我怀疑那就是真正的谈话记录。虽然我很爱你，可是我不愿意你为了锻炼自己的记忆力而只让我听你的复述。"斐德罗笑了，什么都瞒不过他。好吧，那就一起读谈话记录，但是坐在哪里读呢？斐德罗看中最高的一棵梧桐树下，那儿有林荫和清风，还有草地可以坐卧。苏格拉底欣然道："好的，那是个休息的好地方，弥漫着夏天的声音和气息，脚下流淌着清凉的泉水，草地缓缓的小坡好像枕头一样。我正好可以躺下来，你也随意选个方便你阅读的姿势。我们开始吧。"苏格拉底和斐德罗就这样在梧桐树下度过了几个小时。

今天的雅典人,依然优雅闲适

如果生命可以穿越,我们是不是愿意回到 2500 年前的雅典,在古市集找到苏格拉底,用一瓶好酒作为见面礼,让他在树荫下和我们待一个下午?我们不谈低迷的股市,不谈高涨的房价,不谈拥挤的交通,不谈污染的空气。我们不谈工资,不谈税收,不谈升迁,不谈职称,不谈生儿育女,不谈保健秘方,不谈明星绯闻,不谈淘宝秘籍。我们可以谈谈"灵魂的本质",虽然在某种意义上"这不是人类可以讨论的",我们可以谈谈"和天体的形态一起闪耀的美",可以谈谈"作为上天的恩赐的友谊",可以谈谈"需要对自然的真理进行深刻思考的各种伟大的艺术"。也许在太阳落山、谈话终结的时候,苏格拉底会说出他的那句名言:"我的智慧只是在于,我知道自己确实一无所知。"

他说那句话的时候,你可真别以为他喝醉了。

提洛岛——古希腊文明的精华

地中海的联合国

希腊人茶余饭后争论的话题之一，便是自己的国家有多少个岛屿。有说1000个，其中60个有人居住；有说3000个，167个有人烟。还有人说这种争论没啥意义，如果一个小岛上有个牧羊人放养着几只羊，或者废弃的小岛山顶有个修道院，隔三岔五有人上去朝拜，这算不算有人烟？这个话题最大的价值就在于没有答案，这样可以吃无数顿饭，喝无数杯酒，永远争论下去。一年365天，地中海的太阳大概会有360天冒头，眷顾这些星星点点的海岛，晒得蔚蓝的海水充满暖意，晒得岸边连排成片的白色房子熠熠闪光，晒得满山的橄榄树绿意葱茏，晒得小巷子里听候使唤的小毛驴们愈加木讷。来自四面八方的游客浩浩荡荡，搭着飞机、轮船从这个岛跳到那个岛，在吉他和乌得琴弹起的悠扬而感伤的音乐声中享受浓烈的乌佐酒和新鲜的海鲜。这才是希腊作为地中海国家的精髓所在，就像某位诗人说的，"希腊在海洋中休憩"。

说起希腊的岛屿，最著名的当推希腊本岛东南方的基克拉泽斯群岛，众多岛屿如一串蓝色的珍珠，遍洒在地中海上。具体的数量再次成谜。有版本说200多个，也有版本说成56个，约30个有人居住。这个群岛涵盖了希腊旅游版图中最受欢迎的几个著名岛屿，如米科诺斯岛、帕洛斯岛、纳克索斯岛、圣托里尼岛。"基克拉泽斯"在希腊语中有"环"的意思，指这些岛屿围绕着某一座岛形成环状。这座岛被众星拱卫，不仅因地理位置居中，更因其江湖地位无可替代，尽管它面积微渺，没准连第56名都排不上。

昔日曾遍布庙宇和民宅

这座不一般的小岛叫提洛岛（Delos），陆地最长处5000米，宽处1300米，总面积4平方公里，只有三分之一个普陀山那么大。离它最近的大岛米科诺斯岛是它的20倍，南边的克里特岛是它的200倍。就是这么个弹丸小岛，长跑健将半个多小时就能绕岛一周，却能够定义整个海域诸岛的名字，只因为昔日它曾拥有的荣光。用今天的情状来比喻，提洛岛就是日内瓦，当年联合国总部所在地。

希腊历史上最荡气回肠、提振民族士气和爱国情怀的莫过于公元前5世纪的希波战争。以军事实力论，当时世界头号强国就是西亚的奴隶制国家波斯，波斯觊觎地中海和爱琴海沿岸的诸多城邦小国，误读了德尔斐神谕而贸然发动战争的吕底亚就是其战利品。当爱奥尼亚等诸多小城邦遭到侵略时，雅典挺身而出支援了周边邻邦，导致波斯人军将战火烧到雅典。雅典人无奈跑到伯罗奔尼撒半岛向斯巴达求援，斯巴达人正在祭祀月中，不见月圆不能出兵，雅典人只有自己死扛。也怪波斯人一路打来对手太弱，低估了雅典人保家卫国的决心，大流士国王派往雅典的兵力有限，结果在马拉松平原遭遇雅典军队的顽强阻击，6000多人败逃而归，时为公元前490年。历史对这场战争最深的记忆就是急速跑了42.195公里去雅典传送捷报、力竭而亡的战士斐力庇第斯，以及因他而流传下来的马拉松运动。

波斯战败的这口气忍了10年，大流士命令手下每天通报一次马拉松之辱，几近于波斯版的卧薪尝胆。这10年间，雅典也知道更大的决战还要爆发，厉兵秣马未曾懈怠。当年马拉松战役的功臣统帅塞米斯托克利斯当选了雅典城邦执政官，他的远见卓识就是意识到强大的海军对于希腊的战略意义。他说服雅典公民大会通过他的提议，组建一支约180艘三排桨战船组成的海上舰队，事实证明在未来的希波战争中起到了决定性的作用。大流士雪耻未洗便一命呜呼，儿子薛西斯接过帅印，于公元前480年率20万将士和1000艘舰船奔杀而来。这一次，斯巴达加入了雅典的阵营，在陆路做出了卓绝的反抗，斯巴达王李奥尼达在温泉关以寡敌众，付出了生命的代价。波斯大军费尽九牛二虎之力攻下温泉关，直捣雅典，发觉其已然是一座空城。塞米斯托克利斯已经率雅典民众撤到了南边的萨拉米斯湾，这已经是整个希腊本岛退无可退的最南端。身后，熊熊大火在雅典卫城燃烧，染红了天际；身前，庞大的波斯舰队已经驶近，雅典乃至整个希腊地区诸城邦面临失去家园的绝境。关键时刻，雅典民众展现出决绝的勇气和智慧，他们诱使波斯海军在狭窄的萨拉米斯海湾与以雅典为首的海军决一死战。自以为胜券在握的波斯国王薛西斯还跑到能够俯瞰萨拉米斯湾的山顶上，让手下搬来镶嵌珠宝的黄金宝座，要与官宦和女眷们一起见证雅典海军的覆灭。战斗从清晨打到黄昏，雅典的战船无论数量还是吨位，都远小于波斯舰队，但狭窄的水域不适于大型舰船作战，倒是灵巧的希腊三排桨战船更有优势。这些小船的船头两侧都装有角铁，不断撞击高大笨拙的波斯舰船，就像一个小矮个不停地用利刃捅大力士的肚子一样。夕阳西下时分，海面上尽是波斯舰队被撞沉解体的船只残骸，以及漂浮着的士兵尸体。薛西斯应该懂得了残阳如血的意思，他目睹了不可一世的波斯舰队在一天之内覆灭。如果不是雅典与斯巴达未能达成一致意见，未能齐心协力乘胜追击，也许薛西斯本人的性命都难保。

波斯人本想将其统治范围向西扩张到地中海，但在经受了重大挫折后，最终无奈地从欧洲撤退，从此再也没有踏上过希腊的土地。而希腊人不仅保住了爱奥尼亚等城邦的独立和自由，免于东方专制国家的统治，更是通过这场世纪之战获得了前所未有的民族自信心，激发了从哲学、政治、科学到艺术等多领域的非凡创造力，毫不夸张地说，没有希波战争的胜利，就没有雅典的黄金时代。

战争结束了，饱受波斯骚扰的雅典和其他诸城邦却依然需要枕戈待旦，时时警醒。于是，萨拉米斯湾海战两年后，雅典联合希腊本岛、爱琴海地区和小亚细亚的诸多城邦，结成同盟，以随时防范波斯的再度入侵。同盟中富有的大城邦如雅典提供战船，其他城邦则每年缴纳一笔贡金，由雅典负责征收和管理。当时绝大多数城邦的规模都不大，上千人也能算个城邦，就像今天希腊的岛屿难以计数一样。最多的时候，这个同盟的城邦数量高达200个，其盟址和金库所在地，就设在提洛岛。

  盟址选在提洛岛名正言顺，因为诸城邦的信仰相同，都是今天所说的古希腊诸神。在古希腊传说中，勒托与宙斯结合怀孕，引起天后赫拉的嫉妒。赫拉百般阻挠，不让勒托在大地上生产。海神波塞冬看不下去，受了宙斯的旨意，在海洋中升起一座小岛提洛岛，意为"我出现"，勒托得以在提洛岛的一棵棕榈树下生下一对孪生姐弟：月亮神阿尔忒弥斯和太阳神阿波罗。古希腊人对世界的阐释，既喻示了生命突破黑暗而诞生的困顿，又包含了日月同根交替轮转的自然规律，而一切文明和生命的起源之地，都是海洋。

  在一片汪洋中，孤立于世的提洛岛是个神奇的存在，无论是过去还是今天。从希腊消费最高的旅游胜地米科诺斯岛去提洛岛，坐船只需半个小时。当天去当天回，一来这个迷你小岛一天足够逛完，二来岛上遍地文物古迹，但没有餐厅，没有酒店，不允许任何游客过夜。一个尽量保持历史原貌、不留今人痕迹的古岛，确实世属罕见。别看这短短的航程，却处于地中海多风之地，船多颠簸。岛上更是遍地沙砾，一片荒芜，几无遮风挡雨之地。然而，甫一下船，你一定会惊讶于眼前漫山遍野的遗迹：折断了的多立克立柱、神庙的残存部分、残缺的雕像基座、民宅的

此塑像于公元前 100 年自贝鲁特运至提洛岛某庙宇,阿芙洛狄忒责骂调戏她的羊蹄潘神

墙角、蓄水池的地基、商贩和工匠的炉灶、巨大的剧场观众席、宽阔的运动场跑道……仿佛昨天这里还有很多人身着古袍,在窄巷中彼此打着招呼,擦肩而过。他们在此劳作、休憩、婚嫁、育儿、修庙、敬神,似乎一夜之间,人去楼空,墙倒屋毁,所有生命都从人间蒸发,只留残垣作为他们曾经在这个空间存在的证明。这一夜的时间跨度,居然是 2000 年～4500 年。

在公元前 478 年提洛同盟成立之前,提洛岛已不是一张白纸。距今 4500 年前岛上已经有了人类居住的痕迹,公元前 15 世纪的时候迈锡尼人也到过这里。提洛岛比他们老家好的地方在于不用修建厚厚的城墙,海上有没有敌人,只要爬上 100 米高的全岛最高峰辛索斯山上一望便知，估计也没太多人看得上这个荒凉的小岛。最早的阿波罗神庙建于公元前 9 世纪，此后它作为阿波罗和阿尔忒弥斯诞生地而声名鹊起，越来越多的神庙在此修建。到了提洛同盟成立的时候，岛上围绕着众多神庙已有不少民居和农田，当地居民与周边诸岛和城邦多有往来。苏格拉底之所以被判了死刑而没有立即执行，还在监狱里与门徒谈人生谈哲学，正是因为有艘祭祀的船同一天出发去往提洛岛，以感谢太阳神助忒修斯随童男童女共赴克里特岛杀死了牛头怪，拯救了雅典的恩德。在祭祀的船返回雅典之前，禁止任何死刑的执行。诸城邦成立同盟后，雅典人将盟址设在神圣而小巧的提洛岛，也算别具匠心。岛上建起了财宝库，用于存放同盟各城邦缴纳的金银财宝。他们甚至颁布了一条奇怪的法律，今后任何人不得在提洛岛上出生和死亡，以此逐步减少岛上原住民的数量，使提洛岛慢慢变成纯粹的联合国金库所在地。我们今天看到的遗迹不全是提洛同盟时期的遗存。提洛岛最大的一次发展机遇在公元前 167 年，罗马帝国将提洛岛辟为自由港，东地中海的各种贸易迅速在此聚集。各地富商、船主、银行家纷纷在岛上安营扎寨，请来最好的艺术家和工匠为他们打造装饰华丽的豪宅。一时间，提洛岛就如同中国香港、新加坡或者摩纳哥一般，成为地中海上的璀璨明珠、世界贸易的中心和集散地。

如今徜徉在提洛岛上，已经很难辨析混杂其至叠加在一起的不同建筑所属的年代。圣港以北的区域连接着圣道，相对古老一些，左侧有一排公元前 7 世纪纳克索斯人敬奉给阿波罗神庙作为守护功用的石狮，半蹲伏状，狮口半张，

石狮已是复制品

面向东方迎接朝阳。这些石狮应有9~19只，后来四散各地，有一只居然还于1719年出现在意大利威尼斯的圣马可广场。如今所有找得到的纳克索斯石狮都进了博物馆，我们在圣道上看到的几只只是复制品。这一片区域当年应是神庙林立，光阿波罗神庙就有三座，其他的神庙属于不同的诸神：雅典娜、波塞冬、阿尔忒弥斯、勒托、赫尔墨斯。雅典娜神庙是雅典人造的，当初为了敬奉他们的智勇女神，雅典请了帕特农神庙的设计师亲自设计，派出最好的工匠来到提洛岛，用纯白的大理石精心打造，并由在任的雅典执政官亲临剪彩，足见提洛岛在希腊人心中的神圣地位。石狮面东正对圣湖，这里原有一个古罗马时期繁荣的市场，来自西西里岛的葡萄酒和面粉都在这里交易，在很多商铺里发现了研磨谷物的磨盘。至今还能看到一个炉子的遗迹，应该是供烤馕饼之用。圣湖边上的住宅是古罗马时期的两层居所，宽敞通风，安全私密，完全可与今天的别墅媲美。圣港以南的区域开发较晚，更多是古罗马时期的住宅区，街道狭窄但划界清晰，家家户户比邻而居。几间豪宅颇值得一看。狄奥尼索斯住宅是某位戏剧家获奖之后为感念掌管艺术的酒神所建，洁白的柱廊围起马赛克地砖，描摹酒神骑在一只老虎上的情形。隔壁的克里奥佩特拉住宅与埃及艳后没有关系，院子里有专门盛放葡萄的大缸，供仆人们在缸里脚踩葡萄来酿酒。这些人家的门前都有雕塑，墙上绘有壁画，大门一开就可毫不避讳地向街坊四邻炫耀自己的富有。上等人家不仅宅子好，地段更好，其一大优势就是看戏方便。稍微往屋后的低矮山坡上走个一两分钟，宏伟的大剧场就到了，依山而建的石头剧场气势非凡，分上下两个区域，共43排，足可容纳6500名观众。提洛岛因自然条件限制，常住人口有限，建造如此大的剧场当和其本身的政治和宗教地位有关，每当祭祀或节庆日，岛外人纷纷涌入，一片熙攘景象。海岛缺水，难得有这么个硕大的半圆形建筑，提洛人因地制宜，又在旁边造了个蓄水池，汇集沿着剧场台阶流淌的雨水，解决全岛的用水问题。

  提洛岛见证了希腊各城邦最早迈向统一的努力，但提洛同盟的结局并不美妙。雅典作为希波战争的最大功臣，当仁不让地成为同盟的盟主，负起领导责任，可陶醉在胜利中的雅典有些忘乎所以，梦想着借机打造庞大的海上帝国。即便波斯的威胁早已不再，雅典依然强迫各盟邦缴纳三排桨战船税赋，交雅典统一管理。同盟建立20年后，雅典又将属于同盟全体成员的财宝库由提洛岛搬到了雅典，帕特农神庙完工后干脆就设在雅典娜雕像背后的内殿里，

豪宅镶满精美的马赛克地砖

几近将全体成员的财富据为己有。只有缴税的义务，没有享用的资格；只有服从的道义，没有参与的权力，说好的进退自由也不作数，谁提出退盟就遭严厉打压。生死与共、永结同心的誓言言犹在耳，很多城邦对雅典却已经离心离德了。对雅典的做派最看不惯的当数提洛同盟之外的另一强大城邦斯巴达了。斯巴达人在希波战争中也付出了重大牺牲，却在战后眼睁睁地看着雅典风光无限。当雅典将触角伸到伯罗奔尼撒半岛上的邻近城邦时，他们再也坐不住了。斯巴达人不像雅典人那么有文化，懂哲学，爱艺术，也没有厚厚的城墙作为防御设施，他们多数人不识字，雅典人流通银币的时候他们还在使用铁币，可他们崇尚武力，生来就是战士，男孩子从小离家进军营过集体生活，长大了个个都是打仗的好手。现在，他们要给隔壁不知天高地厚的邻居一点颜色看看了。伯罗奔尼撒战争一打就是

30年,地中海沿岸所有讲希腊语的城邦统统卷入,杀得天昏地暗。已经习惯于过好日子的雅典最终不是对手,伯里克利这样的强人也早已谢幕。公元前404年,被连年战乱搞得吃不饱饭的雅典向斯巴达投降。斯巴达人接管了雅典剩余的舰队,拆除了从比雷埃夫斯港到雅典的城墙和要塞,势所必然地,宣布解散提洛同盟。

  从大剧场的位置绕到后面继续向上,很快就能到达山顶。我脚下的是不是辛索斯山呢,3500多年前迈锡尼人瞭望大海的地方?山不高,风却极大,吹得人站立不稳。突然发现一只野猫跟在身后,也悄无声息爬到了山顶,一脸渴求地望着我。地中海地区多猫,无论南欧还是北非,到处有猫的踪影,但在无人居住、寸草难生、缺乏淡水的提洛岛,还不时见到野猫存在,堪称小小的奇迹。与雅典的猫不同,提洛岛的猫普遍瘦弱、饥渴、状态不佳,当是恶劣的生存环境所致。我没带食物,只能将矿泉水倒在瓶盖里,由它贪婪地吮吸。山脚下,蔚蓝的海水漫延到沙石裸露的黄褐色岛屿边缘,卷起洁白细腻的浪花。残缺的遗迹密密麻麻铺排开来,诉说着从繁盛到衰败的无限哀伤。辉煌已是过眼云烟,无论对于提洛岛,还是雅典。

  这场希腊人之间的内战对古希腊文明的摧毁是致命的。那个极富创造力的、用短暂的时间为后世西方文明奠定了厚重根基的文明从此渐渐走向没落。这块率先宣扬民主和自由、弘扬善和美的土地将属于罗马,属于基督教、拜占庭,属于法兰克人和威尼斯人,属于穆斯林世界……

  斯巴达战胜了雅典,但并没有吞并雅典,更没有摧毁雅典,雅典人依旧保有自己的政治制度和生活方式。据说

米科诺斯岛

战争胜利后,斯巴达人曾想将雅典夷为平地,卫城山上一根柱子都不能留下。可在前一晚的庆功宴上,有人吟诗助兴,没错,粗犷的斯巴达人也需要诗歌。其中一首是欧里庇得斯的诗。美妙动人的诗篇让那些从枪林弹雨中活过来的斯巴达将士顿时忘却了胜利,忘记了复仇。他们一致认为,一个能产生出如此杰出诗人的城邦不该被毁灭。不管这个传说是真是假,这是我读到的关于古希腊文明的最后一个温馨故事。

　　离开提洛岛返程的航船遇到风浪,一路颠簸。一船的人都很开心活着回到米科诺斯岛,回到了蜿蜒小巷、灰白相间的鹅卵石路和幢幢纯白色房屋构筑的迷宫世界,对着大风车拍照,面向小威尼斯码头发呆。夜色降临,高潮依旧,酒吧、餐馆里觥筹交错,笑声朗朗,不到子夜,欢宴的场面绝不会散去。我突然想到一海之隔的提洛岛,此刻已经陷入了一片寂暗之中。曾几何时,状况应该相反,夜色中灯火辉煌的应是对岸吧?夜晚的海风越来越大,提洛岛上的野猫们会出来觅食吗?可这荒岛上每天最后一班轮船已离开,又有什么食物可觅呢?千百年来,潮起潮落,人来人往,一切喧哗终归寂于传说,也许只有那些猫,才世代在那里生存,无可逃遁。它们,才是提洛岛真正的主人吧!

第三章

一定是罗马 意大利和梵蒂冈

罗马，当然是罗马

我相信世界上百分之九十九的城市，都恨不能从地底下凿出什么文化古迹，作为自己的"镇山之宝"。如果说有什么例外，某个城市琢磨的是哪些地方不是古迹，不需要加以保护，那答案就只有一个。

那个城市，一定是罗马。

我到罗马的第一天就闹了个笑话。从机场打车去酒店，途经一个车水马龙的广场，广场一角有个气派非凡的古典建筑，层叠的阶梯、密集的柱廊、精美的群雕闪耀着大理石的光芒。我惊叹：这个古罗马建筑，真是太美了！出租车司机笑着揶揄道："这叫啥建筑？！这是台打字机，是个婚礼蛋糕，是头毫无用处的大白象。"

这座宏伟的维克多·艾曼纽纪念堂是为了纪念意大利统一后的第一个国王艾曼纽二世，于1885年兴建的，也许放在世界上其他地方都会成为城市地标，偏偏在古建筑多如牛毛的罗马，它只能沦为东施效颦的低俗之作，更因为它建造时拆毁了古罗马最重要的庙宇之一朱诺庙的遗址和一片古罗马住宅，当仁不让地成了罗马古建筑保护的反面教材。

伟大的罗马城诞生于公元前8世纪，经历了无与伦比的古罗马时代，一直是全世界天主教的中心，经受过中世纪的洗礼，浸润过文艺复兴的甘露，2700多年来始终是全球旅人向往的地方，留存至今的遗址、庙宇、教堂、雕塑、壁画错落四散在城市的每一个角落，即便大量的石雕和绘画都收入了博物馆，其地面遗迹依然让人目不暇接。罗马之于全球文物古迹，就像乔丹之于篮球、马拉多纳之

广场区,古罗马的市政中心

于足球一样,把第二名的位置远远地甩在身后。

　　历史太长,古迹太多,且让我们收窄视野,只关注恢弘的古罗马时代吧,那俨然已是一部写不尽的史诗巨篇!从公元前1世纪到公元4世纪,是罗马帝国极其繁盛的500年。罗马城的人口据信在公元2世纪时就达到了150万,空前的繁荣富足令帝国历代皇帝用各种方式装点它。当时的罗马城面积远比今天要小,但其所拥有的主要建筑的数量已足够惊人:12个广场,40座凯旋门,28个图书馆,12座大教堂,11个公共浴场,1000个公共厕所,100座神庙,3500尊名人的青铜雕像,160尊黄金或象牙的诸神雕像,15座埃及方尖碑,46家妓院,11条输水管道,1352处路边喷泉,2个马车竞技场,2个圆形斗兽场,4个歌剧院……如果从高处俯瞰古罗马城,应该是一片翠绿掩映着金黄,那是皇宫和教堂的镀金古铜瓦片;掩映着洁白,那是大理石柱廊的光芒;掩映着淡红,那是民宅土瓦屋顶和墙面的颜色。而那一大片翠绿，是因为这座城市的绿化覆盖率达到了25%以上。

今天，五彩的古罗马已经无可寻觅，好在那一片葱翠尚存，饱经风雨的废墟宛在。从卡匹托（capitol）山到广场区，再到帕拉蒂诺山，让我们沿着恺撒、奥古斯都、图拉真、哈德良、君士坦丁、西塞罗、塔西佗、普利尼的足迹，回溯穿行吧！虽然只是人类历史的童年时代，却迸发出如此璀璨灵光和杰出天分，令后世唯有仰视，望尘莫及。

我们的行程依然从"大白象"维克多·艾曼纽纪念堂开始。这座建筑面西，正对着威尼斯广场，其背后就是卡匹托山。罗马的7座小山，严格来说都是不高的小丘陵。沿着"大白象"底下往南走几步，就会遇到两个阶梯，最著名的那个就是文艺复兴时期米开朗琪罗的得意之作，叫作飞跃式台阶。这个宽阔的饰有雕塑的台阶得以让人从西南角快速地登上卡匹托山，直面同样是米开朗琪罗大作的康比托利欧广场和新宫。不过，在登上阶梯之前，注意山脚下有一片不大的古罗马建筑群遗址，看着像是上下分作两三层的洞穴。很多游客即便注意到这片突兀的古迹，也会因其不知底里而略过。殊不知，这里曾是古罗马普通中下层百姓居住的地方，是古罗马人生活的市井所在。当年外乡人进入罗马，如同我们所说的乡下人进城一样，仰起脖子盯着那一幢幢的"摩天大楼"而目瞪口呆。每幢都至少有五六层，足有20多米高，这在2000多年前，是了不起的建筑景观。绝大多数普通罗马市民就租住在这样的"公寓"里面。底楼一般用于开店或业主自住，往上一两层可能住着发了小财的商人、教师、政府行政人员，再往上就是经济条件比较差的，干体力活的工人或者小商小贩，还有奴隶。越往上空间越狭窄，没有供水，更没有厕所，遇楼房倒塌或火灾时逃生的概率越低，因而也就越便宜。据说一幢330平方米的"公寓楼"，居民可达40人以上，拥有这样一幢楼的房东可以赚取不菲的租金，过上很优越的生活。这种被称作insula的楼房，在公元2世纪时多达46000幢，到后来城市人口增多，超高违建现象层出不穷，火灾隐患不断，政府不断限制公寓楼的建筑高度，但见效甚微。罗马真正的领导阶层和富豪住在domus里，相当于今天的别墅，有宽敞的前厅、天井，还有私密性很好的卧室，当然还少不了仆人的服侍。这样的豪宅，罗马全城只有1700多幢。显然insula给罗马平民提供了最普遍的居住环境，与我们今天大城市的生存形态已经没有太大的差别。

沿着飞跃式台阶拾级而上，眼前出现的都是"米开朗琪罗工程"：康比托利欧广场和新宫。相比于古罗马的遗迹，文艺复兴的建筑实在是太新了。新宫如今已经成了博物馆，陈列最多的是古罗马时期的雕塑，包括公元前5世纪初的母狼哺乳罗慕路斯兄弟的青铜雕像，它喻示着这座城市的起源。最令人震惊的是放置在前院的君士坦丁二世雕像。巨大的雕像如今仅剩一个头部、手脚各一。雕像目光炯炯，鼻梁高挺，嘴唇坚毅。一对新婚夫妇从旁留影，只与放置头像的基座相平，远不及头像的高度。根据头部的比例推测，完整的君士坦丁二世全身像，高度应在20米之上。

在罗马乃至整个意大利旅游，最令人震惊又最稀疏平常的就是在无数个广场和博物馆时时刻刻都能遇见的古罗马雕塑：巨大的，正常比例的，微小的；帝王的，元老

古罗马的平民公寓 insula

的，精英阶层的，普通百姓的，动物的；雄健的，气宇轩昂的，柔美的，甚至令人产生性的冲动的……对皮肤、毛发、肌肉和筋骨等人体肌理的把握已经臻于完美。这样的雕塑见了太多，到后来就变得不那么震惊了，因为每一件作品都那么出色，足以让你产生审美疲劳。曾有一个夸张的说法，说罗马城内世代累积的雕像太多，一度石刻的人头数量超过了全城真正的人头。

　　古罗马的雕塑作品，几乎都没有留下作者的名字。同天天琢磨着哲学、数理和艺术的希腊人相比，最早的罗马人只是战士，不停地南征北战，直到征服了希腊之后，他们又成了谦逊的学生，转而向古希腊文明顶礼膜拜。大量的希腊工匠从此为罗马帝国工作，开始叮叮咚咚地为罗马、为人类斧凿出一个永恒的艺术世界。有意思的是，古希腊的雕塑多为塑造神明，到了罗马帝国就变得世俗起来。从帝王将相到居家贵妇，都指望着有一尊自己的雕像，客观

君士坦丁二世巨像的头部

上令古罗马的艺术作品更加千姿百态。罗马不是一天建成的,西方古典艺术亦然。正是古罗马几个世纪的佚名艺术品的积累和堆砌,才勃发出1000多年后的文艺复兴,才孕育出达·芬奇、米开朗琪罗和拉斐尔这样的天才,而那个时候,艺术作品已经归名于艺术家本人。

出博物馆绕到卡匹托的后山,极目远眺,你一定会惊异于山脚下的那片景致。这也许是这个星球上规模最大、最丰富、最密集的古代文明遗址。广场区(forum)夹在卡匹托山和帕拉蒂诺山之间的大块平地,是疆域辽阔的罗马帝国的中枢地带,是王朝的核心,是这座城市的政治、宗教、商业和活动中心。历代罗马皇帝和达官贵人在这里修建各种建筑,就像不同的糕点师在同一个蛋糕胚上裱各自的奶油花一样。今天,茵茵的绿草坪上密密麻麻地堆砌着历代大师的杰作,神庙、凯旋门、纪念柱、议会厅、集会堂、教堂、豪宅,乍一眼看去杂乱无章,整合起来却大气磅礴。

恺撒遇刺

关于古罗马的那些耳熟能详的故事,很多都在这里发生。元老院(Curia),古罗马元老们在这里聚会议事,恺撒大帝于公元前 44 年在这里遇刺身亡,建筑几经烧毁,被四代罗马皇帝轮番重建。讲坛(Rostra),看上去像是厚厚墙基下的一个司令台,恺撒遇刺时,安东尼就是在这里讲演悼词:"朋友们,罗马人,同胞们……"1600 多年后莎士比亚将之写入戏剧里。恺撒遇刺的第二年,西塞罗在这里被处以死刑,他的头和手被放在讲坛上展示。农神殿(Temple of Saturn)是为祭祀历史上并不存在的神性帝王而建,据说农神在位时,没有奴隶,没有私产,没有犯罪,也没有战争。每年的农神庆典日,元老和达官们都会脱去他们的贵族服装,换上平民的宽袍,奴隶可以与他们的主人同桌进餐。如今,农神殿留下了八根高高的立柱和精美的爱奥尼亚式柱头。火神殿(Temple of Vesta),广场区最高雅的一座殿宇,20 个精致的凹槽柱环绕着的环形建筑,里面供奉的圣火应长明不熄。圣火由六位女祭司守护,她们在6~10岁时选自贵族家庭，供职30年，在此期间生活优渥，但受贞洁誓言的约束，一旦失贞将被活埋。女祭司住在旁边的圣火贞女之家（House of the Vestal Virgins），其中央庭院至今还有精美的圣女雕像。君士坦丁集会堂（Basilica of Consantine），这座历经几代皇帝修建的建筑完工时，已是罗马帝国即将凋敝的公元4世纪，保留完好的巨大构架能让人身临其境地感受到罗马人的生活状态。15世纪末期从这里发掘出一个巨大的雕塑，正是如今安放在新宫卡匹托博物馆的君士坦丁二世雕像。塞维鲁斯凯旋门（Arch of Septimius Severus），是广场区保留最完整的建筑，拱门上的浮雕至今栩栩如生。公元203年罗马大胜波斯，建此凯旋门以志庆贺。所谓"条条大路通罗马"，丈量各地到罗马中心的距离，就是从这里开始。

在农神殿的边上，你不会忽略一片占地不小的废墟，虽然只残存了一些地基、楼梯、石柱和两面拱门，但仍可想见当时的气派。这座三层建筑最早由恺撒修建，到他的侄子奥古斯都大帝时才完工，光听它的名字朱莉亚集会堂（Basilica Julia），以为只是又一座神庙建筑，其实不然，这里曾经牵动着许多普通罗马人的日常生活——这是古罗马的民事法庭。朱莉亚集会堂门前的台阶上，每天都有法官、辩护人、原告、被告和证人涌进涌出。殿堂内分设四个法庭，每庭有个45人组成的陪审团，律师们的争吵声、原告和被告的辩诉声、旁听者的喝彩声或嘲讽声不绝于耳……简直与今天你在世界各地的法庭内外看到的场景别无二致。

如果说古希腊为人类留下了民主与哲学，古罗马则为人类留下了法律和秩序。西方科学和哲学的术语大半源自

君士坦丁凯旋门

希腊文,而法学术语大半是拉丁文,也正是这个道理。帝国逐渐扩张,社会财富不断积累,日常生活日益复杂,古罗马的法律从不滞后,法典的扩充紧随疆土的拓展,其威力立即抵达新辟的领域,并随之逐步形成了泽被后世的完整法律体系。你不会因为起诉皇帝而被处死,也不会因为涉及诉讼而受到酷刑的对待,因为有法律作保障。以现在的眼光看,古罗马并不公平,奴隶制还存在,但古罗马法律体现了对人权和私人财产的尊重,比如古罗马的正式公民享有选举权、任职权、自由婚配权和签订商业契约权,外来的非罗马公民有自由婚配权和签订商业契约权,但没有选举权和任职权,被释放的奴隶没有任职权和自由婚配权,但拥有选举权和签订商业契约权;对所有权、义务、交易、契约和负债等问题都有严格界定,以保障交易公平

图拉真市场

和财富所有权。毫不夸张地说,古罗马法律奠定了今天世界各国法律的基础。

广场区北端一大片区域被一个庞大的建筑群占据,即图拉真市场(Trajan Market),它从来都被公认为古典建筑的奇迹。口碑甚好的图拉真皇帝在公元 2 世纪建造了这个结构繁复的建筑群,是全城最重要的综合市场,足有七八层高,可容纳 150 多家商店和办公室,即便用今天的眼光看,都算得上一个中大型规模的购物中心。每家商店墙上都有精致的镶嵌画以图示自己销售的产品。底楼巨大的环形商铺用漂亮的拱券和柱廊分隔出不同的店面,多售牲畜、家禽、水产和蔬菜。楼上商店的种类更为繁多,木材、皮革、亚麻、羊毛、金银,乃至红酒和食油。公元之初的罗马,市场已经极为繁盛,从各个行省运来的货物源源不断地抵达首都，光每年运抵罗马的小麦就接近30万吨。城市的富庶足令帝国首脑心生慈悲，他们拿出相当一部分粮食和肉类低价或免费分配给生活有困难的罗马市民，受惠面一度多达15万人。在图拉真市场的顶端还有一个仓库，专门用来储藏赈灾玉米，以备不时之需。

卡匹托山和帕拉蒂诺山以及两丘之间的古罗马广场，浓缩了这个帝国建筑与文化的精华。稍远一些，还有几个建筑以更大的体量显示着帝国的强盛。

卡匹托山往北，有个著名的建筑叫万神殿（Panthon），到过罗马的人千万别说你没去过那里，因为古谚有云，一个人到了罗马而不去看看万神殿，那么"他来的时候是头蠢驴，去的时候还是头蠢驴"。万神殿在公元118年由图拉真的继任者哈德良皇帝建造，历时10年，是个巨大的石质圆形建筑，高度与直径都是精确的43.3米，绝对是个庞然大物。穹顶正中有个圆形大洞，直径将近9米，是整座建筑唯一的采光点。柔和的光线从洞口倾泻而下，令殿堂内精致而冷峻的装饰现出人神相通的氤氲之气。所谓万神殿，自然是古希腊的概念，也是信仰诸神的罗马人敬奉万神的地方。可到了中世纪，整个意大利已经变成了基督教的天下，万神殿也就被改造成了教堂。文艺复兴的三杰之一拉斐尔就埋在里面，其上，是端庄慈悲的圣母像。

可能是南征北战、国土辽阔的原因，古罗马的宗教信仰宽泛而富有包容性。以希腊诸神为参照，罗马不同的部族、团体乃至家庭都有各自的信仰和神祇，只要不对社会构成危害，爱信谁就信谁。万神殿一造，众神都在里面，社会更加和谐。无论哪一个神都没有绝对的主宰权。在古

万神殿

  罗马广场,到处都是神殿遗迹;在罗马人的生活中,充满着各种宗教仪式,但这样的仪式只是为了表明诸神的存在,表明神高于人类而已,并不意味着可以以此来威胁和奴役自由的公民。宗教仪式最重要的一部分就是把家畜祭献给神。杀死家畜是承认人类必死的事实,以此肯定神的优越性。但是,古罗马从来不把人作为祭品,哪怕奴隶也不可以,体现了一个好宗教所应有的限度。罗马人征服了各个民族,但无意改变和摧毁各个民族的信仰,除非认为某种宗教活动破坏了社会秩序,影响了社会安定。在公元 3 世纪之前,罗马对基督徒的迫害既不是常态性的,也不是普遍性的。到了最后,罗马帝国反倒皈依了基督教,基督徒们拆下神殿的砖瓦,转身去造教堂,或者干脆鸠占鹊巢当起了万神殿的主人。

  环绕着这座帝都的,还有 11 个公共浴场。我所见过的最壮观的古罗马浴场遗址是北非突尼斯城的安东尼浴场,罗马人摧毁了地中海对岸的世仇迦太基之后，又在那里享受起他们的悠闲生活。高高的烟囱耸入云天，宽大的浴室还区分冷热。与之相比，在罗马城的诸多浴场都被破坏得七零八落。卡拉卡拉浴场（Baths of Caracalla）尚存遗址，戴克里先浴场（Baths of Docletian）则早就被改造成教堂和修道院，后来又有一部分被改造成了博物馆，几乎无迹可寻。不过教堂的大门就深嵌在浴场高大的弧形墙体中间，足见当年的浴场是何等雄伟。很多建筑或历史书籍，提到浴场时都会附上戴克里先浴场的复原图：雄伟的门庭装饰着五彩壁画，中轴线上一字排开露天游泳池、冷水浴池、热水浴厅，侧翼有衣帽厅、健身房、按摩厅、蒸汽浴室等等。想象一下3000人同时在这里活动的情景吧，他们在里面健身、听音乐、看图书、听演讲、赏画、吃饭、下棋、打牌，消磨掉一天的时光。

毫无疑问，你绝不会错过罗马大斗兽场（Coliseum），韦斯巴芗皇帝于公元72年在尼禄金宫的旧址上开始建造罗马大斗兽场。描述这座恢弘的建筑只能用四个字：无与伦比。80个拱形出口可供55000名观众随意出入，极其便于进入或疏散。凝灰石铸成的外墙有四层高，每层分别饰以多立克、爱奥尼亚和科林斯三种不同风格的圆柱。入口的路线引导观众在10分钟内就能找到自己的座位。高高的看台总共60排，由低到高分为五区。最中央的位置属于皇帝，一区属于元老、长官和祭司，二区属于骑士和其他贵族，三区属于能多掏点钱坐个好位子的有钱人，四区和五区属于普通市民。鼓乐齐鸣，斗兽场地下笼子里的雄狮猛虎们被赶到一条走廊，并通过绞盘被拉上竞技场。全副武

罗马大斗兽场

装的角斗士出场,向皇帝三呼万岁后,开始与猛兽进行殊死的搏杀。血腥味在空中飘荡,全场数万观众发出的呼喊响彻了全城的上空……

　　这就是罗马,永恒之都罗马。这只是罗马的一部分,只属于公元前1世纪到公元5世纪的罗马帝国。这个帝国在其最繁盛的时期,控制着北到莱茵河、多瑙河以及英格兰,西到西班牙,南到北非撒哈拉沙漠一线,东到伊朗边缘的广袤区域,你可以在北部积雪的顶峰或黝黑的冷杉林里遇到法兰克人,也可以在南部炎热的沙漠地带遇到埃及人、柏柏尔人和黑人,还可以在红海沿岸碰到阿拉伯人和波斯人。他们可能用同样的拉丁语作为官方语言,用同样的货币进行交易和买卖。更重要的是,他们用的是几乎相同的法律,有着基本相同的城市规划和商业准则,同样去大浴场洗澡,去斗兽场找乐子,却又自由信奉着各自的神明。

古罗马,以权威和财富为全世界定位。

还记得那部世界电影史上最浪漫也最感伤的电影《罗马假日》吗？在最后的官方送别会上,格里高利·派克饰演的记者问安妮公主："您此次欧洲之行印象最深的城市是哪一个？"奥黛丽·赫本饰演的安妮公主,知道即将永别她生命中最美丽也最短暂的爱情,她克制着心中的千千心结、万卷波涛,坚定地说：

"罗马,当然是——罗马！"

国小乾坤大

我站在罗马协和大道西侧的尽头,冲着圣彼得大教堂拍了几张照,然后挎上相机,东张西望地往前走。脚丫子还没撒开,路边一个晒太阳的老头就乐呵呵地对我说："欢迎你来到梵蒂冈！"我回身看刚才来的路,没有路障,没有栅栏,没有岗哨,甚至没有标记。

从意大利到梵蒂冈,就像从德胜门内大街拐进后海,从福佑路拐进城隍庙,从南山路踏上西湖苏堤,从大院内李家的厅堂踱进张家的厨房。

可梵蒂冈虽四周被意大利,确切地说是仅仅被意大利的一个城市所包围,又的的确确是个主权国家,它与全球170多个国家和地区有正式的外交关系,在联合国设有常驻观察员,有自己的国家元首、国务院和下属相关部门,有邮政系统,有广播电台,有直升机坪,甚至有段废弃的

梵蒂冈的老画片,现在和过去没啥两样

铁路。这样一个五脏俱全的国家到底有多大呢?0.44平方公里,不大不小,正好等于一个天安门广场。人口就复杂一点,有说1400人,有说540人,虽说只是几百人的多寡,却已是一倍的误差。要评选全世界最小国家,梵蒂冈当仁不让。可是,就是这么个芝麻绿豆国,却声名远播,是亿万天主教信徒的精神家园。

东边阳光灿烂,我站在圣彼得广场中央,感叹贝尼尼的设计如此简洁大气。这个椭圆形的广场由三层高大石柱构成的拱廊环绕,令中央的方尖碑更加显眼。这块有着近4000年的方尖碑来自古埃及,摩西带领希伯来人出埃及的时候曾见过它。奥古斯都大帝占领埃及后把它运到了罗马古竞技场,1586年再由150匹马和47台绞车运送到这里。而梵蒂冈的历史同样古老。公元64年,耶稣的门徒圣彼得就在方尖碑下被倒钉在十字架上殉道,并被埋葬在此,那时基督教还是个"邪教组织"。过了几十年,顽强的基督教没有被消灭,圣彼得的墓上已经造起了圣殿;300年后,基督教已被认可并在这里修建礼拜堂;1500年后,罗马教

圣彼得广场外的回廊

廷已经如日中天，规模宏大的圣彼得大教堂开始兴建；今天，全世界大多数国家都已采用公元纪年，而小小的梵蒂冈也成了天主教的中枢和象征。

圣彼得广场上已经排起了长队，队伍蜿蜒直奔圣彼得大教堂而去。在意大利期间，我走遍了几个大城市的著名大教堂，做个不甚恭敬的比喻，就仿佛看美人，虽各个都别具风采，各有千秋，可如果说谁是国色天香，惊为天人，那只有圣彼得大教堂，也只能是圣彼得大教堂。

走进圣彼得大教堂（Saint Peter's Basilica）内没多久，我就决定彻底放下照相机。除非你带着专业摄影器材，得到现场的充分许可和配合，有良好的照明设施辅助，不然你无法记录和还原这个精美殿堂的千分之一。忘了相机吧！你所能做的只有凝视、默想、感悟、叹息。米开朗琪罗的大理石雕塑《圣殇图》就在那里，幽暗的暖光下，年轻的圣母沉静、哀伤而美丽。而这，只是众多雕刻中我说得上名头的极少几个之一，更多的雕塑有如神斧巧夺天工，占据空阔殿堂的大块墙面，大结构张弛有度，气势逼人，

圣彼得广场

小细节精细入微，无论是飘动的衣褶还是人体的筋骨，无不栩栩如生。而墙面雕塑还只是这座教堂的组成部分之一。圣彼得大教堂拥有 11 个礼拜堂和 45 座祭坛，每个礼拜堂和祭坛都足够令你驻足良久，惊叹连连。教堂正中有围栏挡着，这里是教宗的祭坛，是一块平滑的大理石板。1942 年一具年老但健硕的男子遗骸被发掘自这块板下，经 30 多年争论后被教皇保罗六世宣布为圣彼得的遗骨。祭坛由一个美轮美奂的圣体伞笼罩拱卫，四根螺旋式支柱纤细繁复。离教宗祭坛不远，大教堂最尽头的正殿是教皇乌尔班八世的塑像，穹窿处的天窗透着阳光，窗上刻画的鸽子沐浴在金色的光晕下，仿佛天堂就在那里。

　　作为一处宗教殿堂，圣彼得大教堂和广场将许多意大利艺术家的名字联系在一起，其中最突出的就是贝尼尼和米开朗琪罗。贝尼尼是广场的总设计师，教堂里包括圣体伞、穹隆窗顶、乌尔班八世塑像在内的许多陈设，也都出自他的天才之手。米开朗琪罗除贡献了《圣殇图》之外，还为大教堂设计了大圆顶，他生前居然还没看到圆顶完工。

第三章　一定是罗马　意大利和梵蒂冈 ｜ 169

圣彼得大教堂　　　　　　　　　　传统的瑞士卫兵队，别以为是摆设，其实个个身手不凡

在梵蒂冈，宗教催生艺术，艺术诠释宗教，彼此契合，亲密无间。无论是否拥有相同的信仰，你都会赞叹这种结合创造了全人类伟大的文化财富，值得为之致敬。我相信踏进梵蒂冈博物馆的所有人，都会生出这相同的感受。

梵蒂冈虽然和意大利没有国界，但其内部的很多机构和其他领域并不对外开放。从大教堂去博物馆就有点麻烦，要先"出国"到意大利，绕墙根走上七八分钟，再辗转"回国"进到博物馆。

刚走进博物馆的露天庭院，迎面就遇见《拉奥孔》的真品。小时候为了临摹拉奥孔和他两个儿子与巨蟒搏斗，不知耗费了多少碳笔。《拉奥孔》只是豪华度假村的一杯迎宾薄荷茶，进到博物馆里面才知道，这里浓缩了古希腊、古罗马、中古时期和文艺复兴时期的艺术精华，这"浓缩"

两个字完全不是说说而已，我希望有更贴切的字眼，来描述万物精华荟萃其间的情状。跟着拥挤的参观队伍亦步亦趋之间，偶然发现旁边空荡小屋里的一幅画作风格眼熟，抽身过去一看，竟是梵高的真迹。想想看，一幅梵高的真迹搁在那里无人问津，在全世界任何美术馆都无法想象，这，只能发生在梵蒂冈。

入口有路标显示"西斯廷礼拜堂"（Sistine Chapel）。西斯廷壁画之于梵蒂冈博物馆，就好像大熊猫之于动物园，不看就不算来过。所有人都顺着牌子，走上拥挤的楼道，开始漫长的"去往西斯廷之旅"。后来才知道，这一路，光徒步就需要半个小时。游客实在太多，游客永远太多，有人因呼吸不畅而昏倒在艺术殿堂里已不是新闻。而就在探访西斯廷的路程中，你会遇到太多艺术大师，见到太多伟大作品，这过程，已经足够让你心满意足！那些四五千年前的古埃及文物，已经被迫不及待的观众舍弃一边，受尽冷落；那金碧辉煌的天顶画绵延不绝，虽然让所有人都仰头叹服，但没人关心它们的作者是谁，在导游书中也很少提及，仿佛这些伟大的手工作品只是作为墙纸存在；像波提切利、吉兰达约这样的伟大艺术家在这里也留下了墨宝，却似乎被所有人遗忘。相对享受一点尊荣的还是青年才俊拉斐尔，有一整大间属于他的壁画，著名的《雅典学院》就在这里占着一整面墙，据说画里的两个古希腊学者的模特儿还是文艺复兴三杰的另外两位——米开朗琪罗和达·芬奇。

在我行将窒息昏倒之时，西斯廷礼拜堂终于出现了。虽然这里禁止喧哗和拍照，但厅堂内嗡嗡之声不绝于耳，

西斯廷礼拜堂

第三章 一定是罗马 意大利和梵蒂冈

《拉奥孔》

没办法，身处这样一个左右前后加头顶都被绝世壁画包围的空间，你也只有承认刚才一路仰头看来的东西都是墙纸。如果说读书的时候从书本和画册里不明白为什么米开朗琪罗拥有那么崇高的地位的话，在西斯廷身临其境的时候，你就会明白给予他的任何尊荣都不为过。那巨幅的天花板壁画分成九个场面，构成《创世记》的主题，光面积就已经让人惊叹，而每个场面的构思都出人意料又合乎情理，宗教画摆脱了以往的呆板形态，细微处充满人性的魅力，复合起来又极具装饰效果，真令礼拜堂锦上添花！要知道，米开朗琪罗一生喜爱雕塑而轻视绘画，而恰恰是在绘画领域，米开朗琪罗留下了这么光照万世的作品，拉斐尔看了《创世记》后感叹说："米开朗琪罗是用着同上帝一样杰出的天才，创造出这个世界的！"

西斯廷正面的祭坛后墙，是米开朗琪罗的另一幅传世名作《末日的审判》。难怪作品完成后曾引发强烈的争议，这些鬼魅的亡灵抬头面对神的愤怒之情，哪里还是心平气和的宗教宣传画，分明是世俗社会和画家本人不满和躁动的写照。米开朗琪罗被当时的教皇劝诱了整整20年，不太情愿地来到梵蒂冈做御用画家。画西斯廷天花板的时候，他不要任何助手，一个人在脚手架上仰头作画，整整4年。工程完工的时候，不到40岁的他已经像个老人了，头都不能低下来，他在给朋友的信里，嘲笑自己"前身的皮肉拉长，背后的皮肉缩短，好似弓绷上了弦"。

西斯廷之所以是天主教的重要场所，是因为教皇是在这里被选拔和任命的。我站在这间天主教世界最重要的殿堂里，同满屋子的游客一起啧啧称奇，感慨伟大的艺术家们如何用他们的才智具象化、美化一种宗教，而这种宗教又如何能焕发他们的天分和激情，又给这个世界和人类留下了什么。

意大利与天主教、与梵蒂冈之间的故事，真是你中有我，我中有你，说不尽道不完。这个脱胎于犹太教的教派，因为以色列被迫成为古罗马帝国的一部分而逐步传播到帝国的首都。公元30年，耶稣被钉上十字架，他的第一批信徒们抵达罗马，宣扬"爱人如己"的信仰。这个庞大帝国的首都就像一个大讲堂，谁都可以在大街小巷发表各种言论学说，只要你不压制他人传道，不对他人构成伤害。当时的罗马城内遍布各种大大小小、千奇百怪的神庙教堂，里面敬拜着来自埃及、希腊、亚洲和非洲不同地区的各种神祇。这其中，基督徒们的布道显得特别与众不同。罗马帝国是靠强权和扩张打下的天下，可那些衣衫褴褛的人却对你说，财富多寡、地位尊卑都不是生命的本质，世俗的成功并不能担保永恒的幸福，贫穷、谦卑、顺从都是美德的一部分，自由、平等和博爱才是人生追求的至高境界。这对从来都习惯了拼实力搏人生的罗马人来说简直是开了天眼。更何况这些一贫如洗的基督徒说到做到，他们善待奴隶和动物，从不聚敛财富，倾其所有和所能去帮助穷人和病人。这些言行都润物无声般的影响着罗马人。渐渐地，基督徒的小社团开始聚拢人气，而庞大的罗马庙宇日渐冷寂。

耶稣教会渐成规模，开始有了长老、主教甚至教皇。不过，基督徒们的执拗也令罗马政权头疼不已。和古希腊罗马的多神教不同，基督教只为你的来世指明唯一的路径：或信上帝、信耶稣，进天堂；或不信，进地狱。今生只有一回，来世岂敢试错。你这么一搞等于断了其他宗教的活路，与帝国"所有宗教应和平共处"的理念不符。但基督徒们拒绝任何宽容和妥协，他们不仅宣称上帝是宇宙与尘世唯一的主宰，而且拒不崇敬世俗权力。他们拒绝对罗马皇帝行致敬之礼，也拒服帝国兵役。这使得基督徒在两三百年内多少受到了帝国政权一定程度的迫害，比如被扔进斗兽场喂狮子、老虎。可即便面对猛兽的血盆大口，基督徒们依旧以祷告感谢神所赐予的殉道荣光，今生俗世无非是他们通往天堂的过道而已。

基督教命运的真正转变在公元 4 世纪。还要感谢战争，罗马帝国屡遭蛮族的侵扰，不怕死的传教士们又冲在最前面，在刀剑赢不下来的时候去向条顿人和法兰克人宣讲福音。脑子里一团糨糊的蛮族人哪听过这个，本来就敬仰罗马文明，既然你们这些温文尔雅的人都来自罗马，那讲的一定是对的了。结果蛮族人信了基督教，大大减轻了帝国的军事压力，所谓"六个传教士抵得上一个罗马军团"。再到后来，君士坦丁大帝在一次战役前打赌，赢了，他就信奉基督教，结果大胜而归，于是他接受洗礼做了基督徒。公元313年君士坦丁大帝发布赦令，承认天主教与罗马旧教同样合法，基督教从此走向自由传播的正轨。

半个多世纪之后，天主教再度升格，被罗马帝国定为"国教"，完全占据统治地位。此后，罗马帝国逐步衰亡直至毁灭，天主教却像脱胎的魂灵，影响日盛，传播到了欧洲乃至世界各地。以罗马为核心的这片区域成了全欧洲的精神中枢。其实罗马帝国之后的几百年，亚平宁半岛始终混乱不堪，各色人等都在这片土地上玩过一把。可不管外族入侵，还是各个城市自成公国，教会和教皇却像不倒翁，总有自己的势力范围，总有号令天下的话语权。也难怪，国王可以得罪，上帝谁敢冒犯？教皇一挥手，十字军东征就可以打上个一两百年。到了中世纪，教会势力已经如日中天，其触角在欧洲无远弗届，各国皇帝们也不敢触动教会的利益，每个城市必须把其最高建筑的桂冠让给教堂和修道院，连皇宫的建筑高度也不许超过教堂的高度，更不用说教会在亚平宁本土所享受的待遇。但是，绝对的权力产生绝对的腐败，一定是这样。我们今天读《十日谈》，就会为所谓信仰下的集权腐败发出会心一笑。到了文艺复兴前期，世风日下，良知泯灭，许多神职人员的品德修养比平民百姓还不如。宗教改革的出现势所必然。说起来，宗教改革的领袖虽不出在梵蒂冈，却依然和梵蒂冈息息相关。正因为1517年教廷建造圣彼得大教堂耗资太巨，为了获得足够的资金，教会发售"赎罪券"，等于有钱就可以抵消犯罪，可以买来神职，点燃了对教会腐败早有不满的德国修士马丁·路德这根导火索，宗教改革的浪潮终于掀起，并最终导致了基督新教从传统天主教中分离出来。而在这个过程中，又有不知多少新旧两派的教徒受到对方的迫害和残杀。

历史进入19世纪，习惯了四分五裂的意大利人似乎清醒过来，开始考虑建立一个独立而统一的意大利国。这事情又怎么少得了教会？当年的教皇庇护九世因为比较开明，还差点被选为意大利新联邦政府的领袖。可是当新生的意大利国在1870年建立的时候，连罗马也不再属于教会，而成为意大利的一部分。庇护九世拒绝和新生的世俗政权发生关系，而意大利也废除了教会的一切世俗权力。教皇拒绝了意大利给自己的任何补助，把自己关在梵蒂冈闭门不出，不见任何一个背弃了上帝的人，直到60年后，由一个法西斯来解决这一切的问题。墨索里尼执政后做的一大好事，就是谋求与梵蒂冈的和解。1929年双方签署《拉特兰条约》，教廷承认意大利国家及其首都罗马的地位，意大利承认教皇的权威和教廷对梵蒂冈的主权，教皇拥有世俗统治权、外交权、与外国自由来往，同时对拉特兰宫和十几座教会建筑有治外法权和免税权，意大利再给予教廷一笔赔偿金，并将天主教定为国教。从此，教皇治下的梵蒂冈正式确立。上千年来的你中有我、我中有你,终于成了你中有我,我家就在你家大院里。

西斯廷是梵蒂冈艺术的最高潮,也是博物馆的终点。从那里走出来,才发现兜了一大圈,出口又回到了圣彼得广场。我们先前排队进大教堂的地方,又开始排起了新的队伍,迎来了又一批游客。圣彼得广场据说可以容纳50万民众,每当宗教节日,教皇会在广场的阳台上出现,为人山人海的信徒祈福。民众聚集最多的一次是在2005年约翰·保罗二世逝世的时候,超过300万人次的哀悼者涌到这里,排队等候12小时以上进入大教堂向教皇的遗体告别。对于这位宗教人物,我记忆最深的是他在以色列对被害犹太人的哀悼,是他为几个世纪前被天主教徒迫害致死的布鲁诺的平反,是他在2001年访问希腊时,对东正教牧首说的那句话:"过去和现在,天主教会的子女在行动和过失上,对东正教弟兄姊妹所犯下的罪行,向天主请求宽恕。"

再次站在圣彼得广场,阳光已经悄然向西,大教堂的墙面被晒得一片红彤。这里是圣彼得因信仰而被杀害、被埋葬的地方;这里是信仰顽强不屈逆势燎原的地方;这里是信仰主宰亿万灵魂、一举一动牵动着全世界的地方;这里是体现人类的弱点和贪婪的地方;这里是展示人类伟大创造力、彰显美的奇迹的地方;这里是人与神、信仰与世俗纠缠角逐又妥协共生的地方;这里是亿万人寻找精神慰藉的地方;这里是对自己走过的历史反思和忏悔的地方。

这里已经很大。

这一天足够漫长。

第四章

苦涩的奶和蜜　以色列和巴勒斯坦

西墙

西墙不哭

在我看来，从人类文明的角度，不同城市的历史寿命是不一样的，比如雅典，在伯罗奔尼撒战争结束之后，它曾经迸发出的文明火焰就熄灭了，以后再怎么改朝换代，作为人文历史的雅典已经定型和终结；比如卢克索，它属于中王朝和新王朝的法老时代，寿命虽长但离我们更久远，它真正的名字应该叫底比斯，卢克索是其历史生命结束后的代名字，在当今已经无足轻重；比如罗马，它年轻的生命力极其旺盛，足以傲世，但文艺复兴之后的岁月也基本可以忽略不计。唯独有一座城市，从它诞生之日起，就变化不断，折腾不停，纷纷扰扰不曾太平，它过去发生的是历史，今天发生着的新闻也必然会成为历史，无论过去、现在还是未来，它都注定吸引全世界的眼光，也许会直到人类的最后一天。

这座城市，就是耶路撒冷。

我们抵达耶路撒冷的时候已经是傍晚，主干道雅法街灯火通明，叮当作响的有轨电车在林立的商铺间开过，煽动起空气中弥漫着的街头小吃的香味。不苟言笑、留着长须发辫、头戴礼帽的正统派犹太教徒与打扮入时、不拘小节的年轻人摩肩接踵，形成有趣的反差。与主道相连的小马路更是热闹，时尚的餐厅酒吧招揽生意，车辆将本就狭窄的道路堵得寸步难行。我们在耶路撒冷还要待上几日，不急着纸醉金迷，随意吃了口饭，就往旧城闲逛而去。

旧城离新城的闹市区并不远，两三站路的样子，望见高阔的城墙，有耸立的塔楼，应该就是了。进了城门，得知这就是圣城七大城门之一的雅法门（Jaffa Gate），20世纪初英国军队就是从这里入城，结束了奥斯曼帝国的统治。那座塔楼就是大卫塔（Tower of David），当年希律王效仿著名的亚历山大灯塔，在此造了塔楼，据说后来审判耶稣就在这个塔楼里。塔楼被战乱焚毁后，在拜占庭时代重建，又被误认为是大卫王的宫殿遗址，从此以讹传讹就叫成了大卫塔。我们误打误撞进去看了一场灯光秀，迷幻的光影映射在高大的城堡墙头，叙述着更加迷幻的圣城历史。演出结束，从城塔出来，已经新月当空，四周寂静。新与旧、传统与现代、喧闹与宁静，这种交错的感觉开启了我们的耶路撒冷之旅。

我们就在旧城漫无目的地转悠。街道狭窄，纵横交错如蛛网，弯曲缠绕似迷宫。两侧的商铺都已打烊，上着门

耶路撒冷

西墙前的诵念

板,昏暗的路灯照得青石板路面熠熠闪光。我们笑说除了路面有坡度以外,和我们小时候的上海城隍庙也没啥区别。时已四下无人,就准备打道回府,明日再来细访,不想头顶一块小路牌指示:西墙(Western Wall)。这一下,就实在没有不走去的道理了。而这一走,又令我们大感意外。弯弯窄窄的小巷终点,是一个开阔而略带倾斜的广场,四周明亮的灯光照耀着尽头那堵48米长、20米高的世界最著名的墙。墙下黑压压一片人!他们不知何时从哪里冒出来,穿越寂静的旧城老街,仿佛约好了来这里聚会。年轻的小伙子们挥舞着以色列国旗,在广场前兴奋地合影。也许他们和我们一样,第一次来到自己民族的圣地,也许就在这里完成他们的成人礼。广场靠近西墙处,有铁栅稍作挡隔,以示正式进到西墙。男女在此分隔成两个区域,男性须戴犹太帽,表明对神的敬意。一旦靠近西墙,所有人的神情就渐渐庄重起来。眼前的情景,我们早已在报纸杂志、电影电视里稔熟:他们身着黑色礼服,头戴礼帽或者毡帽，头抵在黄褐色的墙头，左手捧着经书，右手抚摸墙石，身子微微晃动，口中喃喃，轻声轻语，如泣如诉。那些石头也似乎有了生命，在倾听每一个与它肌肤相亲的人的话语，与他们一起感伤、叹息、沉默、追忆、慰藉。有的人祷念完毕，亲吻石墙，还将写好了字的小纸条塞进墙缝，西墙又成了凡人与上帝交流的通信站。

他们在默念些什么呢？经书很多，《旧约》很长，我相信这一长排的祈祷者中，一定有人会诵念《诗篇》里的那段诗句：

> 我们曾在，巴比伦的河边坐下，
> 一追想锡安就哭了。
> 因为在那里，掳掠我们的要我们歌唱。
> 我们怎能在外邦，唱耶和华的歌呢？
> 耶路撒冷啊，我若忘记你，
> 情愿我的右手忘记技巧……

《旧约》是《圣经》的一部分，是神话，也是史书，虚虚实实混杂在一起，构成了真真假假的遥远回忆。

可能在公元前1800年左右，犹太人的祖先亚伯拉罕率领自己的游牧部落希伯来人从美索不达米亚平原来到地中海东岸这片被《圣经》称为"迦南"的地方，后来由于干旱歉收，更可能是由于强大的埃及帝国的侵袭，他们被迫迁徙到埃及。将他们作为奴隶加以虐待的，很有可能就是那位威名赫赫的拉美西斯二世。暴君既死，公元前1200年左右，摩西带领希伯来人历经40多年走出埃及，往东翻越西奈山，踏上返乡之路。在西奈山顶，摩西领受耶和华神的十诫，其第一诫就是："我是耶和华——你的神，曾将你从埃及地为奴之家领出来，除了我之外，你不可有别的神。"在约旦内博山，摩西遥指面前一片层峦起伏之地，这就是耶和华给希伯来人的应许之地，"流着奶和蜜的地方"。天气好的时候，从内博山可依稀看到死海和以色列国境，毕竟这里离耶路撒冷只有不到50公里。希伯来人有了自己的家园，也有了自己区别于古埃及和古希腊的独特的一神教，他们形成了一南一北两个国家，北称以色列，南称犹太，而耶路撒冷只是犹太国内的一个聚居区，摩西还没到过那里便已去世。摩西身后留下《摩西五经》，是《圣经·旧约》最早的卷帙，为其本人还是后人所撰，已不可考。耶路撒冷远离地中海，地理位置并不理想，但胜在有山坡，易守难攻，且有泉水潺潺流过，渐渐成为两国一统之后的首都。但根据《旧约》记载，耶路撒冷之所以被选中，是因为耶和华为考验亚伯拉罕的信仰，指示他献祭自己的儿子以撒。当亚伯拉罕将儿子供上祭坛时，上帝派天使突然降临，将祭品由以撒换成了公羊。而这个祭坛的所在地，正在耶路撒冷的摩利亚山上。因此，统一以色列的大卫王和他的儿子所罗门王在摩利亚山上建起了圣殿，内置约柜，安放摩西的《十诫》原件，以此为犹太人的宗教中心，史称"第一圣殿"。公元前587年，两河流域强大的巴比伦国侵犯以色列，摧毁了耶路撒冷，拆除了第一圣殿，免于杀戮的四万犹太人被流放到巴比伦。这就是《诗篇》里所描述的，他们在巴比伦的河边，一想到家乡就流泪，更无法在异国他乡吟唱耶和华的歌。好在这次劫难历时不长，半个世纪后，巴比伦为波斯帝国所灭，慷慨的居鲁士二世允许以色列人重返家乡，并出资帮助他们重修圣殿。此后的几百年，耶路撒冷也受到希腊的影响，又最终成为日渐强盛的罗马帝国的版图。元老院任命犹太裔和阿拉伯裔的混血儿希律为犹太王国的君王。大希律王嗜杀成性，连自己的爱妻和儿子也不放过，但他却做了件影响深远的大事，就是大规模重修圣殿。浩大的工程持续了几十年，成千名祭司成了工匠，巨大的岩石被切割、送抵山顶，整座金黄色的石灰岩矿被开采用于建筑，黎巴嫩的雪松树几乎被砍伐殆尽，成就了这座恢弘壮观的第二圣殿。如今，我们只能通过一个露天的大模型来领略第二圣殿的风采。摩利亚山有了一个我们更熟悉的名字——圣殿山（Temple Mount）。山上四周的围墙拱卫起凯旋门般的高高耸立的圣殿，周遭的柱廊则有古希腊和古罗马风范。建筑群占地面积极大，俯视全城，圣殿山下密密麻麻的民居成了细密而又壮观的点缀。这里，是犹太人引以为豪的伟大的精神家园。然而，犹太人还不知道，《旧约·诗篇》里巴比伦河畔的哭泣不算什么，那只是犹太民族持久而巨大的灾难的开端。

公元 70 年，犹太人不满罗马帝国统治，闹起了独立。尼禄皇帝派提图斯率六万大军杀向耶路撒冷。围城四个月后，他们用攻城锤和抛石机攻陷了耶路撒冷，圣城变成一片火海，变成血腥杀戮的人间地狱。破城的第二天，提图斯下令彻底摧毁圣殿，以报复犹太人的顽强抵抗，只留下圣殿建筑群西侧的一段挡土墙，作为胜利的炫耀。这之后，圣殿再也没能重建。据信有 60 万犹太人被屠杀，幸存者被驱逐出耶路撒冷，永远不得返回。从此，犹太人带着对被毁的圣殿

第二圣殿

的痛惜，带着对耶路撒冷无法磨灭的思念，散落到地球上的各个角落，背井离乡，寄人篱下。他们需要经受九九八十一难，需要在 20 世纪再遭受一场惨绝人寰的种族灭绝大屠杀，才能在近 2000 年后，返回那流着奶和蜜的故乡。

  在耶路撒冷的几天里，我们多次进出旧城，每次只要时间允许，我都会再去西墙看看。白天上到西墙对侧的一幢建筑，可以更清晰直观和全面地感受西墙。这堵让犹太人千百年日思夜想的石墙只是庞大圣殿西侧偏南的小小一隅，高墙背后就是圣殿山，但穆斯林有他们自己的称呼：谢里夫圣地（Al Haram ash Sharif），即崇圣之所。圣殿最核心的位置就在西墙下祈祷者的左上方，如今已是穆斯林世界的重要标志，金光灿烂的岩石圆顶清真寺。犹太人昔日精神殿堂之所在，现在已经对犹太人禁足。他们只能隔着围墙，隔开一段距离，面壁倾吐自己的感念。不过，也有在距离上更靠近圣所的办法。西墙最左侧被地面其他建筑阻隔，但有个入口可进入西墙隧道（Western Wall Tunnels），整个西墙在地下又往北延伸了近500米。在隧道里可以真切地感受到圣殿外墙的坚固程度，其中一块基石估计重达5800吨，大小堪比一辆公共汽车。沿着西墙隧道往北走，在某个位置正好对着圣殿中心的约柜所在，这是犹太人所能抵达的离他们心灵殿堂直线距离最近的位置。在昏暗潮湿的地下隧道，几位老妇人站在那个点上，手抚石墙，口中呢喃，泪水从布满褶皱的脸颊淌落。西墙的别称叫哭墙（Wailing Wall），犹太人有些不太情愿用这个名词，但归结千年离散和屈辱的历史，似乎没有一个词比它更能涵盖。我们也可以想象1967年以色列在"六日战争"胜利时的情形。在此之前，以色列虽已建国，但包括旧城在内的东耶路撒冷地区依然在约旦掌控之中。"六日战争"以色列军队大获全胜，他们的伞兵从天而降进入旧城，第一件事情就是寻找西墙的位置。到了西墙，士兵们欢呼雀跃，掩面而泣。有人唱起了新的赞美诗《金色的耶路撒冷》。部队的随军拉比手持羊角号和《摩西五经》，大步走向西墙，代表犹太民族作起了祷告。有位记者事后写道："祷告声又渐渐变成了抽泣和哽咽。这是悲哀、激动、喜悦和痛苦混合在一起的眼泪。"

　　作为一个小民族，犹太人即便散落在世界各个角落，也依然团结一致固守传统，这固然与具象化的耶路撒冷圣城情结有关，但归根结底还是因为祖先编纂和创造了一部独特而经典的文献——《圣经》。《圣经》统一了犹太人的思想，使之有别于其他民族，那就是他们唯一的神是眼所

犹太人墓地

不能见的、地球上无所不在的正义之神,是居住在遥远地方而不是在人工所搭建起来的殿堂里的。而在其之前或相近时代的埃及和希腊,神非但是各司其职的一大群体,往往还具有凡人的个性和喜怒哀乐,而且要通过人造神殿里的塑像加以具象化和偶像化。神殿被毁,神像被摧,偶像也容易轰然倒塌。犹太人的神法力无边,无远弗届,在天国而不是在人间,神选犹太民族为其子民,使他们光复耶路撒冷,使其成为正义之都。这种通过文字传递的信念渗透到每个人的心中,让犹太人得以不为尘世间一城一殿的圮废所累,依靠共通的文化记忆和信仰力量,养成坚毅忍耐的民族个性,经两三千年,历无数冒险、压迫、挫折和苦难,不达目的誓不罢休。

在耶路撒冷的第二天,傍晚时分我们从旧城走出,打算沿着雅法街到新城去吃喝一顿。眼前的景象令人疑惑,店主纷纷关门打烊，路人行色匆匆，街上的汽车也明显减少。我们恍悟，今天是星期五，犹太人的安息日。太阳落山，夜幕降临，眼前的景象不可思议。昨天还熙熙攘攘、热闹非凡的大街空无一人，空无一车，连公交车也停驶，所有商店都门窗紧闭，便利超市也不营业。偌大的城市，只有路灯幽幽，简直像一座鬼城。这下头大了，别说大吃大喝，就连填饱肚子都成问题。幸好，这个世界上只要有人的地方就有中国人，我们在个不起眼的角落找到一家尚在营业的中餐馆，美美地吃上了热菜热汤。而此刻，所有犹太人在家中开始了他们的安息日晚餐。这些菜肴，应该在日落之前就做好，顶多算是余温尚存吧。上帝用六天创造世界，第七天用来休息，这也是上帝与犹太人的约定。从每个周五日落到次日日落，犹太人不生火做饭，不驾车远行，不使用电器开关，不接听电话，也不从事任何工作，甚至电梯也会被调成安息日模式，一层层自动停过去，这样人就不用触碰按键了。

越接近犹太人，就越能感受他们对宗教和传统礼俗的恪守，而这背后，是他们对民族悲情历史的刻骨铭心的记忆。以色列的节日很多，很大一部分都与民族苦难的历史相关。逾越节，纪念犹太人摆脱埃及的奴役，所有犹太地区禁售禁食发酵食品，吃的面包必须是未发酵的，因为当年摩西带领希伯来人走出埃及时行色匆匆，根本无暇准备和携带发酵食品；大屠杀纪念日，庄严纪念大屠杀中丧生的 600 万犹太人，所有娱乐场所停止营业，警笛鸣响时无论身处何处，以色列人都会静立默哀；以色列阵亡将士纪念日，同样娱乐场所停业，警笛鸣响时所有人肃立悼念；

太悲伤,不能忘

斋戒日,纪念耶路撒冷圣殿被毁,犹太地区所有餐馆和营业场所停业;赎罪日,反思和斋戒的严肃日子,所有商业活动停止,所有交通工具停运,连机场和边境也会关闭;住棚节,追忆犹太人在沙漠中游荡的40年,犹太家庭会用植物搭起小棚,在里面吃住;光明节,庆祝希腊化时期犹太人发动马卡比起义夺回圣殿,家家户户享用果酱甜甜圈,使用九灯烛台,一连点亮八个夜晚……

再过一天,周六晚间,太阳落山之后,耶路撒冷再次大变戏法,又是车水马龙、龙腾虎跃的繁华景象。我们终于可以在竞相拉客的餐厅中选择一家中意的,乐悠悠地坐在街边,喝着啤酒,眺望千姿百态的路人:黑衣黑帽留着发辫的极端传统信徒、身穿军服的英武战士、穿着时尚的世俗人士、一身嬉皮士装束的年轻人……相比于世界上很多民族,犹太民族聪明勤奋,但似乎计虑过深,不够通脱。我想这也

马哈耐耶胡达市场

许和他们千百年来始终没有自己的祖国、缺乏安全感有关。这也正是以色列建国之初面临阿拉伯国家发起战争时第一任总理本·古里安的忧虑：阿拉伯世界可以失败，他们可以退回去再发动战争，而对于以色列，生死存亡只能在此一役。也许正是这种背水一战的决然之气，才让他们打赢了不能输的战争；正是这种民族危殆的紧迫感，才让犹太人迸发出巨大能量。当时古老的希伯来语早已被遗忘，只存在于宗教仪式上，来自五湖四海的犹太人日常讲各自原住国的语言，结果犹太人汲取祖先语言精华、查证大量古籍，硬生生复兴了希伯来语，使之成为新兴的以色列国的国语。当基督教的婚礼要给新娘戴上婚戒、彼此宣示永远不离不弃的时候，犹太人的婚礼上必定要踩碎一只玻璃杯，象征耶路撒冷的被毁和日后一定要夺回圣城的决心。

犹太民族巨大的悲情史不禁让人心生疑念：上帝既然

犹太人

如此钟爱犹太人,指引他们应许之地,犹太人又如此虔诚地敬奉唯一的主,为什么上帝给予犹太人这么多的磨难?公元988年弗拉基米尔大公想起来要为俄罗斯选择一种宗教,各路宗教代表闻讯纷纷赶来说服他接受自己的信仰,就像今天各路保险公司上门推销一样。弗拉基米尔大公否决了犹太教,说:"假如上帝爱你们,你们就不会被祂抛弃,四散在异国他乡。难道希望我们也混成你们那样吗?"

答案也许只有上帝自己知道了。幸好,犹太人没有被上帝遗忘,他们再一次找回了自己的家乡。这次来耶路撒冷,我们是走陆路,从约旦南部进入伊扎克·拉宾口岸,一路驱车200公里抵达的。沿途多是茫茫黄土,少有开阔平原,也少绿色植被。说句不恭的话,看不出奶和蜜是从哪里流出来的。以色列的国土不及一个海南省,土地也并不丰饶,但我们刚从约旦过来,分明感受到相同的自然环境,以色列远比约旦干净、整洁、规范、有序。以色列以贫瘠的土壤,成为世界上的农业强国、科技大国,同时还是军事强国、工业强国,在十几个阿拉伯国家的环伺中屹立不倒。犹太民族聪明、勤奋好学,以色列人均年读书量世界第一,劳工中大学毕业生比例世界第三,犹太人获诺贝尔奖全球最多。以色列也并不被历史包袱所累。撇开沉重的耶路撒冷,你去特拉维夫看看,那是一个何等青春、自然、鲜活又不奢靡做作的城市。也许,这也是上帝对犹太人的另一种应许。

曾经有《圣经》专家指出,根据《旧约》所记,先知们从来没有借摩西之口,引用上帝对摩西说过的话,以支持自己对上帝的信仰,从来没有说类似"其他所有民族的

黑色，犹太时尚的唯一色彩

神都是偶像，只有我们的主创造了诸天"的话。神不应该是一个功利性、具象性的存在。神是什么？且来一读《旧约·列王记》里的文字：

> 有强烈的大风，山崩石碎，但耶和华不在风中；风过以后有地震，但耶和华也不在地震中；地震过后有火，耶和华也不在火中；火后有低微柔和的声音。以利亚听见了，就用自己的外衣蒙着脸，走出来，站在洞口。忽然有声音向他说："以利亚啊，你在这里做什么？"

上帝奠定了大地的根基，让星辰各安次序，他低微柔和的声音来自内心，远胜大风、地震和大火。对于犹太人来说，圣殿不在了，约柜没有了，却无妨隔着西墙，在心中祷告：感谢主，我们回到了耶路撒冷，永远不会再离开。

第四章 苦涩的奶和蜜 以色列和巴勒斯坦 | 199

耶路撒冷全貌

沉重的十字架

耶路撒冷3000年，绵延的历史太久，积存的古迹也太多，犹太教、基督教、伊斯兰教，都集中在小小的旧城内外，彼此交错，互为邻里，也成了不同信仰的人为圣城归属打破头的原因。相比于犹太教和伊斯兰教，耶路撒冷的基督教遗迹有些特别，几乎所有遗迹都直指一个人。无论是旧城内的圣墓大教堂、苦路还是旧城对面的橄榄山，每天都云集着成群结队的基督徒，他们来自地球的不同角落，肤色不同，穿着各异，有我们熟悉的英美人、西欧人，有

肤色白皙、轮廓硬挺的东欧斯拉夫人，有皮肤黝黑、一身红红绿绿打扮的非洲人。乍一看他们似乎毫无相近之处。但细看每个群体中，都有人手持十字架，或在胸前划着一样的十字，至虔至诚，亦步亦趋。他们是世界上20亿基督教信徒的代表，用各自的方式信仰同一个宗教，他们来这里只为追随一个人的足迹——耶稣。

耶稣短暂的生命都在以色列度过，其行程最远也不超过200公里，不会比上海到杭州的距离更远，因此追寻他的足迹不难。当然，也离不开《圣经·新约》中的四部福音书作为考据。耶稣的四位门徒或徒孙通过各自撰写的福音书，比较完整地拼接起了耶稣的生平履历。

我们需要稍稍离开耶路撒冷,去往北部。那一片叫下加利利的地区,往西能抵达地中海,往东可到美丽的太巴列湖,居中位置有个城市叫作拿撒勒(Nazarath),在耶稣出生的时候还只是个小村庄,2000年后的今天已规模不小,满山坡都是密布的民宅。这里的居民大多是阿拉伯人,当然也是以色列的公民。走街串巷,发现当地人生活基本安宁,路边墙上的涂鸦之作,居然是一面巴勒斯坦国旗,边上画了一个被束缚的阿拉伯人,配着的文字控诉了1948年以色列人将大批阿拉伯人赶出自己的故乡。这样的涂鸦居然没有被追究和抹除,看来以色列政府还比较大度。拿撒勒有个著名的天主教堂,教堂有个奇特的灯笼状穹顶,颇有现代主义风范。更有意思的是,教堂的一圈围墙镶满了世界各地敬赠的有关耶稣的画像,无不充满了各国各民族的文化和艺术特征,中国天主教会赠送的画像让人联想到杏花楼的中秋月饼盒子,让人误以为那位衣袂飘飘的神仙不是嫦娥就是观世音菩萨,怀抱着个童子在中秋节赏月,其实不是,这里各个国家赠画的主题只有一个,就是圣母玛利亚生下了耶稣。这个教堂的名字就叫天使报喜堂(Basilica of Annunciation),1960年后才修建。据路加福音记载,就是在这里,天使告诉玛利亚,她将因圣灵受孕。玛利亚非常吃惊,因为她和恋人约瑟尚未结婚,没有任何肌肤之亲。在那个年代,未婚先孕算得上是罪行,会遭受鄙视和惩罚。今天,在天使报喜堂昏暗的殿堂正中央,有个凹陷的围栏保护着天使报喜石窟。据信这个地方就是玛利亚居家的所在地,这也就是天使报喜堂为什么会建在这里的原因。

圣母受孕之嫦娥奔月版

当时的以色列之土已经变成了辽阔的罗马帝国的一个边陲行省，罗马人称之为巴勒斯坦。玛利亚受孕之后，和约瑟一起跋涉 150 公里，去离耶路撒冷不远的伯利恒（Bethlehem），那里是约瑟的老家。他们去那里接受罗马帝国的人口普查登记，也有可能在那里生孩子能免遭拿撒勒人对玛利亚未婚生子的谴责。不管是阴差阳错还是天意使然，到了后世的福音书里，耶稣诞生在伯利恒就变成了一桩天授的伟大事件，因为根据《旧约》的预言，未来救赎犹太民族乃至全人类的弥赛亚也就是救世主，将出在大卫王的家乡，而大卫王正是伯利恒人。

伯利恒在耶路撒冷南边十几公里的地方，驱车半小时即到。交界处已有隔离墙出现，因为今天的伯利恒真的属于巴勒斯坦，不是罗马人概念上的巴勒斯坦，而是巴勒斯坦解放组织控制的约旦河西岸的巴勒斯坦国。很多人受宗教画的影响，想象伯利恒是个石头垒砌起的宁静小村庄，智者和牧羊人在马厩边见证了圣子的诞生。其实自公元 4 世纪开始就不断有信徒朝拜圣地，今天的伯利恒市中心已不再是个宁静的地方。沿着有伊斯兰风情的狭窄石灰岩街道一路深入，就到了开阔喧闹的马厩广场（Manger Square），广场四周店铺林立，吆喝做生意的几乎都是拥有巴勒斯坦国国籍的阿拉伯住民，但两边的建筑却多是天主教堂，清真寺倒是有点委屈地夹在中间，而广场上来来往往的人群中又多有修士、修女以及耶稣的信徒。他们的目的地，多半是那座人潮如流的主诞教堂（Church of the Nativity）。教堂于公元 326 年由君士坦丁大帝下令建造，气势宏伟，但其正面的前门入口却比我们居家的房门还要小，人得猫腰抬足方可进入，是为"恭谦之门"。教堂内部很大，因在不同年代都有扩建，所以风格也不统一，左边看看像天主教的，右边瞧瞧又像东正教的。一问，果然历史上基督教各派为了这块圣地的管理和解释权争得不可开交，各派都要将老祖宗拉在自己门下，至今连里面的灯盏都分由东正教、天主教和亚美尼亚教派掌管。

教堂中央有个狭窄的台阶下到地下层，但多半需要排上十几分钟到半小时的队，因为地下层的空间更狭小。地下层墙上绘有金粉圣像画，下面是个壁炉状的空间，游客和信徒弯腰甚至匍匐，往光线昏暗的神秘内处探望。那里有颗后人打造的 14 角银星标记，这就是传说中耶稣诞生的地方。信徒们虔诚地跪拜在地，不忍离开。

说耶稣出生于马厩很可能是误传，既不合情理，与我们眼前所见也不匹配。有学者认为玛利亚是在地面上的房屋里临产，因为隐私的关系转移到地下洞穴中分娩。当时洞穴的功能近似今天的地下室，用于堆积杂物、酿酒、榨橄榄油，也会圈养一些牲畜。而后人更大的误读在于耶稣出生的年份。耶稣难道不该出生于公元1年12月25日吗？这也正是公历元年来历。但事实上6世纪时制定公历的僧侣们小学毕业都不够格，他们犯了简单的数学错误。结合《马太福音》的记载，耶稣很可能在大希律王去世后不久出生，约在公元前4年。

耶稣出生年代的以色列，社会总体生产力还非常低下，食物单调匮乏，疾病肆虐，新生孩童的5年存活率不足50%。耶稣是穷人家的孩子，"父亲"约瑟是个工匠，还不如农民有相对稳定的收入和口粮，耶稣能够在拿撒勒长大成人已属不易。他一定饿过肚子，一定见过了太多的贫困和疾苦，感受了太多的贫富不均。在拿撒勒以西40公里的地方有座城市叫凯撒利亚（Caesarea），这个地名一听就和恺撒有关，我们不知道耶稣有没有去过，这座奢华的海港城市与贫穷的拿撒勒的天壤之别一定会刺痛耶稣年轻的心灵。凯撒利亚位于地中海海岸，阳光旖旎，风景诱人，是大希律王献给他的庇护人恺撒大帝的礼物。在经历了漫漫风沙的千年侵蚀之后，凯撒利亚经考古发掘重见天日，当年其奢华程度可能不亚于埃及的亚历山大港：所有的工程几乎都临海而建，精心构筑的防御工事坚不可破，奢华的住宅宽敞明亮，有高大廊柱环绕的庭院铺满精美的马赛克地砖，罗马环形剧场足可容纳4000多人，巨大的希律王竞技场不仅用来斗兽——是奴隶与狮子、鳄鱼决斗的舞台，

传说中耶稣诞生之地

还举办过激烈的战车竞赛,堪称古罗马时代的 F1 赛车场。竞技场边上就是公共浴室,满足罗马人对洗浴的爱好。海角宫面朝大海,很有可能就是罗马人的海水浴场……凯撒利亚把享乐功能开发到了极致,难怪帝国派驻犹太行省的执政官本丢·彼拉多乐不思蜀,长期在这里而不是在首府耶路撒冷居住,大希律王死去后,罗马人干脆就把凯撒利亚设为了首府。

罗马人向犹太人征收重税,无论是农民、渔夫还是手工业者,都要遭受盘剥,而犹太祭司和贵族也与罗马人达成某种妥协,成为受益者。社会的贫富差距越来越大,有人从中得益,不劳而获;有人失去土地,沦为赤贫。这巨大的反差,深深地印刻在卑微贫穷的年轻耶稣的心中。出身无法改变,生活充满艰辛,人生多有困惑,幸好,作为犹太人,他们还有宗教。整个下加利利地区有着浓厚的宗

凯撒利亚,罗马帝国在犹太行省的第二个首府

教传统,讲经传道蔚然成风,耶稣从小耳濡目染,对犹太经书了然于胸,他从中获得心理慰藉,也熟悉传道作为中下层民众交流沟通的方式。待他成长为青年,便特立独行,走出拿撒勒,不是往西去地中海岸的凯撒利亚,那不是他的世界,而是往东去约旦河,寻找属于他的人生真谛。

约旦河的大名因"约旦河西岸"这个频繁出现于国际新闻里的词而令人耳熟能详,很多人误以为约旦河像长江、黄河一般波澜壮阔,源远流长。等我到了作为约旦和以色列界河的约旦河某处,才发觉这大名鼎鼎的约旦河窄到不能再窄,连我家门前苏州河一半的宽度都没有,不习水性的人都可以蹚水越境。耶稣来到约旦河,是为了追随当时声名显赫的传道人施洗者约翰。当时巨大的贫富差距和城乡反差已经令处于穷乡僻壤的下加利利人对高大上的耶路

约旦河,窄得像一条水沟

撒冷越来越有隔膜,圣城太遥远,圣殿太神圣,祭司太高贵,施洗者约翰传道说,你们不用去耶路撒冷,不用在圣殿祭祀,不用祈求祭司和国王,你们只需知罪过,愿忏悔,懂美德,只要在约旦河接受我的洗礼,就能得神拯救。追随他的民众甚多,年轻的耶稣也成为其中的一员。两人在约旦河第一次见面,耶稣将身子没入河水中接受洗礼。有两部福音书都记载说,施洗者约翰一眼就认出,耶稣是上帝的儿子,并向他鞠躬施礼。

无论后人对这段叙述如何解读,与施洗者约翰见面确实改变了耶稣的一生。掌权的希律家族以妖言惑众之罪将施洗者约翰斩首,耶稣承接了他的事业,逐渐成为犹太人新的精神领袖。

耶稣在太巴列湖北沿的迦百农传道,贫穷的渔民成为他的第一批追随者。如何能让辛劳苟活的穷苦人得到心灵慰藉?如何能让日益不公的社会有所改变?耶稣的答案是:贫穷不是坏事。《马太福音》记载他说的话:

208 | 阳光穿越地中海

> 不要为自己积攒财宝在地上，地上有虫子咬，也会有贼挖窟窿来偷。要积攒财富在天上。你们不能既侍奉神，又侍奉财富。

对于希望将来想进入天国的人，要追求的不是财富多，而是虔心信神、有爱：

> 你们一向听说过："以眼还眼，以牙还牙。"我却对你们说：不要抵抗恶人；而且，若有人掌击你的右颊，你把另一面也转给他。那愿与你争讼、拿你内衣的，你连外衣也让给他。若有人强迫你走一千步，你就同他走两千步。

耶稣不仅传道，还行神迹。在那个年代，传道士如果有飞檐走壁、呼风唤雨、化腐朽为神奇的本领，就能够吸引更多的追随者，当然这也是被当局控以妖术惑人、抓捕法办的罪证。耶稣据传施行的神迹很多，最可信的就是他医救过不少生疟疾或癫痫的病人，这代表他能驱除病人体内的恶魔，最夸张的就是他在太巴列湖里放了两条鱼和五个饼，结果鱼吃饼，饼育鱼，鱼和饼的数量不断增多，养活了追随他的 5000 名信徒。至今在太巴列湖边还有个五饼二鱼教堂（Church of the Multiplication of the Loaves & Fishes）。借助神迹，耶稣获得了广泛的追随者，而更使他得到拥戴的，是他对现实世界的颠覆、对未来世界的描绘。那个世界叫作"天国"，是个幸福满满、爱意融融的地方。谁能有福进入天国呢？不是有权有势、腰缠万贯的人，

迦百农的耶稣与使徒像

而是"虚心的人""哀恸的人""温柔的人""饥渴慕义的人""怜恤的人""清心的人""使人和睦的人""为义受逼迫的人",因为"天国是他们的"。

耶稣在下加利利的贫苦百姓中获得追捧,信众最多的时候,他只能站在湖水中的一叶小舟上,向岸上的追随者传道。对于上层社会而言,他的道义充满了挑战和颠覆意味。有人找到耶稣,跪求永生之道。耶稣说:"你为什么说我善良？除了神之外，再没有善良的。诫命你是晓得的，不可杀人，不可奸淫，不可偷盗，不可做假证，不可亏负人，当孝敬父母。"那人说，这些诫命我从小就遵守了。耶稣怜爱地看着他，说："你还缺少一件，去变卖你的一切分给穷人，就必有财宝在天上。"那人听了这话，立马变了脸色，起身就走。耶稣故而对他的门徒感叹："倚靠钱财的人进入神的国，是何等困难啊，骆驼穿过针眼，比富人进入天国还容易些。"这种观点，在偏僻封闭的乡村说说也就罢了，在富人聚集、社会结构复杂的政治经济中心很容易惹祸上身，偏偏耶稣有更大的雄心，他要去耶路撒冷传播自己的思想。

约在公元30年的逾越节，耶稣骑着驴子，与他的信徒进入耶路撒冷。逾越节是纪念摩西带领希伯来人逃离奴役的节日，今天，耶稣要再一次拯救他们。任何社会矛盾突出的地方，节假日往往是人群聚集、容易引发治安风险的敏感时候，耶稣的到来正如一粒星火点燃干柴。犹太教有在逾越节祭祀牲畜的习俗，大款祭牛，中产祭羊，穷人也得搞个兔子什么的意思意思。圣殿山上人潮川流不息，牲畜的嘶叫声、腥臭气在空中飘散。耶稣走近圣殿，看见有人放着桌椅，摆上铜钱，在神圣之所做起了祭牲的买卖。他勃然大怒，掀翻了桌椅，怒斥他们："经书有云，我的殿必称为祷告的殿。你们倒使它成为贼窝了！"耶稣的举止引发了骚动，也引起了罗马卫兵们的注意。罗马统治者认为他在下加利利广收信徒，又跑到圣城传道施洗，绝对是惹是生非之徒；犹太贵族和祭司则觉得凭空冒出来一个抢夺话语权的竞争者，不仅冒犯权威，也会引起罗马人对他

从橄榄山远眺耶路撒冷旧城

们掌控不力的指责。当耶稣对着他的追随者预言世界末日"民要攻打民,国要攻打国,多处必有饥荒、瘟疫和地震","有能力和大荣耀的人子驾着天上的云驾临"时,掌权者决意要对他动手了。

我们又回到了耶路撒冷,圣城的历史遗迹太满,都铺陈到了旧城之外。南边有个锡安门(Zion Gate),古老的城门上落满枪眼,都是1967年"六日战争"以色列军队冲进城时留下的痕迹。出城门正对着的就是一座小山丘,叫锡安山(Mount Zion)。山上最著名的两个景点,一个是大卫王墓(King David's Tomb),在我看来不太像真的,另一个就是大卫王墓室隔壁一教堂内宽敞的厅堂,弧形拱顶连接着立柱,悬挂的枝灯闪着幽光。史上最有名的一顿晚餐就是在这里吃的。很多学者像怀疑大卫王墓一样,怀疑最后的晚餐厅(Room of the Last Supper)的真实性,但那顿饭实在太有名,似乎不能缺少一个场景与之相对应。耶稣掰开一个面包,对他的13个门徒说,吃吧,这是我的身体;倒一杯酒说,请喝,这是我的血,为你们而流,使罪得赦。无酵面包和红酒,原是犹太民族过逾越节的必备食品,从此之后成为基督教仪典的重要象征物。13位门徒面色凝重,内心惴惴,而耶稣心中却已明了,犹大已经为了30块银币背叛了他。吃完晚餐,耶稣与他的门徒动身,返回他们在橄榄山的居住地,此时犹大已悄然不知去向。

俯瞰耶路撒冷旧城最好的位置,在城外东边的橄榄山(Mount of Olives)。旧城与橄榄山之间隔着一条狭窄的约法沙谷(Valley of Jehoshaphat)。根据《旧约·撒迦利亚书》的记载，橄榄山是弥赛亚在审判日归来时，上帝决定救赎死者的地方，因此世世代代的犹太人都有死后葬在这里的愿望。橄榄山面对旧城的一侧山坡是一个庞大的犹太人墓地，时常有着黑衣戴黑帽的正统犹太教人士在墓前诵经叩首，而圣殿山紧挨着旧城东墙，因此从橄榄山上远眺，前景是满山坡的石碑墓冢，一谷之隔，远景就是巍峨的城墙、神秘的圣殿山、气势恢弘的两大著名清真寺，以及汇集了三大教派的宗教场所和密集民居，3000年沧桑历史在阳光下定格。橄榄山这一边也不是空地一块，由于耶稣的缘故，无论是天主教、东正教还是伊斯兰教，都在山上修建了各种教堂和清真寺，还大都以"升天"命名，但规模最大、外观最美的那座却有个时髦的名字，叫作万国教堂（Church of All Nations），是由12个国家资助，于20世纪在十字军时代的教堂废墟上重建的，设计风格非常大胆，外墙用金光闪闪的马赛克拼贴镶嵌出耶稣受难的图景，极具视觉冲击力。很多基督教团体都聚集在这堵马赛克壁画墙的台阶上，聆听耶稣受难的故事。旁边有一片花园属于万国教堂，这花园可非同一般，栽种着世界上最古老的橄榄树，有两棵树龄已达2000年以上，这似乎让人更有理由相信，客西马尼花园（Garden of Gethsemane）见证了那个重要时刻——耶稣被捕。

逾越节期间所有的犹太人都涌向耶路撒冷，旧城不堪重负，耶稣和他的弟子们都住在城外橄榄山的某处。有现代学者认为客西马尼花园是中世纪人的杜撰，事发地应该是在一个被改造成临时客栈的叫客西马尼的洞穴里。"客西马尼"在希伯来文中有榨油机的意思，洞穴在

万国教堂和客西马尼花园

非节日期间可能被用来生产橄榄油,而在节日被用来接待各地来客。不管是花园还是洞穴,在进入耶路撒冷的第三个夜晚,耶稣应该预感到自己悲剧性的命运,他沉默而悲伤。犹大带着罗马士兵来到客西马尼,告知士兵他上前拥抱的人就是他们要缉拿的危险分子。犹大以门徒之礼拥抱并亲吻耶稣,耶稣说出了那句著名的话:"你用一个吻出卖了我。"

耶稣被先后押解到犹太大祭司和罗马行政官本丢·彼拉多那里受审,每当逾越节期间,彼拉多都会离开凯撒利亚舒适的海边别墅,来耶路撒冷行使职责。审讯耶稣的地方就在我们抵达第一晚就到访过的大卫塔,它其实是大希律王建造的宫殿,后为罗马行政官所用。一个来自下加利利偏远小地方的穷苦人,成了挑战耶路撒冷最高统治者的对手。耶稣表达了对权贵的蔑视,依然自称是弥赛亚,上帝的儿子。彼拉多下令判处耶稣死刑。

耶稣最后的人生历程在旧城有一条著名的参拜路线:

苦路。苦路是耶稣身背十字架走到受难地的最终路程，全长600多米，分14个受难点，基本连贯但也偶有跳跃，分布在旧城基督教区狭窄、拥挤、嘈杂的街巷里，每个受难点都有清晰的标识指引。在不同的年代，这14个点的选择和路线设计都有不同，今天仍有不少学者对当下这版的苦路有不同意见，比如苦路的第一站起始于狮门（Lion's Gate）附近一座大门紧闭的学校，据说彼拉多在这里审讯了耶稣。如果审讯只有一次的话，就明显与在大卫塔内审判的说法相悖，后面的每个点便都存疑，但就像最后的晚餐未必在锡安山的厅堂里、客西马尼花园也未必是被捕的地方一样，有些细节已经无从考证，其象征意义也超过了事实本身。

苦路距圣殿山西北侧不远，第一站就是耶稣受彼拉多刑讯的地方，两边挤满了想挣游客钱的小商铺。第二站是斜对面的一个小型的教堂内，耶稣在这里被鞭笞，被一串状如皇冠的荆棘刺入头顶，以讥讽他自命为天之子。同样在这里，耶稣背起了沉重的十字架，蹒跚着走上了人生最后一段路程。走到第三站的时候耶稣第一次跌倒。第四站在人群中看到了悲伤欲绝的母亲玛利亚。第五站有个叫西蒙的围观群众跑出来，主动帮耶稣背起十字架。第六站有一位仁慈的妇女上前为他擦拭脸上的血与汗。耶稣在第七站和第九站都再次跌倒，在第八站他劝慰沿路为他流泪的妇人们，不用为他而要为她们自己和孩子哭泣。到第十站基本走完了600米的全程，来到终点圣墓教堂（Church of the Holy Sepulchre），此后的四站均在教堂内。

苦路的这十个站点，穿插在喧闹繁杂的商业街中，几

苦路

乎每个站点在漫长的 2000 年内都建起了大大小小的教堂。你始终能遇见一群朝圣者沿着耶稣的足迹,扛着巨大而沉重的十字架,一脸肃穆地走在狭窄的街道上。有些教堂的外墙上刻着凹面的小十字架,很多女信徒排着队,逐一拿自己手中的小十字架贴合在凹面里,头抵墙角,闭上双眼,深情祷告。

耶稣被带往布满岩窟墓的死刑山各各他(Golgotha),希伯来语意为骷髅地,在那里被钉上十字架。这是一种由中暑、饥饿、脱水、窒息和休克构成的慢性死亡过程,痛不欲生,又不得速死。周边有人围观,有他的忠实信徒,有平民群众,有取笑他的人,也有好心人用沾了水的海绵湿润他的嘴唇。夜幕降临,耶稣的生命走到了终点。征得彼拉多同意后,他的信徒将他的尸体收好。根据当年的犹太习俗,应将死者尸体用裹尸布包好放进岩墓,经一年多的脱水干燥后再存入藏骨瓮。但对于耶稣被葬的地方始终存有争议。

深情的祈祷

苦路的最后一站,是旧城中一座占地面积不小,却又躲在窄街陋巷中非常不好找的教堂——圣墓教堂。教堂在耶稣受难300年后由君士坦丁大帝在他笃信基督的母亲海伦娜的劝说下建造,经过了千年不停的损毁、修复、重建,如今依旧是基督教世界最神圣的殿堂之一,苦路的最后四个标识在此出现,原因就在于很多基督徒相信,这里就是当年的各各他,就是耶稣被上钉刑、死亡并复活的地方。海伦娜曾在这个位置发掘出三副十字架,她让三个重症病人各自触碰,痊愈的那个人触碰的十字架就被认定为耶稣受难时背的那个十字架,后世的朝圣者中有不少人乘人不备,偷偷咬下真十字架上的一点木头。圣墓教堂每天为朝圣者的泪水、哀叹和祈祷包围。进教堂第一眼就能看到一块单人床大小的光滑石板,称为涂膏礼之石,耶稣下葬之前在此被用膏油涂满身体。很多女性朝圣者一进来就跪拜在这块石板上祷念饮泣。教堂中央有个木质的圆形大厅,经常排起长队,因为底下的狭窄空间就是圣墓所在地。不过也有专家指出,教堂一个不甚起眼,也乏人光顾的角落下面,倒是真有几个岩墓遗迹,如果耶稣的墓穴真在这座教堂之内,这几个低调的岩墓要远比那排着长龙的苦路第十四站靠谱。

遗迹真的会变成疑迹。旧城北面有个大马士革门(Damascus Gate),出城对面就是喧闹的公交汽车总站,总站旁一块宁静的绿色空间叫作花园冢(Garden Tomb),里面有个完好的墓穴。基督教新教的一些派别坚信,这儿才是耶稣真正的受难、被葬和复活之地。从周遭环境看,郊外的空旷氛围和完整的墓穴形状似乎更符合耶稣受难的情境。想象一下,如果耶稣是在大卫塔受审而在花园冢受难,则整个苦路的路径就要被彻底颠覆。不过圣墓教堂的支持者也有其充分的理由,2000年前的耶路撒冷旧城远不如今天这么拥挤嘈杂,圣墓教堂所在地也无非就是圣殿山外的一块空地而已。

不管耶稣在哪里受难和安葬,根据《路加福音》记载,第三天他的家人和门徒去他的墓地,发现耶稣的尸体不翼而飞,有两个浑身发光的人突然出现,对他们说:"为什么在死人中寻找活人呢?""他不在这里,已经复活了。"此后,耶稣连续几次在众人面前出现,向怀疑者展示自己手上和身侧的伤口。几天后,他领着家人和信徒走上橄榄山,并在那里升天。

古今中外,有很多时候社会环境与耶稣所处的时代相似:家国不幸,道义不存,统治者横征暴敛,社会贫富不均,苍生看不到希望。总有人挺身而出,振臂一呼。施神迹,聚民众,有的鼓动苍天死黄天立,寄望于激烈的社会

圣墓教堂

涂膏礼之石

变革，有的则通过对来世的许诺，颠覆现有的价值体系，构建全新的道德评判标准。所有这一切都会触及权贵阶层的利益而受到打压，有多少美好理想最终化为血雨腥风。耶稣对当时犹太社会的挑战来自两个方面：其一，犹太人认为上帝只与他们的祖先订立契约，应许他们最后成为最优秀的民族；而耶稣却说，天国没有宠儿，也无特权，神也不是生意人，而是一切有生之物之父，一视同仁，不偏不倚，一如照耀万物的太阳，一切人类都是兄弟，也是罪人，都是天父的爱子。耶稣的说法，摈弃了犹太教偏狭的民族定位，将神的父性与全人类的兄弟名义相对接，为后来的基督教传播拓展了广阔基础。其二，耶稣谴责不公的制度造成的经济差别，质疑一切私有财富和个人利益。在他主张的世界里，所有人都属于天国，所有人所拥有的财物也都属于天国，所有人唯一正直的生活方式，就是以我们所拥有的一切，与我们所能做的一切，来顺从神的旨意。正是这些极具颠覆性的理想主义思想，引起了上层社会极大的震撼和恐惧。

耶稣是幸运的，他有诉诸善和爱的义理，他有救赎苍生的信念，他留传下复活和升天的神迹，他有矢志不渝的门徒为他的理想前赴后继。300年后，戕害他的罗马帝国信奉他为救世主弥赛亚和上帝之子，罗马城内的梵蒂冈成为基督教的中心。2000年后耶稣拥有全世界人口三分之一的忠实信徒，他们中极小一部分的幸运儿有机会来到耶路撒冷，虔诚地追寻他的足迹。

先知的足印

星期五，伊斯兰教的聚礼日，穆斯林们迎来了他们一周最重要的祷告。旧城平素摩肩接踵、人声鼎沸的穆斯林区如被清场，变得十分寂静，只有圣殿山上传来的诵经声在空中回响。我们穿过空空如也的街道，走到圣殿山入口，却被拦住，非穆斯林不得入内。我们只能从门洞处眺望一眼绿叶丛中的那个金色圆顶。中午时分，礼拜结束，成群的穆斯林从阿克萨清真寺出来，狭窄的街巷重现生机，两边的小店和小摊前都挤满了人，年轻的穆斯林们满脸欢喜，好像一周最重要的任务已经完成，接下来就可以好好享受生活了。他们挤在简陋的咖啡馆里，喝一杯咖啡，抽一支烟，与身边的人瞎聊几句，就已经一脸满足。此刻，守在核心路口、全副武装的以色列军警也开始忙碌起来，他们持枪荷弹，警惕地监视着面前嘈杂的景象。有个年轻的阿拉伯人不知为何，被两名军警叫住，双手高举趴在墙头，任由他们搜身。我们略感错愕，但路过的当地人完全不以为意。在我们看来，这些冲着我们微笑做手势的穆斯林充满友善，但多年的巴以冲突练就了以色列军警敏锐的嗅觉，保护外国游客安全是他们首要的职责，他们必须像猎犬一样，一闻到危险的气味，就要在迸发出火苗之前将其掐灭。且不说遥远历史上的腥风血雨，即便是自 1967 年以色列完全控制耶路撒冷以来，这里也向来不乏命案，周五聚礼日更是案发高峰时刻，曾发生过礼拜结束后走出阿克萨清真寺的阿拉伯人杀害犹太人的血腥事件。毕竟，我们正处在这个星球上最敏感的地方，民族、宗教和政治都因它而被

礼拜后的小憩

撕裂。犹太人曾将他们最神圣的殿堂建造在这里，在千年离散间念念不忘，而现在，雄踞圣山之巅的是两座清真寺，绝大多数的时间这里被穆斯林独享，他们管它叫"谢里夫之地"，阿拉伯语意中的崇圣之所。

　　罗马人在公元 70 年摧毁了犹太人的圣殿，只留下西侧一段孤零零的石墙，犹太人被驱逐出耶路撒冷，开始了漫漫离散之路。在后来的五六百年间，强大的罗马也分裂成东罗马和西罗马两个帝国，巴勒斯坦地区归属于东罗马，也就是拜占庭帝国。拜占庭带给这片土地最大的变化，就是公元 313 年君士坦丁大帝皈依了基督教，他的母亲海伦娜在耶路撒冷锁定了耶稣受难的地点，建起圣墓教堂，此后各种派别的基督教堂在圣城拔地而起。耶稣是犹太人，曾在圣殿山推倒买卖祭祀牲畜的桌子，怒斥玷污神明的行为，但对于基督徒来说，耶稣救赎人类，他受难、埋葬、复活的地方才是神圣的，因此基督教不同派别为圣墓教堂的归属和管辖权大打出手，至今教堂内打扫卫生都分片分区，谁家扫帚越雷池一步都会引来纠纷。圣殿山倒没那么要紧。因此这犹太人日思夜想的神圣之所，依旧是废墟一片，乏人打理，直到伊斯兰教在1300公里以外的红海岸边兴起，燎原到以色列之境。

又一位先知出现。根据传统，先知的历史都是由弟子们叙述出来的。公元570年穆罕默德出生于麦加，自小就是个孤儿，娶了个寡妇生了好几个孩子。公元610年，年届不惑的穆罕默德真的不惑了，大天使吉卜力勒找到他，使他相信自己已被选为真主安拉的使者。穆罕默德满脸通红，感觉天旋地转，几乎透不过气来。他接受了真主的天启，开始跟着吉卜力勒吟诵一段段神圣而富有诗意的篇章，那就是后来由114个篇章构成的《古兰经》。穆罕默德创立了伊斯兰教，"伊斯兰"在阿拉伯语中就是"顺从"的意思。公元622年穆罕默德离开麦加，到了麦地那，组建了自己的社团，逐步发展壮大。如今穆斯林每天都要面向麦加祷告，但开始的时候，穆斯林祷告的方向却是耶路撒冷，因为穆罕默德稔熟犹太教和基督教，对摩西和耶稣两位先知也崇敬有加。穆罕默德虽然不行神迹，却有一次神行太保般的奇妙经历。据说某夜穆罕默德在睡梦中被天使吉卜力勒唤醒，两人骑上了人面飞马，腾云驾雾，遨游夜空，从麦加来到了"最遥远的至圣之所"。穆罕默德在这至圣的小山上与亚伯拉罕、摩西、耶稣等前辈先知相会，共同祷告。正是在那里，穆罕默德脚踩祥云，一步升天。所有穆斯林都相信那个"最遥远的至圣之所"就是耶路撒冷，圣

夜行登霄

殿山就是穆斯林心目中的"谢里夫之地"。

穆罕默德很快就在麦地那建立了自己的武装并不断扩大势力范围，夺取了麦加。当公元636年阿拉伯军队兵临耶路撒冷城下时，穆罕默德已经去世4年了，而此时的拜占庭帝国已经羸弱不堪，困守孤城的希腊正教牧首索福洛尼斯同意献城，条件是穆罕默德的继承者也就是哈里发欧麦尔亲口保证宽容对待城内的基督徒。欧麦尔欣然同意，他穿着白袍，骑着白色的骆驼，以胜利者的姿态来到圣城。无论是基督徒还是穆斯林，祷告是每天的功课。索福洛尼斯邀请阿拉伯人在圣墓教堂祈祷，欧麦尔拒绝了，说如果这样做的话，圣墓教堂就成了伊斯兰教的礼拜场了，还是带我们去大卫王的圣所吧。到了圣殿山，欧麦尔发现先知穆罕默德心心念念的至圣之所已经被基督徒搞得一塌糊涂，当年罗马人毁弃的残垣没人清理，基督徒已把小山变成了几百年来随意堆砌的垃圾场。还好，山顶上那块凸起的岩石还在。根据《旧约》记载，这就是亚伯拉罕打算将独生子以撒祭祀给耶和华的地方，犹太人的先后两座圣殿就建立在这块石头上。如今，这块石头又烙上了伊斯兰教的痕迹，在穆斯林看来，穆罕默德就是踩在这块岩石上遁入云霄的，他们甚至还能指出岩石上先知的脚印。阿拉伯人在圣殿山上定位了圣石的位置，也确定了伊斯兰教在麦加和麦地那之外的另一个神圣地方。他们清扫了圣殿山上堆积了数百年的破碎瓦砾和垃圾，建造了一间小礼拜堂，便于他们面向麦加礼拜。

穆斯林没有驱赶基督教徒，令他们依旧可以在耶路撒冷生活，礼拜上帝和耶稣。穆斯林甚至在某种程度上欢迎犹太人回归，毕竟彼此的先知都源出同门。当然，在这座历史悠久的城市，如今占据最高地位的是伊斯兰教。圣殿山摆脱了百年垃圾场的恶名，重新变得干净整洁。开放的区域规划好了，花园广场修好了，结构简单的清真寺也建了起来。公元685年，其时穆罕默德创立的事业已经成就了阿拉伯伊斯兰帝国，史称倭马亚王朝，其在大马士革和耶路撒冷的指挥官阿卜杜拉·马利克决意建造一座不同凡响的清真寺。

岂止是不同凡响，今天，岩石圆顶清真寺（Dome of the Rock）可能是耶路撒冷最耀眼、最具代表性的建筑。说它是清真寺，却不具备常规清真寺的形制，也没有高高耸立的宣礼塔，而更像一座纪念性的圣殿。八角形边，每一边都是一排券拱形的窗台，墙面是蓝色的琉璃瓦，以植物为主题，形成几何形的卷草图案，装饰性极强，呈现典

岩石圆顶清真寺

型的伊斯兰建筑风格。八边形上是那个著名的圆形穹顶，外表贴满金箔，在晴日下熠熠闪光，圣殿也因故得名"金顶寺"。这个美丽的金顶也曾屡遭磨难，甚至被某位哈里发熔化用于还债，直到20世纪才由约旦国王侯赛因卖掉其在伦敦的一幢豪宅、筹集了80公斤黄金得以修复。整个建筑结构简单，但庄重大气，浑然天成，堪称伊斯兰建筑的典范之作。如今，岩石圆顶清真寺严禁任何非穆斯林进入，我们也只能从纪录片和图片中了解殿内的情形。殿堂内饰以色调明亮的镶嵌图案装饰，镌刻有240米长的《古兰经》经文，有牌匾记载马利克建造该寺的日期。更重要的，在20米高的穹顶正下方的地面，有一块用木栏围起环绕的石头，长18米，宽13米，这正是那块使耶路撒冷成为圣地的石头——犹太人说亚伯拉罕先知在此欲将儿子燔祭耶和华，穆斯林说穆罕默德先知在此一步登天，遁入夜空。犹太人与阿拉伯人过去、现在、将来的所有争执与恩怨，正源于此。

在岩石圆顶清真寺建成约 20 年后，倭马亚王朝的另一任哈里发瓦立德在比邻位置建造了阿克萨清真寺（Al-Aqsa Mosque）。据说其选址之地，正是耶稣怒发冲冠掀翻贩售祭牲桌子的地方。"阿克萨"意为"最遥远的清真寺"，即"远寺"，所谓遥远，当然是针对麦加而言，应和了当年穆罕默德与天使夜游"最遥远的至圣之所"的传说，也凸显了伊斯兰教无远弗届的传播法力。相比于旁边的"金顶寺"，"远寺"受到的磨难更多，光地震就损毁、重建了不止两次。如今的阿克萨清真寺也同样有一个圆形的拱顶，

阿克萨清真寺

戒备森严的聚礼日

只是呈黑色,不如隔壁的那个光彩夺目,但阿克萨清真寺具有更强的实用功能,可容纳 5000 名信徒做礼拜。聚礼日我们徘徊在圣殿山外不得而入,耳畔的阵阵诵经声正是来自阿克萨清真寺而非岩石圆顶清真寺。正因为阿克萨清真寺在穆斯林心目中所具有的重要地位,2000 年时任以色列反对党利库德集团主席的沙龙在大批军警的护卫下闯入圣殿山和阿克萨清真寺才引发轩然大波,全球穆斯林抗议,巴以冲突骤然升级。

由于圣殿山对非穆斯林的开放时间非常苛刻——一般来说只限周一至周五的早上 7 点半到 10 点之间,遇到穆斯林节日,或以色列与巴勒斯坦及其他阿拉伯国家的关系有任何风吹草动,圣殿山就会对非穆斯林关闭——我们在耶路撒冷的几天就因故无缘圣殿山。由于旧城七弯八绕的迷宫结构,很多时候你是看不到圣殿山和里面的建筑的,要想一窥究竟,必须想尽各种方法,而且只是无限接近,总是无法抵达。站在西墙广场的高处可以看到一墙之隔的圣殿山,岩石圆顶清真寺就居于左侧一隅。我还被我的以色

耶路撒冷的穆斯林区

列向导吴迪带到某个建筑的阳台上,这里四下无人,隔着铁栅栏就是绿树葱茏的圣殿山,岩石圆顶清真寺近在眼前,就像我坐在自家窗前望着对面门洞的楼房一般。我甚至独自做过一件疯狂的事,从旧城东北边的狮门出发,顺时针沿着城墙往东走,以为这样就可以最近地接触到占据旧城东部区域的圣殿山了,想不到这一路右侧只有高高的围墙,左侧则是约沙法谷,走来都不太安全,仿佛在峭壁和深渊之间辛苦行走,好不容易探到了东侧的正门,还不开放,后来才知道这是常年紧闭的金门(Golden Gate)。阳光直晒,孤军无援,硬着头皮走到南边的粪厂门(Dung Gate),这一路才算终结。后来去了对面的橄榄山,从那里遥望圣殿山就如在景山对视紫禁城。圣殿山葱翠肃穆,空旷幽静,岩石圆顶清真寺和阿克萨清真寺一左一右,高高矗立。它们身后,圣殿山之外的地方,才是几个世纪密密麻麻堆砌起的各种民居,米色的岩墙,或红或灰的屋顶,开口很小的黑洞似的窗口,而各个天主教和东正教教堂的穹顶或者尖塔,就见缝插针地驻足在这一片庞杂的民居之中。橄榄山并非孤山一座,而是建有多座与耶稣有关的大小教堂。在一座基督教小礼拜堂内,我透过一个十字架凝视对面金光灿烂的岩石圆顶清真寺的穹顶。时空交错的建筑勾连起两个不同的宗教,对抗与和谐在此归于统一。耶路撒冷辗转周折,数易其手,今天终于被其最初的主人希伯来人的后裔牢牢掌控,但有意思的是,全城数量最多、最突出的却是基督教的教堂,而居于城市地标位置的又是两座穆斯林的清真寺,倒是犹太教堂最低调、最不显眼。

也难怪,自倭马亚王朝接掌圣城以来上千年,耶路撒冷的控制权就如同接力棒一般在伊斯兰教和基督教之间换来换去。倭马亚王朝将之递给了同样是逊尼派的阿拔斯王朝,然后又换到了什叶派的法蒂玛王朝手里。直到这时还算太平,伊斯兰教虽然居于高位,但阿拉伯帝国的传统是容忍异教徒,你愿皈依真主自然最好,可免你一切税赋,让你做上等人;不愿意也没关系,只要你交钱纳税,犹太人依旧可以诵《旧约》,基督徒也能够画十字,当然社会地位你就不要太讲究了。偏偏法蒂玛王朝出了个二愣子哈里发哈基姆,他强迫犹太人和基督徒改宗,最后逼得犹太人落荒而逃,基督徒更是惨遭屠戮,圣墓教堂被夷为平地,这下彻底激怒了远在欧洲的罗马教廷。十字军东征开始了,耶路撒冷的接力棒从此在基督徒和穆斯林手中夺来抢去。十字军打赢了,疯狂屠杀穆斯林,但并没有拆除圣殿山上的两座清真寺,只是旧瓶装新酒,把它们改造成了教堂,把岩石圆顶改名为"主的圣殿",阿克萨改名为"所罗门的殿堂",钟声取代宣礼声,在圣城上空回响。当然,后世的基督教统治者也不忘在原址边上再造一座圣墓教堂,也就是我们今天光顾的那一座。不甘失败的穆斯林卷土重来，这一回是伊斯兰世界的英雄萨拉丁。他声称此生已享尽人间富贵，余生只为投身到解放耶路撒冷的圣战中去。旌旗指处，所向披靡，接力棒又被穆斯林抢下。萨拉丁登上"谢里夫之地"，头等大事就是率麾下用玫瑰花水擦拭圣地每一片地砖，去除两座清真寺上的一切基督教痕迹。他也同样没有拆除圣墓教堂和其他基督教场所，只是赋予它们更多的伊斯兰印迹。钟声哑然，宣礼声悠扬，基督徒们被扫地出门，阿拉伯人被引来，还带回了些许犹太人。欧洲人咽不下这口气，又千里迢迢杀来夺棒，先是英国人"狮心王"理查，后有德国人腓特烈二世，但都只能与伊斯兰世界打个平手，只在巴勒斯坦的其他地方获得势力范围，圣城基本还在穆斯林手中。在经历了有埃及背景的马穆鲁克王朝的短暂统治后，耶路撒冷的接力棒终于在公元16世纪被穆斯林牢牢攥在手里，它的接掌者足够强大——奥斯曼土耳其帝国，疆域横跨欧亚非大陆。苏莱曼大帝是当时世界上最有权势的人，除了其伊斯兰世界君主的地位之外，他还对耶路撒冷情有独钟，他的名字苏莱曼正是"所罗门"的意思。今天我们所看到的耶路撒冷，有相当一部分是苏莱曼大帝的手笔。他去除了岩石圆顶清真寺外墙已显陈旧的马赛克，代之以我们所见的精美琉璃瓦，并重建了300年前因两大宗教战乱而毁弃的旧城城墙。高大厚重的城墙以及大马士革门等几座宏伟城门都是那个年代大兴土木的结果。圣城的接力棒被奥斯曼土耳其的苏丹们一握就是整整400年，直到第一次世界大战爆发，强大的帝国瞬间瓦解，中东地区分裂成众多小国，强烈的余震至今未能平息。

"谢里夫之地"——崇圣之所

而这场持续地震的震源,始终是耶路撒冷。

  这座 3000 年没有太平过的城市,能够将千年古迹保存到现在这样的程度已属奇迹。这需要些运气,比如伊斯兰教与基督教虽然长期对峙,但圣殿山对于基督教并没有那么神圣,因此无论怎样争来夺去,圣殿山在罗马人毁灭第二圣殿之后,基本上建多毁少,伊斯兰世界对之持续扩建的成果得以保存。这块圣地虽也是犹太人的不二之选,但他们离散在外千年,根本无力争夺,客观上也大大降低了宗教极端分子破坏的概率。运气之外,也同样需要智慧和气魄,虽然城市控制权几度易手,但基督教与穆斯林大体上还都能冷静对待彼此的文化遗产,保留历史面貌,这既出于节约重建成本的实用主义考虑,也不乏收拢民心、避免宗教纷争恶化的考量。我个人尤其欣赏以色列在 1967 年"六日战争"胜利后对圣殿山的处置。作为战胜国,以色列首先不顾阿拉伯世界的强烈反对，拆除西墙外大片穆斯林住宅，将原先只有几米长、比胡同还窄的犹太人祈祷之地扩建成今天的西墙广场，给犹太人一个可以从容祷告、祭拜祖先的场所；另一方面又谨慎处理圣殿山归属，将其行政区综合管理权交给战败国约旦控制的耶路撒冷穆斯林宗教基金，也就是说以色列军警掌控整个旧城，但圣殿山交由阿拉伯邻居打理。犹太人和所有非穆斯林一样，只能在有限的时间内进入圣殿山，且不得进入两大清真寺，即便那是第一和第二圣殿所在，并曾经拥有约柜、《十诫》，以及至今尚存的那块神圣的石头。

耶路撒冷旧城并不大，才 1 平方公里，比上海的老城厢大不了多少。除东侧的圣殿山外，迷宫般的小道将城区分隔成四个区域，东北方向占据了旧城近半面积的穆斯林区，本就是阿拉伯人聚居的密集区域，成天熙熙攘攘，叫卖连天，热闹非凡；东南部的犹太人区则明显安静、整洁而内敛，时有黑衣黑帽、长髯飘飘的身影在空寂的街巷闪过，犹太人不推广自己的宗教，也不太愿意为赚钱而与外人有太多交往；西北角的基督徒区有拥挤的圣墓教堂和苦路的路段，除此之外，它和西南角的亚美尼亚人区同样没有穆斯林区那么嘈杂，但作为基督徒聚居区，一拐一绕就会有个小礼拜堂，每个都与耶稣有关，静静地躲在角落里，不争宠，也不被遗忘。在旧城逼仄的空间里，四个区域的住民们彼此并没有太多的交往，他们更多地在属于自己的区域内活动，世代居于一隅，生生死死，明明灭灭，只为守住属于自己的记忆和信仰。

即便没有融合，能固守一方、和平相处已是福分。毕

和平是福

竟这是在耶路撒冷，要求不能太高。独一无二的耶路撒冷，对犹太人、基督徒和穆斯林来说都无可替代。但回望历史，在这里发生过的不仅仅是驱逐、压迫、杀戮、毁弃，也有更值得铭记的坚守、建设、和解和宽容。这是人们共同的栖息之地，又是各自的精神家园。人间已多苦难，希望少一分在耶路撒冷。午后时分，艳阳当空，照耀圣城，照在西墙下，照着拉比叩首诵经；照在街巷里，照得肩扛十字架的信徒们热血沸腾，暖意融融；照在圣殿山上，照得岩石圆顶清真寺熠熠生辉，金光灿烂。这一刻，没有什么比来一段莎士比亚的话更妥帖的了：

> 我们忧伤地离开这个纷扰的世界，欢喜地相遇在充满甜蜜的耶路撒冷。

隔离墙外有花香

汽车从我们入住的酒店出发，穿越耶路撒冷新城，往东驶去。今天我们换了车，原先的黄色车牌换成了白色。黄底黑字是以色列的车牌，白底绿字则是巴勒斯坦的车牌。很多人来这里旅行都因安全因素，对巴勒斯坦敬谢不敏，顶多也就是蜻蜓点水，去与耶路撒冷交界的伯利恒转上一两个小时。我们决定深入约旦河西岸巴勒斯坦属地，探访这片充满争议的神秘领域。根据规定，犹太人不能进入巴勒斯坦的重要城镇，因此我们只能暂别以色列向导，找来巴勒斯坦的旅游公司负责一天的行程。

车行 20 来分钟，眼前出现高高耸立的钢筋混凝土墙。

公交车尾的巴勒斯坦少女

前方有检查站，车停好后有以色列士兵上车，询问司机并作简单检查，见一车中国游客，未予细查便即刻放行。车再启动，没过多久就驶入一个街镇，有交通环岛，四周都是民居和商铺，不奢华也不简陋，就像中国内地的一些集镇。在我们前面开着一辆公交车，车尾站着4个裹着头巾的阿拉伯少女，开心地向我们挥手致意。

这算是出境吗？离开一个国度来到另一个？理论上我们离开了以色列国（the State of Israel），进入巴勒斯坦国（the State of Palestine）。巴勒斯坦是于1988年宣布成立的由约旦河西岸和加沙地带共同构成的独立国家，目前是联合国的观察员国，但世上哪有两国的边境由一国把守的道理？还不仅仅是边境，约旦河西岸面积中，只有拉马拉、伯利恒、杰里科、纳布卢斯等核心城市完全由巴勒斯坦民政和军事管辖，以色列人禁止进入，称为A区，只占约旦河西岸总面积的 17%，还有约 24% 的面积归巴勒斯坦民政和以色列军政共管，称为 B 区，多为农村乡镇。剩下约 59% 的地区人口稀少，基本上没有开发，完全归以色列管辖，是为 C 区。我们的车一路开过，视野开阔，两边多是白垩土荒原，点缀着稀疏的橄榄树。巴勒斯坦向导萨利姆抱怨说，连这些道路都是以色列人管辖的。车到交叉路口，常常要经过检查岗，当然也是以色列军方所设。今天岗里没人，但萨利姆说，每当有敏感事件发生、巴以局势紧张时，检查岗就会增加人手，严加盘查，车辆大排长龙，两个城市之间十几二十公里的路程，往往要走上好几个小时。

我们感慨这世上人与人不同，国与国更不一样。虽然全球有近 140 个国家承认巴勒斯坦为独立主权国家，但美国、英国不承认，掌握着巴勒斯坦地区实际控制权的以色列和巴勒斯坦谈不拢，巴勒斯坦就只能以这种有限度的自治状态存在。

从古罗马时代起，巴勒斯坦就是一个地理概念，泛指北到黎巴嫩、东临约旦河和死海、西至地中海和西奈山、南濒红海口的这片从不安宁的土地。在经历了伊斯兰世界上千年的统治后，这里的住民主要是信奉伊斯兰教的阿拉伯人。第一次世界大战后奥斯曼土耳其帝国土崩瓦解，英国成为这片区域的实际掌控者，流散千年的犹太人获得了以英国为代表的西方世界的同情，这才有机会回到流着奶和蜜的应许之地，后来希特勒对犹太人的种族灭绝客观上强化了犹太复国主义的道德理由。一开始少量回归的犹太人还能和当地的巴勒斯坦人和谐相处，但随着进入该地区的犹太人激增，土地的稀缺激发了双方的矛盾，生存的压

同一片土地，被水泥墙隔成以色列和巴勒斯坦

力变成了你死我活的斗争。"二战"结束后，焦头烂额的英国人将这只烫手的山芋扔给联合国去处理。1947年底，联合国通过决议，将巴勒斯坦分割为两个国家，一个属于犹太人，一个属于阿拉伯人，土地基本一分为二，耶路撒冷则归联合国管辖。犹太人对此欢欣鼓舞，阿拉伯世界则坚辞不受。1948年5月14日犹太人宣布建立以色列国，第二天一早就招来阿拉伯世界的联合军事打击。犹太人明白，这场战争阿拉伯人有退路，而对犹太人则是民族生死存亡的决战。第一次中东战争的结果使年轻的以色列国坐实和壮大，但约旦河西岸和东耶路撒冷还在约旦的控制之中。1967年以色列和阿拉伯世界再次交手，这一次阿拉伯人输得更惨，叙利亚丢了戈兰高地，埃及丢了西奈半岛和加沙地带，约旦丢了约旦河西岸，还有对伊斯兰世界意义非凡的耶路撒冷旧城。

对于此后各方的指责，以色列前总统西蒙·佩雷斯曾强硬地回击说："巴勒斯坦人应该反思：为什么会变成一场灾难？1947年时他们可以有自己的国家，拥有大多数的领土，是他们拒绝了，不是我们。我们不能为他们的错误道歉。"

约旦河西岸和相邻的以色列土地之间，没有任何地理阻隔，边界纯粹以当年双方交战停火线划定，进入21世纪后才是一道高高的隔离墙。车往东行，有标志显示已经到了海平面以下。这一区域正因地势低洼，才造就了死海这样的世界奇观。古城杰里科（Jericho）比死海的海平面还要低6米，沙漠与荒山中掩映着棕榈树和橄榄树，民居散落其间。一座悬崖峭壁上被生生凿出一个东正教修道院，颇有山西悬空寺的风范。坐缆车上去，可饱览死海和约旦河的旖旎风光。这里据说是耶稣摆脱撒旦诱惑的地方，此山也被命名为诱惑山（Mount of Temptation）。其实杰里科最有价值的是城郊一片观赏性不太强的考古区域，沙石磊磊，坑道深深，残存的阶梯、废弃的圆塔、已被风化的堡垒，一切已然模糊不清，更有未被发掘的部分沉埋地下。考古证明这些遗迹的历史可以追溯到公元前 8000 年，如果属实，这可能是人类史上第一座设防的城市。在那遥远的年代，这片土地的主人从狩猎开始转化为农业生产和畜牧饲养，他们应该被称为迦南人、腓力斯人、锡安人、希伯来人、犹太人还是巴勒斯坦人？

其实，巴勒斯坦土地上的犹太人和阿拉伯人本就同属同宗，不夸张地说，就是表兄表弟的关系。他们对祖先的记忆是相同的。犹太人说他们的祖先叫亚伯拉罕（Abraham），率领自己的游牧部落从美索不达米亚平原来到《旧约》中称为"迦南"的地方，亚伯拉罕被耶和华考验，准备以自己的独生儿子以撒（Isaac）作燔祭，被耶和华派来的天使阻止，以羊替代。而阿拉伯人说他们的祖先叫易卜拉欣（Ibrahim），他用来祭献真主的儿子叫作伊斯玛仪（Isma'il）。亚伯拉罕和易卜拉欣，以撒和伊斯玛仪，本就是同一对父子。从生活习性来说，犹太人和阿拉伯人也有诸多相似之处。阿拉伯人不吃猪肉，犹太人也不吃。对于所食牲畜的屠宰方式，犹太人和阿拉伯人有着同样的讲究。事实上，除了可以喝酒外，犹太人对食物的禁忌远多于阿拉伯人。在宗教层面，犹太人与阿拉伯人有隔绝不断的关系。在文明进化的早期，无论是古埃及、古希腊还是受其影响的罗马帝国，地中海区域广袤土地上推崇的都

伯利恒,耶稣据说在后面的主诞教堂出生

是多神教,只有到了犹太教这里才开始信奉一神论。犹太人从不传教,耶和华只属于他们自己。基督教脱胎于犹太教,耶稣自己就是犹太人,从今天的地理位置归属来说他甚至还出生于巴勒斯坦国。在基督教义里,耶和华不再是仅属于犹太人的上帝,不管什么种族什么身份,在上帝面前一律平等。这也是基督教成为全球性宗教的基础,但基督教视耶稣为上帝的儿子,将其凌驾在凡人之上,剥夺了犹太教神职人员原有的神圣权力,为犹太教所反对。伊斯兰教创立最晚,明显吸收了犹太教和基督教的教义。伊斯兰教最初敬拜的方向是耶路撒冷而不是麦加,显示了阿拉伯人与犹太人同源同宗和对圣城的共同尊崇。虽然与基督教世界斗了上千年并且斗争还在持续,但伊斯兰教并不排斥耶稣,而是视耶稣为与亚当、亚伯拉罕、摩西、大卫王一样的先知,穆罕默德是神指示的最后一任先知。伊斯兰教与基督教一样重视传教,无论你过去是何信仰,只要皈依,就当受主恩赐。当然,伊斯兰教和犹太教一样,也不认可神有儿子,否认耶稣作为圣子的身份。因此大象无形,伊斯兰教的建筑和宗教场所只有几何图案和花纹,没有圣像。这世界上纷纷扰扰、争来夺去的三大宗教，归根结底是一根藤上结下的三个果，无论什么语言什么称谓，耶和华、上帝、真主安拉，其实都是那万物之主，那独一的神。

伯利恒，是约旦河西岸离耶路撒冷最近的城市，也是巴勒斯坦辖下人气最旺的旅游城市，盖因耶稣据传在这里诞生。几乎每天都有大量游客和朝圣者蜂拥而去，到主诞教堂地下抚摸那颗代表着耶稣出生地的十四角银星。君士坦丁大帝初建了这座教堂，也彻底改变了基督教的命运。在主诞教堂周边还建有几座教堂，但这些教堂所在的马槽广场却是一派阿拉伯风情：热闹的巷道，忙碌的商铺，手推车与汽车抢道，叫卖的吆喝声与金属匠敲打器物的叮当声此起彼伏。就在广场中心，距离主诞教堂不足200米的地方，矗立着当地唯一的一座清真寺，每到礼拜时刻就传出抑扬顿挫的诵经声。这座清真寺以阿拉伯帝国第二任哈里发欧麦尔命名。当年欧麦尔攻克了耶路撒冷，却宽容地明示主诞教堂依旧是基督教的圣殿，即便在穆斯林的统治下，基督徒依然有信仰的自由。当地的阿拉伯人从清真寺走出，与我们和来自基督教世界的外国游客随意谈笑。萨利姆说，耶稣在伊斯兰世界的地位仅次于穆罕默德先知，圣母玛利亚也受尊崇，《古兰经》里还有关于玛利亚的一章。在伯利恒，所有的穆斯林都是阿拉伯人，但并不是所有的阿拉伯人都是穆斯林，阿拉伯人里还有很小一部分是基督徒。虽然这部分人群在逐渐萎缩，但足见千年以来，地区人群种族的嬗变与宗教信仰的传承之间并不是单一的线性逻辑，更不是粗暴的对抗关系。

离开伯利恒,眼见城市的天际线上,教堂的尖顶和清真寺的宣礼塔交叠显现。我们的下一个目的地别具意味。希伯伦(Hebron),在伯利恒以南约 30 公里处,是拥有巴勒斯坦三分之一经济总量的大城市,这里并不太平。因为市中心奇怪地有一些犹太人定居点,时常成为当地阿拉伯人与犹太人冲突的导火索。犹太人的住房就建在阿拉伯集市的楼上,集市顶上搞笑地拉起了大网罩,如鸟笼般兜着,说是为了防止犹太邻居从楼上扔垃圾。但双方还有更为敏感的区间。列祖之墓(Tomb of the Patriarchs),阿拉伯人管它叫易卜拉欣清真寺(Ibrahim Mosque),是两个民族共同的圣地。这里的安全警戒非常严密,隔着金属格栅能够看到一个绿色的巨大墓冢,据说这是亚伯拉罕也就是易卜拉欣,以及他的儿子以撒也就是伊斯玛仪的墓地。亚伯拉罕或易卜拉欣,生在何年何月都不可考,这墓冢也就是后世建的一个具有象征意义的衣冠冢,却也闹出惊天

2002 年希伯伦巴以冲突的新闻图片

拉马拉街头的阿拉伯少女

血案来。本来墓冢上是一个中世纪的教堂,后被改为清真寺。1967年"六日战争"后,原先几世纪都无缘入内的犹太人得以进来拜谒先祖,但1994年一个疯狂的犹太人持枪闯入并杀害了29个阿拉伯人祭拜者。从此这块圣地被严格分成两半,中间有墙壁和防弹玻璃阻隔,一半是清真寺,穆斯林在这里叩首;一半是犹太教堂,犹太人在那里诵经。

我们在约旦河西岸到访的最后一个城市是拉马拉(Ramallah)。虽巴勒斯坦人声称自己的首都在耶路撒冷,但这只是愿景,拉马拉作为巴勒斯坦解放组织的总部所在地,是巴勒斯坦实际意义上的首都。这里没有太多历史遗迹,也因此少了宗教纠葛,少了民族纷争。拉马拉的中心在阿尔马纳拉广场(Al-Manara Square),城市沿着这个拥挤繁杂的交通枢纽向四面延伸。中心是标志性

喧闹的阿尔马纳拉广场

的四头石狮,过去但凡巴以局势紧张,巴解组织要发布什么宣言或有所动作,国际新闻的头一个画面往往就是有四头石狮的阿尔马纳拉广场。我们站在石狮下,被围着环岛川流不息的车辆搞得有点头晕。拉马拉不大,也就几个街区,但繁盛喧闹,路边和建筑上有大幅商业广告,沿街商铺林立,服装店里成衣满满,首饰店内金光闪闪,不时吸引当地妇女推门而入。烤肉店挂着土耳其烤串,精干的店小伙忙里忙外,还不忘向你露出搞怪的笑容。咖啡店里多是上了点年纪的人坐着闲聊或者发呆,抽一袋水烟算是比较高级的享受。大街上有汇丰银行,也有巴勒斯坦自己的银行。我们甚至欣喜地在路边发现一家中餐小店,不是华人开的中餐馆,而是当地人经营的中式快餐,卖些炸鸡、炒饭之类,墙上写着 Chinese

Food，配上免费外卖电话。路上来去的女孩子多戴头巾，但也有一头秀发披垂、戴墨镜的，打扮时髦得体。约旦河西岸并不是外人想象的贫穷、暴力、偏激和恐怖之地，这里的阳光同样明媚，这里的笑容甚至比耶路撒冷的还要灿烂。不过，路边拐角的灯柱或者墙头，往往贴着一排头像，那是在纪念与以色列交锋中牺牲的巴勒斯坦英雄。这些画像提醒人们正身处巴勒斯坦，一个与以色列存在着巨大矛盾、积聚了太多怨恨的地方。

从阿尔马纳拉广场往北走两公里，就已经离开了喧闹的市区。穆卡达（Muqata）官邸坐落在此。这是前巴解组织领导人亚西尔·阿拉法特的大本营，在21世纪初曾被以色列军队围困多日，实际上是对阿拉法特实施软禁。2004年，阿拉法特以病体之躯得允离开，但不久就客死在巴黎的医院。十年后有证据表明他可能是被人下毒致病，最大的嫌疑当然是无所不能的以色列特工。今天，一个宽阔的

拉马拉的食肆

阿拉法特墓

庭院尽头是个简洁明亮的建筑，里面是阿拉法特的室内墓，两名巴勒斯坦士兵持枪守卫。墓室旁边，有座造型极其时髦现代的清真寺，是我们在整个以色列和巴勒斯坦地区所见过的最具现代派风范的建筑，只对穆斯林开放。阿拉法特生前被阿拉伯世界视为民族英雄。以他的遗愿，拉马拉只是他临时的停灵之地，他永远安眠之处，当在所有巴勒斯坦人都心心念念的耶路撒冷。

耶路撒冷只在此 20 公里开外，但无论对于阿拉法特还是巴勒斯坦的普通平民，无论是梦想还是现实，都尚有距离。约旦河西岸虽然东依窄窄的约旦河和死海，与约旦接壤，那里还有以色列三大陆路口岸之一的艾伦比侯赛因国王大桥口岸，巴勒斯坦人却没有出入的绝对自由。口岸由以色列控制，巴勒斯坦人出入需要许可，进出口贸易也由以色列海关代为征税再给到巴勒斯坦政府。而如果要穿越隔离墙来到耶路撒冷，更要有相应的工作、看病等特别缘由，方可获得审批。在这片罗马时代就名为巴勒斯坦的土地上，阿拉伯人因世代在此繁衍生息而被称为巴勒斯坦人，但今天却被分隔在以色列、约旦河西岸和加沙地带。相对于以色列境内的阿拉伯人，约旦河西岸的巴勒斯坦人是不幸的，那边的阿拉伯人虽与犹太人也有隔阂，但毕竟算是以色列公民，有更多的就业机会和更好的社会保障，至少他们能堂而皇之地去圣城的"谢里夫之地"做礼拜。可相对于加沙地带的同胞，约旦河西岸的巴勒斯坦人又是幸运的。地中海之滨的加沙地带由于被激进的哈马斯控制，与以色列势不两立，同巴解组织也多有抵牾，从陆路到海路，都被以色列围困得水泄不通，我们外国游客也无从进入。那是一个说好听点儿是自给自足、说难听点儿是自生自灭的封闭世界，被称为世界上最大的监狱。

我们的向导萨利姆一路向中国朋友控诉以色列的罪行。他指着远处一片荒地尽头，起伏的丘陵地带上建起了成片精致的楼房。那就是所谓的犹太人定居点。以色列不顾国际社会的反对，以各种理由在约旦河西岸建造住宅区，这种点点滴滴的蚕食使得约旦河西岸的领土日益碎片化，增加了巴勒斯坦建国的难度。萨利姆还带我们去看难民营。这里的难民营并不是帐篷搭起的临时栖息地，而是用砖瓦砌成的长住楼房，多由联合国难民署建造，只是建筑质量、配套设施和周边环境一般，比起中国内地一些不发达地区的小镇居民区也差不了太多。问题在于这里的居民都曾经是以色列国土上正儿八经的阿拉伯住民，1948年中东战争爆发，他们拿着钥匙锁上房门，连家什都没带，盘算着出去躲几天战祸就回家,想不到这一去就没了回来的日子。现有的以色列法律断绝了他们回归故土的可能性。楼道前打闹嬉戏的孩子们可曾知道,他们的祖辈都是世世代代生活在以色列之土的阿拉伯人,也许从来没做过坏事,却在一夜之间失去了国籍,离开了家乡。半个多世纪过去了,爷爷都已经抱憾离世,钥匙还攥在手里,只是不知老家的房子是否还在?

夜幕低垂,我们又回到了隔离墙下。高高的钢筋混凝土墙上,还缠绕着密集的铁丝网。总长近 700 公里的隔离墙建造于 2002 年,确实有效阻止了一批从约旦河西岸进入以色列的自杀式袭击者对犹太人实施恐怖袭击,但另一方面,这道具有羞辱和歧视意味的墙也阻断了巴勒斯坦人的社区和商业生活,加大了犹太人与巴勒斯坦人之间的隔阂。如今,隔离墙已经成为巴勒斯坦涂鸦艺术家施展身手的大好舞台,对以色列的控诉、对和平的企盼、对巴勒斯坦国的憧憬,都付诸笔端,溢于墙上。德拉克罗瓦笔下的《自由引导人民》被原汁原味地搬上了隔离墙,只是丰胸裸露、指挥着年轻人奋勇前进的自由女神,她手中挥舞的不再是红白蓝三色旗,而是一面巴勒斯坦国旗。夜色下,昏黄的路灯透出暖光,有气无力地折射在水泥墙上。偶有路人踽踽独行,在墙根拖下长长的影子。

回到耶路撒冷,遇到前来迎接的以色列向导吴迪,和他打趣说你的巴勒斯坦同行说了你们很多坏话。吴迪笑着说民主社会言论自由,可他又急切地补充说西岸的犹太人定居点都建在 C 区,意为本来就是以色列控制的区域。我想象着有朝一日吴迪和萨利姆面对面的情形。吴迪也许会

隔离墙下

说以色列人并没有挤占巴勒斯坦人的生存空间,这大片荒地空着也是空着。萨利姆一定会冷笑说我银行账户里还有余钱闲着呢,要不你也一起拿去?

今晚不是安息日,耶路撒冷街面洋溢着轻松的气息。我们早已饥肠辘辘,坐在精致的餐厅点好美食,顾盼窗前来来往往的以色列帅哥靓女。此时此刻,在更年轻更现代的特拉维夫,能够呼吸到地中海清冽湿润的空气,姑娘小伙们的派对一定更热烈更疯狂;在拉马拉,石狮压阵的广场应该还有车流穿梭如织,希望那间自诩中华美食的快餐厅能征服一辈子也到不了中国的当地食客;在希伯伦,灯光集市迎来了一天最热闹的时候,卖衣卖鞋卖香料卖果蔬,这里的小吃摊不少,吃兴正浓的时候,拜托楼上在看电视的犹太邻居不要乱扔果皮纸屑。就算在我们未曾涉足的加沙地带，在简陋的屋檐下，应该也不乏丈夫妻子、父母孩童同居一室，共享天伦、其乐融融的温馨场面。夜空晴朗，没有飞弹呼啸，没有警笛长鸣，这个世界就兀自美好。

让我们举杯，祝巴勒斯坦自由，祝以色列平安。

第五章

穿过沙漠奔海洋　约旦

雄关漫道西克谷

烈日灼人。我们穿行在蜿蜒曲折的小道上,两边无草无木,只有与沙漠一样土黄色的巨石,十几米高,笔直耸立,构成嶙峋绝壁。同行中有人笑说:"贼无故退,疑必有伏。南道狭窄,草木深,不可追也。这不会是诸葛亮的火烧博望坡吧?"大家都笑,说这沙漠里的博望坡要烧也只有烈火,没有干柴。

我们穿行的这条沙漠小径叫作西克(Siq)峡谷,是约旦南部瓦迪穆萨通往隐秘的佩特拉(Petra)古城的必经入口,全长1.2公里,是大自然在山石中为人类开凿出的夹缝。但山石间已然有了人类的痕迹。有块巨石位置显赫,被切割得四四方方,令人联想起阿拉伯世界最神圣的立方体克尔白。克尔白的历史要远远早于伊斯兰教,被阿拉伯民族视为上天在人间建造的天房。这块沙漠中的方石也许能够勾连起当今世界一大宗教和某个早已消失的民族之间的联系。山谷的腰部位置还有凿痕,绵延成一道山间沟渠,显然是用于在干燥的沙漠地区储存和输送雨水。

走着走着,道路越来越狭窄,绝壁越来越逼仄,山石完全挡住了我们的视线,只有顺着小径曲折前行。到某个点上,我们的约旦向导让我们止步,回身,稍稍移动位置。我们照做,但疑惑并没什么特别的景致。向导让我们再回身。我们回身,"哇"地惊叫起来。那阻挡视线的绝壁间现出一条缝隙,阳光穿越到缝隙后面,照亮的是那幢举世闻名的赭红色砂岩建筑——藏宝库(Treasury)。

这里是西克峡谷的终点,羊肠小道成了群山环绕的一

缝隙中的惊鸿一瞥

洞穴纵横

个圆形空间，正前方的山石被整体开凿出一座雄伟的宫殿式建筑，高达 50 多米。殿分两层，下层是六根罗马式石柱，三三分配形成左右对称的格局。石柱上是门檐和横梁，都有精美雕刻。再上又是六根罗马式石柱，两两一组构成三个石龛，左右两个对称，保持与整体一致的直线造型，居中那个在顶部作弧线处理，于统一中出变化，见美感。每个石龛都刻有石像，但历经年代太久多有风化。这些石像和周边的雕饰一起，对坚硬的整体起到了柔化作用。整座建筑结构简洁，线条粗犷，沿山崖而下，既浑然一体，又力压四方。

所有的游客从一夫当关、万夫莫开的西克峡谷进入，就如从狭窄的观众甬道进入剧场。藏宝库就是一出大戏的主角，一亮相就精神焕发，眉宇飞扬，敲山震虎，镇定全场。这位主角在这片荒漠漫漫、群山莽莽的土地上一站就是 2000 多年，绝大多数的时候遗世独立，与日月星辰为伴，少有注视，更无鲜花和掌声，它曾经彻底被这个世界遗忘。公元 1812 年，瑞士探险家伯尔克哈特根据古罗马时代史书的模糊记载，乔装打扮成穆斯林，深入这片不毛之地，终于找回了这段遗失的文明。

佩特拉曾经是古老的阿拉伯部落纳巴泰人的王国都城。在公元元年前后的上百年时间里，这里是一条非常重要的商业通道的必经之地，其贩运的最主要的货物，是乳香和没药。这两味药都性微苦，有特殊香气，不仅在医药上有特殊功效，而且在宗教场所和仪典上有不可替代的重要作用，无论在埃及、希腊与罗马，还是在以色列，都有非常广阔的市场。乳香和没药产于阿拉伯半岛的南部，需要骆驼队在漫漫沙漠中一路北上，运到地中海岸边，再通过水运跨过地中海到欧洲大陆。谁能用最快的速度走通这条漫长的运输线，谁就可以拥有巨大的财富。作为游牧部落起家的纳巴泰人有一项特殊的本领，就是能在干涸的沙漠中嗅到水的味道，能准确地判断出地下水源的位置。纳巴泰人凭着这手过硬的本领，成为沙漠运输线上的主力军，积聚起了巨大财富，并在陆路临近终点的山谷里建造了自己的都城。虽然四周依然是沙尘荒漠，但红海和地中海已经不再遥远。从南部沙漠运来的货物在此聚集，再分别运抵叙利亚大马士革、以色列加沙或者埃及亚历山大城，从那里走上海路，运往希腊或者意大利。这座都城就是佩特拉，其意就是"岩石"。

不少没实地到访过的人对佩特拉的印象只是峡谷中的一座庙宇，其实佩特拉是一片占地巨大的区域，遍访一圈需要整整一个白天的时间，需要抗晒和耐饥渴的能力，需要极好的体能储备。藏宝库只是入口，从这里出发，廊道

佩特拉是通往地中海的必经商途

逐渐宽阔，一座古代都城的形象这才呈现。这是一座真正的石头城，高阔的庙宇废墟，高耸的罗马石柱，主打材质都是岩石，但主要的建筑不是民居，而是陵墓。一片巨大的山岩被开凿成众多墓穴，高低错落在山腰间，因其壮观而被今人命名为皇家陵墓（Royal Tombs），夕阳西下的时候一片红艳。佩特拉似乎是个为逝者而存在的城市，生者与死者在当年共享空间，居家之所不远处就是墓地，没有太多刻意的阻隔和忌讳。佩特拉许多印象深刻的遗存都与墓穴有关，即便是那个藏宝库，其实也是以讹传讹而得名，事实上藏的不是金银财宝，而是死者的骨瓮，是为某位纳巴泰国王修建的陵墓。当然，生活的痕迹也不可少，地中海周边无论是南欧、北非还是西亚，都不会缺少古罗马式的剧场，佩特拉也有一个可容纳8500人的圆形剧场，其最初的建造者是纳巴泰人。罗马人只是在公元2世纪进入后才加以扩建和修缮。根据估算，佩特拉在鼎盛时期的人口可能在 3 万左右，那时罗马的人口也就在 150 万左右，茫茫荒漠中的石头城有此规模已属不易。在皇家墓室对面有一片被称作高祭坛（High Place of Sacrifice）的巨大的废墟，上上下下的石阶、高高低低的庙宇、密密麻麻的石柱杂乱地堆砌在小山坡上，你能从里面找到古希腊和古罗马的影子，再看又好像不是那么回事，比如有插着翅膀的狮子石雕，为此仅见。这里确实曾是纳巴泰人祭祀的庙宇所在，祭牲放血用的血槽尚存，罗马人来了之后一定又以他们的理念大兴土木，才让这座城市的宗教中心变成了既庞大又杂乱的景象，不过确实蔚为大观。从这里你可以雇一头毛驴上山。山路陡峭，老实巴交的毛驴使出了浑身的力气，让你免受登山的劳顿，但也只能在半山的道上停步，由你自己去完成最后的攀登路程。不要嫌远嫌累，高山深处有一座建筑，其形制与藏宝库几乎一模一样，但更开阔，更雄伟，更孤傲。和佩特拉的很多古迹一样，它也有个莫名其妙的名字，叫作修道院（Monastery），据说是因为殿内墙上有镌刻的十字架，有人揣测拜占庭时期曾被基督徒所用，其实它真正的功能很可能与藏宝库一样，是纳巴泰皇族的墓穴。能够抵达修道院的游客已经不多，抵达的也已基本耗尽了体力，需要在山巅歇一歇脚，吹一吹风。有一群羊咩咩叫着过来，后面跟着头戴红白格子头巾的牧羊老人。这是当地的贝都因人，他们也许拥有纳巴泰人的血统，他们中的极少一部分人，在佩特拉被文明世界遗忘的上千年里，是这些光彩夺目的文化瑰宝最孤独的看客。

在一片荒漠和岩石间建造都市，纳巴泰人必须是两方

高祭坛

面的高手。首先是建筑高手,在山岩上雕琢出这些建筑,就堪称奇迹,现代研究表明,纳巴泰工匠们从悬崖顶部开始动工,用斧凿削除山岩不需要的部分,一层一层往下开凿,最终建成精美绝伦的墓穴或庙宇;其次是水利高手,沙漠里每一滴水都弥足珍贵,纳巴泰人善于建造堤坝、水渠和水库,留住来之不易的生命之水,将不毛之地建成沙漠绿洲。

纳巴泰人在沙漠里建造起家园的时候,基督教尚未诞生,伊斯兰教更是遥不可及,以色列虽然就在隔壁,但犹太教不擅传播,犹太人又不断被整得背井离乡。阿拉伯半岛的纳巴泰人像埃及人和希腊人一样信奉多神,他们信仰三位女神,尤以万能的乌札女神为最。乌札在早期的阿拉伯世界备受尊崇,在不同的部落有不同的表述,比如有说乌札是真主安拉的女儿，到了穆罕默德时代被彻底废除，真主不是凡人，大象无形，更遑论子女。佩特拉藏宝库上檐居中的那个弧顶石龛，其石雕虽风化难辨，但其身姿婀娜，必为女性，专家揣测很有可能就是乌札女神。在石龛下方的檐部还有小雕饰，那里的神像清晰可辨，那是古埃及的重要神祇伊西斯。伊西斯女神在埃及神界掌管魔法、婚姻和生育，看来在那个年代神祇们就经常出国旅行、互访、彼此串联。在佩特拉高祭坛的飞狮神庙内，应是经常举办祭祀活动，向乌札和伊西斯等众神祭拜，祈求风调雨顺、国泰民安，而主祭者又和古希腊一样，是德高望重的女祭司。纳巴泰，这个因商路而暴发的小部落，继承了他

皇家陵墓

残垣高阔

们阿拉伯祖先的信仰,从厚重的埃及文明中汲取宗教养分,又借鉴了希腊和罗马的规范和仪典。

但纳巴泰人有远比古代埃及、希腊和罗马超前的地方,那就是男女平等。以色列和沙特阿拉伯的考古发现证明,在纳巴泰社会,女性拥有完全不亚于男性的社会地位。有权有势的女性有归于自己名下的房产和陵墓,考虑到陵墓在纳巴泰人心目中的重要地位,这是一份有相当分量的财产。在沙特阿拉伯境内的另一座纳巴泰古城希格拉,甚至有位女祭司建造了一座漂亮的陵墓,写明归她和女儿及后代自用。女性还往往是家族的核心,是家族内外一批男男女女的监护人,还拥有仆人甚至奴隶。她们像《红楼梦》里的贾母一样,是大家族说一不二的"老祖宗"。这一现象,与埃及、希腊和罗马社会男性掌握绝对控制权形成鲜明反差。很有可能，纳巴泰的男性成年奔波于往返阿拉伯半岛南北的辛苦商旅中，家里的事情就只有托付于女眷去打理；也有可能，在那个生产力还相对低下的时代，像纳巴泰这样的民族还多少保留了母系社会特征，其财产也通过母系传承。

佩特拉古迹众多，但留下的文字痕迹极少，其兴衰沉浮的脉络也难以捉摸。一般说来是公元106年被罗马人侵入，但也没什么证据表明纳巴泰人与罗马人有过什么激烈的战争，只是从建筑风格的变化判断罗马文明全面渗透到了纳巴泰。佩特拉受到确切打击是公元363年的一场大地震，整个巴勒斯坦南部地区都深受影响，佩特拉很多圮废的建筑如飞狮神庙，都在那一刻遭到了结构性坍塌。我们不清楚这场自然灾害对纳巴泰人的生活和心理造成了多大的影响，也许商业路线的变更让纳巴泰人失去了往昔的竞争优势和赖以生存的本钱。整个巴勒斯坦地区成为拜占庭帝国的疆域，他们信奉的是基督教，佩特拉最辉煌的时候耶稣刚刚在临近的土地上诞生。作为阿拉伯一族，纳巴泰人也许还能在拜占庭的疆土内保有自己的信仰，但再过300年穆罕默德创立伊斯兰教，摧毁麦加所有的乌札神像，所有阿拉伯人的信仰也由此改变。渐渐地，世上已无纳巴泰人，而佩特拉也人去城空。西克峡谷那道曾经护卫城市不受侵犯的山崖变成了一扇厚重的大门，将佩特拉关在身后，与世隔绝。

今天的佩特拉有一项褒贬不一的旅游项目，叫作夜游佩特拉。月上柳梢，夜色静好，游客在烛光的引领下，重走西克峡谷，再一次来到藏宝库前。已经有一地的蜡烛点

所谓的"修道院",其实和基督教没任何关系

嵌在峡谷里的城市

起，映照幽暗的赭红墙面。所有人席地而坐，穿长衫、戴头巾的贝都因人出现在殿前，用笛子吹起悠扬感伤的音乐。那是纳巴泰人留下的音符吗？笛声毕，贝都因人请大家闭上眼睛。眼睛闭上了，四下一片寂静，直到贝都因人的声音再次响起，请大家睁眼。眼前，景观灯亮了，澄净的夜空下，藏宝库如换了晚妆，妩媚独立，满面红光。

我们就这样踏上归程。有人指望着看到类似丽江印象这样的大型文艺演出，不免嘀咕一闭眼一睁眼门票钱就没了，但星夜朗朗，峡谷深深，这是现代都市人无缘享受的景象，还是不要说话吧，沙沙的脚步声是最适合的陪伴。我们又一次经过了崖间的水渠和那块状似克尔白的方石。2000年前，曾经有人在此生活繁衍，他们从漫漫沙漠深处走来，没有埃及人那样厚重的历史，没有希腊人那么有文化、懂哲学和艺术，更没有罗马人那么强大，但他们自有手艺挣钱谋生，日子还过得很不赖。在这个竞争激烈、瞬息万变的世界，他们与周边其他的弱小文明一样，最终被强大的势力取代，被更高级的文明同化，但幸好，他们留下了一批辉煌的建筑，作为曾经存在的依据。我们有幸路过、领略、叹服，巍巍群山、明月群星一路作证。

罗马之外的罗马

在地中海区域旅行，无论是在南欧、北非还是中东，都很难不和罗马帝国搭上关系。再有地域特色的历史遗产，在它周边经常还会有古罗马的遗迹相伴，如影随形，挥之不去。这好比你无论在什么饭店吃什么菜，牛排也好，火锅也罢，素斋也可以，可最后上的一道主食永远是意大利通心粉。也难怪，两千年前，这里都曾是罗马帝国的王土，要么是一片蛮荒之地经帝国军队开疆拓土，渐成良田；要么原先就有悠久历史和独特文化，被帝国归并或征服，成为其辽阔版图的一部分。毕竟在公元2世纪的鼎盛时期，罗马帝国的疆域西起西班牙、高卢和不列颠的苍茫海域，东至幼发拉底河的古文明源头，北到莱茵河、多瑙河的莽莽丛林，南及北非的灼热沙漠。帝国版图横跨欧、亚、非大陆，面积超过500万平方公里，地中海成了帝国的内海。

罗马帝国通过行省制度来管控辽阔的领地。罗马人足够开明，既然并非用同一种手段攫取了土地，也就没必要非用统一的手段加以管理。当地原有的一套管用，帝国中枢就不干预。因此，不少行省拥有相当的自治权，甚至法律都不尽相同。不过，罗马人，以罗马这座城市为中心的罗马人，提炼出一种优雅而独到的生活方式，他们热爱进入剧场观看戏剧，去斗兽场寻找刺激，去公共浴室洗澡聊天，喜欢在广场会友、购买食物和日常用品，习惯到神庙祭祀神祇。这种典型的罗马式生活方式付诸建筑得以体现，并传播到帝国的众多角落。与其说罗马人将自己的生活方式灌输给各地，倒不如说罗马人的生活方式满足了人类灵与肉的、从精神到物质的丰富需求，而被那一年代不同地域、不同民族的人们所接纳。

两千年时光过去，能够看到一个保存完好的罗马帝国行省城市殊为不易，地处意大利中南部的庞贝就是最著名的一个。炙热的火山灰曾将整座城市湮没，如今城市又被发掘出来，重现帝国早期的真实生活。另一个保存完好的

被新城包围的千年废墟

帝国行省城市在土耳其的以弗所，是罗马帝国亚细亚行省的省府所在地，也是受帝国迫害的基督教最早的传教中心。还有一个在约旦境内，杰拉什（Jerash），坐落在约旦河东岸不远处，无论从以色列与约旦的边境往东，还是从约旦首都安曼出发往北，都只需要半个多小时的车程即可到达，它用一片壮丽的废墟告诉世人：这里曾是罗马帝国叙利亚行省的重要都市。

杰拉什的一切都高阔。首先是最南端的哈德良拱门。这个名词我们在雅典和其他地方也遇到过，哈德良爱建拱门就像乾隆喜欢在书画上盖御览印鉴一样。这位罗马皇帝喜欢巡游自己的领地，所到之处，当地官员就会建一座拱门以之命名，作为纪念。拱门高大厚重，带有鲜明的古罗

第五章 穿过沙漠奔海洋 约旦 | 269

哈德良拱门

马装饰风格,却十三不靠地孤零零守在古城外最南端。估计当年的行省官员曾有意借皇帝莅临之际,将城市版图扩展到哈德良拱门处,却因种种原因未能如愿。拱门后门是一个巨大的竞技场,可容纳 15000 名观众观看战车、赛马或斗兽比赛,当年这里也曾旌旗猎猎,号声阵阵。走过了这片宽阔的区域,才算来到古城的正南门,是一座比哈德良拱门更简洁秀气的城门,防御性的城墙通过四座这样的城门将城市拱卫起来。

很多人忽略了南门的细节,因为一进城门就被眼前的椭圆广场震慑住。一个标准足球场大小的花岗岩广场,四周是两排秀丽齐整的爱奥尼亚石柱廊,如两座柔美的竖琴弹奏流水般的乐音。这个供人聚会和休憩的广场是整座城市的中心,如此恢弘又如此充满诗意。椭圆广场往后,就是一条笔直的大道,延伸 800 米直通城市的北门。大道两侧尽是厚重笔直的科林斯石柱，如两队列兵左右站立。以古罗马的风格，石柱顶端很可能曾是悬空水道，引北方山上的泉水进来，贯通全城。列柱大道是整座城市的主干道，地面由厚重的石块铺就，却已被千百年来驶过的沉重战车压出道道车辙。

列柱大道是整座城市的规划焦点，全城所有的宗教及民用建筑、公共设施和私人住宅都依大道东西两侧构建。西侧多为宗教性的公共区间，巨大的宙斯神庙建在西南端一座小山上，是一个庞大威仪的建筑群，也是俯瞰整个杰拉什的制高点。阿尔忒弥斯神庙不遑多让，耸立在正西侧台阶顶层，眺望着整座城市。只是到了帝国后期，古希腊的多神教已不被认可，月亮女神走下神坛，阿尔忒弥斯神庙被拆除，只留下近十根大理石石柱在风中屹立，每一根都高达20多米，足有六七层楼高，柱头顶端的雕花极其精美。原有神殿的石料已变成其他建筑的基石，化作了圣约翰施洗教堂、圣乔治教堂、圣彼得和圣保罗教堂，当然到了今天也成了一堆废墟。阿尔忒弥斯神庙旁边沿台阶而下就是水神庙，紧贴着列柱大道，有一个中央喷水池，墙上有7个出水口喷水，下接整个城市的排水渠道，设计极为精妙。杰拉什人知道祭祀敬神，更懂鉴赏艺术，小小的城市里居然有两个剧院，足够奢侈。宙斯神庙边的南剧院足可容纳5000名观众，有极好的回声效果，至今仍被用于一年一度的杰拉什音乐节演出，靠近北门的北剧场容量偏小，可容纳1600人左右，更多用于市政会议和诗歌朗诵。

列柱大道东侧，城市的另一半少有游客光顾，目前只发掘出一座教堂、两个罗马浴场，据说还有大片的遗迹还

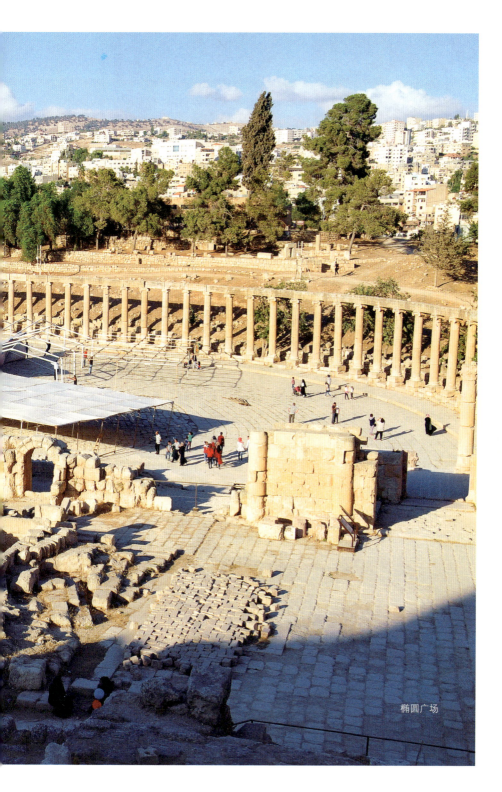

椭圆广场

阿尔忒弥斯神庙的石柱

沉埋于地下。有旅游书说杰拉什沉埋在地下的遗迹还有百分之九十，对此我有点怀疑，杰拉什的占地面积约略有两个上海人民公园大小，是公认的罗马城之外规模最大的罗马时代古城，被誉为"罗马之外的罗马"。眼前这一片废墟足够孤傲辉煌，不能想象还有一个扩容10倍的杰拉什。但有意思的是，研究古罗马历史的书籍汗牛充栋，对帝国大大小小的城市如数家珍，却很少有提到杰拉什的。土耳其的以弗所无论城市规模还是古迹的修复保存程度都相对略逊，名头却比杰拉什来得响亮。关于杰拉什的历史，所有涉及的书籍和资料几乎都只有寥寥数语。

早在新石器时代，这片区域就有人居住，公元前333年亚历山大大帝从希腊一路征服到中东，在此建立了城镇，公元前64年庞培将军率罗马军队披靡而来，周遭这一片区域从此成为罗马帝国版图的一部分。在此后的300多年里，杰拉什得到飞速发展，以罗马人对生活的理解和对城市的要求精心打造，所有罗马风格的建筑形态都得以呈现并保存完好：广场、神庙、竞技场、大浴场、剧场、柱廊街、水神庙……帝国时代后期，因为宗教信仰的改变，更多的基督教堂兴建起来，古希腊风格的神庙遭受损毁。公元 7 世纪波斯萨珊王朝曾短暂入侵，然后阿拉伯帝国兴起，穆斯林最终于 636 年征服此地。随着贸易路线的更迭，杰拉什辉煌不再，747 年又遭一场毁灭性地震的重创，从此渐渐被文明社会遗忘。杰拉什被漫漫黄沙吞噬湮没，直到千年之后的 19 世纪初叶才被德国旅行家意外发现。

说起杰拉什，没有任何一件轰轰烈烈的历史事件与其相关，没有任何一位重要人物在此留名，除了到此一游的哈德良皇帝。也许那场地震和之后的千年沉寂抹去了所有记忆，也可能，今人震惊的在古人看来也稀松平常。那时的罗马帝国已经相当庞大而强盛，人口在 6500 万到 1 亿之间，经济状况和生活水平远胜于古埃及和古希腊时代，从罗马中枢四散到欧洲大陆和小亚细亚的道路四通八达，人们有更多的时间和金钱在地中海周遭旅行。水路运输也同样发达，地中海上运行着众多轮船，载重量可达上百吨，

宙斯神庙

也曾岁月静好

地区之间的商贸往来非常频繁，甚至远自中国的丝绸也作为贵重商品在列。在这种背景下，类似杰拉什这样的城市也只是庞大帝国众多行省无数城市中的一座，固守一方，不求闻达，只盼岁月静好、平安发达。

站在列柱大道东望，有一条古道通往城市曾经的东区，那是尚待发掘的古城遗址，古道两侧依旧是两排挺拔的石柱。远处有山坡，坡上堆砌着今日约旦的民宅，都是中东地区常见的平实楼房，四四方方，工工整整，纷纷杂杂，与两排石柱构成有趣的今昔对比，像一群虔诚的看客远望和仰视经典。今日的杰拉什也有十几万人口，但城市的中心毫无疑问属于那一片废墟，以及伟大的罗马时代。

这不免让我联想到约旦首都安曼（Amman）。我喜欢这座充满阿拉伯式活力的城市，道路曲折复杂，夜市嘈杂欢腾，空气中有咖啡和水烟混杂的气味，还有交叠的清真寺宣礼声和集市的叫卖声。但这座城市的中心在城堡山，一座可以俯瞰全城的山丘。罗马帝国曾像统治杰拉什一样统治过这里，只是当年安曼的地位远不如杰拉什。山顶上建有一座恢弘的大力神庙，如今只剩下高高的石柱耸立，成为整座城市的象征，山脚下还有一座可容纳6000人的罗马露天剧场，同样是约旦历史文化的骄傲。站在山上远眺市景，相当壮观，安曼的城市规划非常统一，几乎所有的民居外墙都被漆成黄澄澄的，如蜂巢一般密密麻麻环绕着城堡山，它们膜拜着山顶那孤零零的遗迹，如众多晚辈围坐在年迈的老祖宗膝边。

　　古罗马帝国的中东版图，重心在地中海沿岸的以色列和叙利亚，这两个国家将约旦与地中海隔开，所以约旦的地理战略意义没有那么重要。无论是过去还是今天，约旦

夕阳下的列柱

第五章　穿过沙漠奔海洋　约旦

都不是世界的中心，甚至不是中东的中心，但在周边的穆斯林国家中，约旦可能是最温和的一个，这一方面体现在经历了 1967 年与以色列的战争之后，约旦还能够捐弃前嫌，理性客观地处理与以色列的关系，昔日势不两立的对手反而成为当今维护中东稳定的重要伙伴；另一方面体现在约旦宽厚的人道主义策略上，半个多世纪以来，只有 600 万人口的小国约旦在本国经济和社会结构极为脆弱的情况下，以包容的态度，接收了来自巴勒斯坦、伊拉克、叙利亚、索马里、苏丹等国的大量难民，成为世界上接收难民最多的国家，仅 1948 年因阿以冲突逃到约旦定居的巴勒斯坦难民就高达 100 多万人。约旦尊重历史传承，珍惜从古罗马、拜占庭到阿拉伯世界的文化遗存。杰拉什遗址在 20 世纪末期曾几次申报联合国教科文组织世界文化遗产而未能通过，也许和当时约旦的国际影响力和对遗迹的保护能力相关，但毫无疑问体现了一个理性的穆斯林国家的历史观和价值观。

拜访杰拉什，两三个小时就够了，黄昏时分，游客们纷纷撤离，有的回到首都安曼，有的穿越国境去以色列。这种感觉有点亲切，也有点怪异——纷纷扰扰的中东在 100 年之前的漫漫几个世纪里都是统一的政权。地中海黄昏的阳光是有魔性的，让黄褐色的石柱和石墙现出金色的光芒。游人散去，杰拉什将重返孤独。一座经营了上千年的城市不可能没有精彩的人物、动人的故事，但遗忘也就遗忘了，好在有高耸的石柱、气派的庙宇、坚实的道路告诉今人：曾经有另种肤色、别样信仰的先辈在此居住、繁衍、奋斗，他们的人生也许平凡，但足够精彩。

第六章

北非露出尖尖角　突尼斯

蓝白小镇

罗马的死敌在对岸

我们要探访的小镇坐落在一个高高的悬崖上，悬崖下面就是大海，扑面而来的海风带着地中海特有的气息。沿着细密的鹅卵石路往小镇的深处走去，我们惊异地发现，这里的每一幢房子似乎都商量好了，一律白墙、一律蓝窗、一律让九重葛千缠万绕，紧紧相连，直面阳光、直奔海洋。

这种非蓝即白的调性很容易让人联想到希腊最著名的圣托里尼岛。其实我们不在希腊，不在欧洲，而是在大海的另一边，辽阔的非洲大陆最北端。突尼斯，面积不过与山东省相仿，在广袤的非洲陆地实在排不上号，但它像个身材娇小却风情万种的美女，变化多端，景象万千。突尼斯盛产油橄榄，国土的形状也有点像个竖立的橄榄。橄榄的底部是撒哈拉沙漠的北段，顶端则正对着浩渺的地中海，也就是我们现在所处的悬崖小镇，首都突尼斯城城郊东北20公里的西迪布赛（Sidi Bou Said）。

西迪布赛的别名就是"蓝白小镇"，与隔海相邻的圣托里尼极其神似，但细看之下，又大有不同。这里的房屋是典型的阿拉伯风格，大门用宝石镶嵌，熠熠闪光，精美绝伦。窗户如密线细针织就的面罩一般，以防窗内的女主人被楼下的行人看到。只是，窗也罢，门也罢，再风采各异，却一色的蓝，幽深但不故作镇静，宁静却彰显个性。而那片片白墙，让地中海的阳光照射得耀眼而慵懒。拜访蓝白小镇最好的时辰是傍晚，夕阳洒一片金黄在墙上、窗上、树叶上、著名的柳席咖啡馆用柳席铺就的长椅上，连端上来的鲜榨橙汁都格外鲜艳。

突尼斯城

蓝白小镇的创意来自一个德国贵族。艾兰治男爵1912年来到西迪布赛，买下一栋俯瞰地中海的阿拉伯风格的别墅，花10多年用他喜欢的安达卢西亚风格去改造它，把这蓝窗白墙的房屋命名为"星光之家"。此后，在他的倡议下，突尼斯政府规定西迪布赛所有的房屋都要保持和"星光之家"一样的基调，这才有了今天著名的蓝白小镇。窗是欧洲的，墙是非洲的，蓝是大海的，白是沙漠的。这也体现了以突尼斯为代表的北非沿岸与对面南欧沿海的天然纽带关系，这种关系始于遥远的古埃及时代，到罗马帝国将地中海变成内海时达到顶峰。

突尼斯城（Tunis）是非洲大陆最北的小尖角，离对面意大利西西里岛只有一个多小时的船程。作为曾经的法国殖民地，今天的突尼斯城是一座包容了阿拉伯风情、穆斯林文化与法国生活方式的独特城市。这座富有现代气息的城市拥有近 100 万人口，虽不像纽约、东京、上海那样充斥着摩天大楼，但依然布满了规划工整、新旧交错的建筑群。宽敞繁华的布尔吉巴大街（Ave Habib Bourguiba）一头连着美丽的突尼斯潟湖，一头连着阿拉伯麦地那（Medina）老城，两边林立的商店最多的就是咖啡馆，咖啡是突尼斯人消磨时光的最好伙伴。和其他城市一样，阿拉伯老城代表着这个北非国家的伊斯兰化历史，但离老城不远的一座天主教大教堂则记录了突尼斯短暂而影响深远的当代史——19 世纪末，统治突尼斯领土的奥斯曼土耳其帝国已经奄奄一息，法国人跨越地中海，乘虚而入，把突尼斯划归为自己的管辖地。在此后的 50 年内，法国一直试图把突尼斯变成一个欧洲风格的国家。直到"二战"之后，北非各国独立的呼声日益高涨。1956 年，出于战略考虑，法国认可了没有石油的突尼斯独立，但最终也没有保住隔壁的"石油殖民地"阿尔及利亚。今天，你如果觉得布尔吉巴大街有巴黎的痕迹也不用吃惊，它的别名就叫作"突尼斯的香榭丽舍"，突尼斯至今通行法语，宾馆早餐的面包也和法国一样多种多样。

　　在当今的非洲版图中，独立的突尼斯只是个小国，往前追溯，它是很多文明的附庸：法兰西、奥斯曼、倭马亚、拜占庭、罗马，而更早之前，这里曾经存在过地中海区域最强健的文明之一——迦太基。

　　迦太基城（Carthage）由古老的腓尼基人建立，建城的时间一般被认为是在公元前 814 年，比古奥林匹克运动会诞生还要早 38 年，而彼时大名鼎鼎的罗马城还无影无踪呢！腓尼基人是闪米特人的一个分支，说起来就是和犹太人同祖同宗，早期在以色列、叙利亚和黎巴嫩一带繁衍生息。后来这一支人离开故土，沿地中海往西迁徙，在此落脚。和他们的犹太同宗一样，腓尼基人是精明的商人、优秀的工匠、非凡的水手，他们的身影频繁出现在地中海沿岸，逐步取代了式微的古埃及，渐渐强大到控制了大部分北非区域，乃至跨界到地中海北岸。东游西荡的腓尼基人不太热衷于建立都城，但迦太基是个例外。在关于建城的传说中，腓尼基人的狡黠再次体现，传说建立迦太基城邦的是一位被自己的哥哥迫害、逃难至此的腓尼基公主。根据当地土著柏柏尔人的习俗，外人来此占地不可超过一块牛皮的面积。聪明的公主一口答应，然后拿出一把剪刀，把牛皮剪剪剪，剪成又细又长的皮条，把皮条围一大圈，迦太基，就建在这里！

这样的传说应该当不得真，估计是吃过腓尼基人亏的人编排的段子。迦太基城建在紧邻地中海的贝尔萨山上，依山傍海，占地面积足有4个北京动物园大，街道纵横，房屋林立，建筑风格集中了埃及和希腊的诸多特点，毕竟这两个古老的文明都是它同时代的左邻右舍。靠着先进的航海技术和精明的头脑，腓尼基人的日子过得红红火火，在迦太基有专门供大型商船停泊的港口，还有可停驻200艘战舰的圆弧形港湾，与我们今天的港湾几无区别。迦太基文明强盛的时候，同在北非的古埃及早已没落，对面的希腊诸城邦一度与之竞争，但伯罗奔尼撒战争的内耗让希腊退出了历史舞台，取而代之的是亚平宁半岛的新兴力量——罗马。迦太基遇到了致命的对手。

布匿战争

腓尼基人占据了北非,还把触角伸到了西西里岛、撒丁岛和西班牙南部地区,不遭人嫉恨也难。西西里岛成为罗马与迦太基争端的导火索,从公元前264年起,两大势力在近120年的漫长岁月里你争我夺,打了三次布匿战争,以确定地中海霸主的归属。

第一次布匿战争持续了23年,是一场地地道道的海上大战。年轻的罗马舰队第一次挑战强大的北非对手,从舰船的质量到水兵的经验来说都不及腓尼基人,但罗马人发明了一种巨型挂钩,可以在两船相近时砸向对方甲板,勾住敌舰,自己的士兵再奔杀上去,隔水的海战就演变成了甲板上的肉搏,这是罗马将士的专长。这场战争拖了一年又一年,彼此筋疲力尽,最后成为国力的比拼。罗马人似乎普遍比吝啬的腓尼基人更慷慨更爱国,通过私人募捐组建起一支200艘五排桨战舰队伍,取得了最终的胜利。腓尼基人服输,放弃西西里岛和周边岛屿,在10年内支付一笔战争赔款。罗马第一次拥有了亚平宁半岛以外的领地,开弓没有回头箭,从此开始了向海外扩张,成为海上

迦太基遗址

大国的步伐。

心有不甘的腓尼基人卧薪尝胆20多年，发动了第二次布匿战争，而且把战火燃烧到了欧洲大陆。他们在西班牙拥有领土，那里的银矿不仅足以付清赔款，还得以壮大自身实力，那里还有一位年轻而杰出的将领汉尼拔。第二次布匿战争几乎就是他一个人在对抗整个罗马帝国，所以史称"汉尼拔战争"也不为过。汉尼拔深知迦太基已经失去了可与罗马抗争的海上势力，因此他动用4万大军，带着几十头战象，于公元前218年从西班牙出发，跨越宽阔的罗讷河，在暴风雪中翻越阿尔卑斯山。可以想见，当罗马人惊悉死敌的大军突然出现在罗马城后面时，会是何等惊恐的表情。一年后在罗马人家门口的坎尼战役中，罗马7万大军几乎全军覆没，连罗马执政官也战死沙场。设想一下汉尼拔的战象在罗马军营里横冲直撞，令初见庞然大物的罗马将士目瞪口呆的场面，足以满足我们对一场古代战争最浪漫的想象。汉尼拔用四场战役消灭了三支敌军，打到了罗马城下，但苦于没有攻城利器，战线太长也缺乏补给和救援，从而给了罗马人喘息之机。汉尼拔的对手毕竟是意志坚定、根基深厚的罗马，在这场实力与耐力的决斗中，罗马笑到了最后，汉尼拔弟弟的援军被罗马人剿灭，战火最终烧回到北非迦太基的地盘上。打了16年的第二次布匿战争再次以腓尼基人签下苛刻的城下之盟告终，割地赔款，腓尼基人彻底退出西班牙和地中海诸岛，放弃北非以外的所有领地，解散海军，只留10艘对付海盗的小战船，赔款额也是第一次布匿战争的数倍以上，汉尼拔也被迫流亡，多年后在罗马人的追杀中自杀身亡，客死他乡。

照理说经此一战，迦太基已经元气耗尽，对罗马再也构不成威胁，但罗马人遭受的创伤同样太深，对腓尼基人始终心存芥蒂。而腓尼基人天生擅长经商理财，巨额的战争赔款也没能让他们垮掉，50年后物质财富增长，貌似又是一条好汉。罗马人坐不住了，一位名叫卡托的元老甚至在元老院会议上拿出一串从迦太基带回来的成熟的无花果，拍着桌子咬牙切齿地说："迦太基必须被毁灭！"公元前149年，罗马人再以一个莫须有的罪名出兵攻打迦太基，这一次，势必要彻底消灭对岸的世纪对手。在生死存亡面前，腓尼基人爆发出空前的团结力量，所有的生产力都投入到军事生产中去。他们与重兵围城的罗马军队缠斗了整整三年，终因实力悬殊、饥荒与瘟疫横行而抵挡不住。公元前146年，罗马人攻破迦太基城，血腥的巷战和杀戮又持续了六天六夜，25万腓尼基人被打得只剩下5万人，悉数被俘获成为奴隶。罗马人不允许留下死敌的印迹，又纵大火烧了三天三夜，令辉煌的迦太基城灰飞烟灭。第三次布匿战争告终，可以肯定的是，再也不会有第四次了。

从突尼斯城市中心驱车往东北一刻钟，就到了迦太基遗址。当年，腓尼基公主用一片剪细的牛皮圈定迦太基的疆域，今天，我们站在一片废墟前，感慨迦太基连一根牛毛的地方都不再拥有。那些断壁残垣，需要你的想象力去填补成一个在当时威震地中海的城邦。在一个圆锥形的山坡上，这里曾是剧场，那里是有下水道的民居，这边是沿街的商铺，那边的大道上，曾有许多用于作战的大象迈着沉重的脚步走过。不过，出现在我们眼前的很多遗迹，都不是迦太基的，而属于它的征服者——罗马。那些高高的大理石立柱和硕大的石雕头像，在这片迦太基废墟上出土，但却是古罗马文化的象征。迦太基和罗马这两个针尖对麦芒的势力，彼此斗争了六七百年，一旦胜负分明，一了百了的办法就是斩尽杀绝。罗马人也确实这么做了，他们几乎屠杀了能找到的每一个腓尼基男人，摧毁了矗立在那里的每一栋建筑，让整个城邦连同迦太基文明从地球上消失。据说他们甚至在迦太基的土地上撒盐，以期让这片土地永世无法耕种。可是，迦太基之所在，是北非地中海的黄金位置，是扼守西地中海与东地中海的核心关隘，罗马人怎会舍弃！

征服了迦太基后，罗马人在一片废墟上建设自己的城市。他们把这块跨越地中海的飞地叫作"阿非利加行省"。今天，我们用"阿非利加"这个名字命名整个非洲大陆。罗马人在这片新大陆的生活究竟如何？不妨去迦太基遗迹不远的安东尼浴室（Anthony's Bathroom）看看。这个庞大的公共浴室建在地中海边，规模与上海任何一个现代化的大浴场相比都不逊色，结构更是繁杂：更衣室、游泳池、按摩室、蒸浴室、温水室、冷水室。残砖废瓦上的雕饰和花纹精美华丽，而几根像烟囱一样高高矗立的石柱彰显着往昔的富贵，那是安东尼浴室休息厅的柱子。如果说古罗

安东尼浴室

马曾经诞生过太多伟大的哲学思想，那一定是罗马哲人在地中海边裸身净体，呼吸着海风，遥望高高的穹顶的产物。

如今，对于一个非专业人士来说，要在一片废墟中辨明哪些遗迹是腓尼基人的，哪些又属于罗马人是有些困难的。一般来说，被烧得只剩下地基和建筑结构的那部分基本属于腓尼基，而石柱、雕像等富于艺术感的遗存属于罗马。是不是腓尼基人天生只会航海，只懂经商，缺乏希腊人的哲思、罗马人的才艺？其实不然。

腓尼基人是工艺大师。无论在迦太基废墟还是在迦太基博物馆，你都能看到很多精美的马赛克镶嵌画，有地砖也有墙砖，主题涉及宗教活动、狩猎耕种和日常生活，图案精美，做工细腻。马赛克工艺始于美索不达米亚平原，腓尼基人将它带到了北非，使之成为时尚。腓尼基人手巧，他们从埃及人那里学会了制造玻璃和瓷器，编织亚麻，切割、捶打和雕刻金属的技艺，结合亚洲的装饰风格，创造出大量家具、金属器皿和手工艺品。他们提供的精美器物甚至是当时的希腊工匠无法完成的，而希腊贵妇心心念念的一件物品，就是腓尼基产的象牙雕刻狮子头梳。

腓尼基人是雕塑高手。虽然无法与希腊和罗马相比，很多作品也毁于战乱，但腓尼基人还是表现出了杰出的艺术天赋。迦太基博物馆内有两座大理石石棺，一男一女，棺盖上的人像雕刻精美细微，栩栩如生。研究他们的作品，会发现迦太基文明与古埃及文明的天然联系。古埃及多有狮身人面像，到了迦太基，雕刻的人像变成了人身、狮面，别有一番情趣。

腓尼基人还是天才的语言学家，他们给欧洲带去了字母。早在公元前 17 世纪，腓尼基人的祖先闪米特人发明了一套字母，包括 22 个符号，他们在发明的过程中参考了埃及的象形文字和美索不达米亚的楔形文字。腓尼基人将这套字母调整排列顺序并列表，为每个字母取名。第一个字母被称为"公牛"（aleph），第二个字母"房屋"（berth），以此类推。是不是很熟悉？腓尼基人可能缺乏文学细胞，没有留下什么文学作品，但他们在经商时用腓尼基文字在纸莎草纸上记录各项数据，留下各种记录，渐渐地和他们做生意的希腊人学会了用这套字母拼写希腊词语，再加以完善和系统化。整个西方文明的语言体系，都应感谢腓尼基人的独特贡献。

今天，我们享受着腓尼基人带给我们的文明遗赠，却无法在这个地球上找出一个真正意义上的腓尼基人了。两

腓尼基遗迹和罗马遗迹已经混杂难辨

千多年前那场持续了一个多世纪的战争，是印欧人对抗闪族人的战争，更是一场争夺世界的战争。你死我活的较量注定只有一个幸存者，无论谁取得胜利，都将是赢家通吃，成为地中海最为强大的国家，并以这一身份继承人类文明自埃及至古希腊以来的丰厚历史和文化遗产。

历史选择了罗马。

现在，这个发源自台伯河的不起眼的小村镇不仅控制了欧洲的大片领土，还跨越大洋，在亚非大陆开启了全新征程。

罗马人在突尼斯留下的遗迹不少。另有最著名的两个，一个在突尼斯城西南110公里处的杜加（Dougga），这里有保存非常完整的古罗马时代遗址，有位于城镇制高点的神庙、可容纳3000多人的圆形剧场、舒适的大浴场和错综复杂的街道；还有一个在视觉上更为恢弘，那就是突尼斯城东南200多公里处的艾尔·杰姆斗兽场（El Jem Colosseum）。这个蜂蜜色的古代建筑是如此庞大，使得紧挨着它的艾尔·杰姆小镇看上去像个体育场附属的杂乱停车场。古罗马人跨海占领了迦太基后，把这里当作自己的后花园精心照料。这座斗兽场是2000年前钱多得花不完的橄榄油商人出资建造的，其占地面积似乎不比上海的八万人体育场逊色。巨大的石块层峦叠嶂地堆砌起来，当你爬到建筑顶端时一定气喘吁吁。昔日的场景和电影《角斗士》里的别无二致：狮子、老虎都被养在贯通南北的地下笼舍里，也许角斗士也被关押在旁边。一旦被拉上圆形的斗场，迎接他们的是看台上的欢呼喧叫、刺眼的地中海阳光，以及你死我活的对手：人，或者野兽。在落败方一命归西之后，这里又变成酒池肉林的狂欢场所，带着血腥的迷醉。古罗马斗兽场堪称公元前的赌城，如今存世的斗兽场只有六个，其中两个在意大利，两个在法国，一个在克罗地亚，欧洲大陆之外唯一的一个在突尼斯，而且规模排得上老三。

罗马人自征服了迦太基，就注定将南征北战，不得停歇。在阿非利加，他们要向非洲大陆的纵深进发，他们将告别温暖的海水、湿热的海风，一路向南，那里有灼热的阳光，还有茫茫大漠。他们走得足够远，只有遇到漫漫的撒哈拉大沙漠才会止步；他们待得足够长，直到其子孙拜占庭人遇到强劲的对手——阿拉伯帝国。

七分之一的麦加

地中海南岸的北非国家，除东侧最靠近亚洲的埃及以外，从西向东依次是摩洛哥、阿尔及利亚、突尼斯、利比亚，地理上称为马格里布地区。在这个地区旅行很容易搞错

麦地那旧城的一家铜器店

一个地名：麦地那（Medina）。这"麦地那"不是沙特阿拉伯的伊斯兰圣城吗？怎么一会儿出现在的黎波里，一会儿出现在卡萨布兰达，一会儿又现身到突尼斯城来了？这才知道搞错了。"麦地那"除了那座圣城，阿拉伯语还有"老城"的意思，专指阿拉伯人传统聚居的城区。北非小国突尼斯，面积相当于山东省，却拥有七八个联合国教科文组织认定的世界文化遗产，其中的三四项都和麦地那有关。

突尼斯在历史上受到多种文化的影响，但影响最深的还是阿拉伯文化。阿拉伯人从 7 世纪后半叶从阿拉伯半岛侵来，和土著的柏柏人先冲突，再融合，将近 10 个世纪，如果加上同样属于伊斯兰文明的奥斯曼帝国占领时代，就更加漫长了。在这悠悠千年岁月面前，前面的古罗马统治时代太遥远，后面的法国保护地时代又太短暂。所以要问传统的突尼斯人如何生活，最好的答案就是去逛逛阿拉伯人的传统聚居区——麦地那。

突尼斯城的麦地那保护得相当完好。现代化的都市大道在一扇土褐色的拱门前驻足,这拱门其实是麦地那旧城十几面城墙之一,当年拱门外就是地中海的汪洋,如今填海成了漂亮的新城区;拱门内就是此起彼伏的叫卖声、叮叮当当的敲击声、高亢深沉的诵经声,从来不曾断绝。如果不是头顶上偶然现出远处的清真寺,还真以为到了中国的哪个庙会。窄窄的街巷,两边都是店铺,卖瓷砖的,卖地毯的,卖金银首饰的,卖手表古董的……最绝的是卖铜器的,店门口挂满了锃光瓦亮的工艺铜盘,光耀四方直如百面照妖镜。循着叮叮咚咚的击打声,才能在一堆铜盆中找到铜匠滚圆的脑袋。

书上说突尼斯城的麦地那仿佛一个蚂蚁的巢穴,小街窄巷如穿窿四散。我们也如蚂蚁入巢,瞎走乱窜。随行的伊萨姆是土生土长的当地人,居然承认也在这里迷失过几次,那我们就更不指望还能从进来的那个拱门出去了。其实,在外人看来杂乱无章的麦地那有着自己的规律。在这

突尼斯城的麦地那

个封闭的阿拉伯世界里，有2800个手工作坊、3000多家店铺，各色小作坊和小店铺各司其职，组成了不同的街坊：铜器巷、香料巷、服装巷、织毯巷、木器巷、首饰巷、毡帽巷、餐饮巷。生活在麦地那的当地人很容易找到他们的需要，更何况，还有一个坐标绝对不会迷失——城中央的大清真寺。

这座占地5000平方米的大清真寺被此巷那巷包围，据说可以容纳2000人祈祷。我们七转八绕了半天，居然不得其门而入！大概在地毯巷的某个角落，我们稀里糊涂地被引入一栋自称是哪个阿拉伯王朝旧宫殿的老宅。老宅已经变成了地毯商店，我们没兴趣，直奔三楼的阳台，老城旧貌尽收眼底。那貌似遥不可及的大清真寺终于浮现眼前，高高的宣礼塔无疑是麦地那的地标。周边的旧宅凌乱错落，铺展搭置成那让我们晕头转向的蚂蚁巢穴。而我们脚下的阳台地面，居然是用漂亮的碎马赛克铺就的，阳光下闪着迷人的光泽。大块面的碎马赛克一直绵延到墙面的窗棂，和远处的老城景致构成一幅精妙的伊斯兰装饰画。凭此一景，虽然对他家的地毯敬谢不敏，但还乐于相信那阁楼上曾经住过阿拉伯的贵族。

再次回到迷宫般的"蚁穴"。这次吸引我们的是窄巷边的咖啡馆。幽暗的厅堂内，咖啡馆所谓的西方小资情调荡然无存，一色伊斯兰风格的马赛克墙砖，蔓藤花纹纤细幽静，使本来就暗淡的环境更显拙朴。男人们三五成群地坐在里面，有的高谈阔论，更多的则是沉默发呆，不过嘴边啜着咖啡，咕噜咕噜地抽着水烟，一脸的满足。我们坐下，一杯卡布奇诺，一杯意式浓缩，一杯突尼斯特有的薄荷甜茶，看街边人来人往、你吃我喝，呆坐了半晌结账，居然只要人民币10块钱！回身再望，喝茶的依旧喝茶，抽烟的继续抽烟，丝毫没有散会的意思。喝过咖啡，街角对面的路边餐厅又勾起我们的食欲。狭长的店面一分为二，一半店堂，一半厨房，做菜的看着吃饭的，吃饭的看着做菜的。蒸黄米配炸鱼或牛羊肉的库斯库斯是北非招牌美食，一定要尝尝；整只的羊头有点瘆人却也诱人，不妨劈开来上半个。我们落座，店主来问要不要喝茶。我们说要，店主却飞奔出门，未几，引回一人端薄荷茶来。定睛一看，居然就是对面咖啡店的小老板！

突尼斯城的麦地那，忙乱与闲适同在，嘈杂与清幽同在，神圣与世俗同在。不过你据此以为这就是最好的麦地那旧城可就错了。只有在那个咖啡馆和小饭店里，才感觉这里是阿拉伯人聚居的地方，首都的"麦地那"更多像个旅游景点，不可避免地多了些商业气息，就好比你已经没法跑到城隍庙去感受传统老上海人的生活一样。一路往南吧！凯鲁万（Kairouan），伊斯兰心目中的重镇，真正的麦地那已经在那里守候千年了。

凯鲁万，距首都南部将近200公里，人口不过10万出头，沉静肃穆，毫无现代气息，却是伊斯兰世界除麦加、麦地那、耶路撒冷之外的第四大圣城，理由非常简单：凯鲁万是伊斯兰世界在非洲大陆建立的第一座城市。

穆罕默德创立伊斯兰教，带领信众从广袤浩瀚的阿拉伯半岛走出，建立了政教合一的神权国家，并将发展重心移到土地更丰饶的肥沃新月地带，也就是地中海东南沿岸叙利亚、黎巴嫩、以色列以及延伸的波斯湾等地。穆罕默

凯鲁万

德去世后,阿拉伯人经历了四任继任者也就是正统哈里发的统领,前赴后继,扩大版图,最大的成就就是占据了神圣的耶路撒冷。但矛盾随之而来,阿拉伯人在继承人的问题上发生重大分歧,分裂成逊尼派和什叶派两大派别。乱世出英雄,逊尼派中精明强干的穆阿维叶战胜对手,于公元661年建立倭马亚王朝,定都大马士革。倭马亚王朝与前朝最大的区别,是废除了原先民主选举哈里发的制度,成为世袭的君主国,而它的野心也绝不仅限于攻下耶路撒冷,它要以肥沃新月地带为中心,吞并西亚,征服非洲,北上西班牙,东进印度河,乃至觊觎大唐,它要开创属于伊斯兰的伟大帝国。

阿拉伯人从阿拉伯半岛西进,跨越红海进入非洲大陆,先在利比亚驻足,然后进攻突尼斯南部。公元670年,穆阿维叶任命手下大将奥克巴为非洲地区总督,增派一万骑兵。奥克巴在突尼斯中部选了一个内陆地点安营扎寨,修筑城池。此地被命名为"凯鲁万",正是"兵营"的意思,从此,这个由兵营发展起来的城市成为阿拉伯人征服马格里布地区的大本营。

凯鲁万瞄准的正是 200 公里外的原迦太基城。迦太基于公元前 146 年被捣毁后,罗马人并未如诅咒所言遍地撒盐令其永世不得耕种,相反却将之建设成帝国的大后方和大粮仓。此后帝国衰落,分裂成东罗马和西罗马两半,东罗马也就是拜占庭帝国又承其衣钵,将北非领地苦心经营了一两个世纪,直到遇到伊斯兰这个西方基督教文明最强劲的对手。

奥克巴以凯鲁万为基地,对马格里布地区发动了猛烈的进攻。他四处劫掠,杀戮了无数的柏柏尔人,摧毁了拜占庭人在北非的根据地。据说,他曾打到了大西洋沿岸的吉尔角,最后是波涛汹涌的海洋才勒住了他的坐骑。不过常在河边走,哪能不湿鞋,奥克巴嗜杀成性,最后也不免被杀,他在阿尔及利亚遭柏柏尔人袭击身亡,尸体就地埋葬,坟墓成为阿拉伯人朝拜的英雄圣地。整个北非地区又在拜占庭和倭马亚之间拉锯 330 年,阿拉伯人开疆拓土的雄心和勇气绝非老气横秋的拜占庭可比,公元 693 年,他们取得了最终的胜利,将拜占庭人彻底地逐出了北非地区。当年罗马人雄赳赳南渡灭了迦太基,今天他们的子孙又灰溜溜地北归了。

毫不夸张地说,凯鲁万就是伊斯兰世界在非洲的福地。倭马亚王朝在北非的行省名为易弗里基叶,凯鲁万正是其首府。无论是军事还是宗教,阿拉伯人的事业都从这里发端。

今天走进凯鲁万,已经感受不到一丝硝烟的气息。凯鲁万城被一个周长 3.5 公里、高达 10 米的完整城墙围裹起

居家的窗花雕镂得密难透风

来。阿拉伯人建城后,不仅与土著的柏柏尔人战争,其内部的什叶派和逊尼派也战乱频仍,我们看到的城墙虽也古老,却已是第七次重建。黄土地上耸立的褐色城墙给人以沙漠地区的苍凉感,但进得城内,却是一片耀眼的白。这里几乎家家户户的外墙都是白色的,和明媚耀眼的阳光一起提醒你,这里的风,来自临近的地中海。想了解道道白墙后面是什么吗?看门窗吧!绿色的门里面就是小型清真寺,蓝色的门里面就是居家,精神世界和世俗生活就这么彼此相连。居家的门是蓝的,窗也是蓝的,而且窗花雕镂得密难透风。这窗是专为居家的伊斯兰女性设计的,她能看你,你没法看她。

凯鲁万与突尼斯城的不同,是嗅嗅空气都能感觉到的。

这里没有太多的商业气息，虽然商店和作坊的设置和其他的麦地那相仿，但显然是为围墙之内的居民生活而存在的，油饼滋滋作响，薄荷茶袅袅飘香。往来行人低头走路，不像首都拉客的人在你耳边聒噪。妇女多以一袭白袍裹身，只露眼鼻，绝不与陌生人搭话。七弯八绕的小巷一定会把新来的游客搞得晕头转向，当地人也不以为意。他们在此世代生活了十几个世纪，天天五次诵经，赞美真主的伟大。凯鲁万的一切，让你领略一个传统伊斯兰城镇的生活常态：收敛，自省。

凯鲁万也有个大清真寺（Grand Mosquee），占据了老城东北部很大一块地方，名头要远比首都的大清真寺来得响亮，其神圣庄严也绝不允许被小商小贩们包围。离得还

凯鲁万大清真寺

围墙高阔

远,它巨大的外墙就震慑了我们的脚步,与其说是个寺院,不如说像个城堡,城墙高阔雄伟,四角有岗楼,门楼有御敌设施,35米高的宣礼塔是这个城市最高的建筑,每天五遍的唱经声从这里传遍全城。围绕着宣礼塔,是一个带拱廊的巨大的长方形内院。由于凯鲁万是伊斯兰世界在非洲的第一个城市,奥克巴为之花费了不少心思,这座大清真寺也由他初建,后来又以他的名字命名。奥克巴清真寺成了北非及西班牙所有地区清真寺的模板,即便是突尼斯城麦地那的那个清真寺,也是按这个形制建造的。倭马亚王朝并非只懂打仗。穆阿维叶有句名言:"用鞭子可以得到的地方,我不用宝剑;用舌头可以得到的地方,我不用鞭子。"虽然阿拉伯人从来不吝使用宝剑,但用舌头的功夫也不在罗马人之下。罗马人统治北非那么久,甚至与原住民柏柏尔人并肩战斗，却依然不能与他们融为一体。反倒是阿拉伯人在赶走了罗马人之后，成功地向柏柏尔人灌输了伊斯兰教的意识形态和阿拉伯人的生活习俗。半开化的柏柏尔部落开始说上了阿拉伯语，并皈依伊斯兰教，成为伊斯兰世界向欧洲反戈一击的主力军。阿拉伯帝国的疆域扩充到整个北非乃至西班牙等南欧地区，作为伊斯兰宣教中心的凯鲁万功不可没。

关于奥克巴清真寺有一大串的数字，记都记不住，比如大讲坛的几百块嵌板来自印度杉木，大殿的多少面装饰来自伊拉克贴砖，这在1300多年前是个多么浩大的工程。更独特的是，寺院的许多回廊石柱纹饰和形状各有不同，原来这些都是就地取材于周边的迦太基、古罗马和拜占庭建筑废墟。奥克巴清真寺建于阿拉伯人建城之初，公元820年左右扩建到现在的规模。无论是迦太基还是古罗马，在当时已经是几百甚至上千年前的往事，昔日辉煌都成残砖废瓦被拿来一用。而今天，阿拉伯帝国本身也成了千年一叹的历史。

倭马亚王朝虽然强盛，却并不长久，只有短短90年的寿命，它败给了自家兄弟、自认为从血统上更接近于先知穆罕默德的阿拔斯派。公元750年，阿拉伯帝国改弦更张，阿拔斯王朝定都巴格达，开始了其历时500年的统治。神龟虽寿，犹有竟时，长寿阿拔斯的生存质量着实不高，除了早期几十年比较强盛以外，在绝大多数岁月里，阿拔斯王朝的哈里发们对各地的军阀割据势力无可奈何。阿非利加行省的军阀叫作艾格莱卜，他名义上承认哈里发的宗主地位，每年缴纳少量贡赋，实际自称埃米尔，行使行政、

凯鲁万老爷子

军事、司法和税收权力，俨然是个独立王国。不过，这家土皇帝干得还算不赖，不仅牢牢守住了北非地界，还一度把触角伸到了马耳他岛和西西里岛。艾格莱卜家族对首府凯鲁万的建设更加用心，修筑了近百个清真寺，成立了多家宗教学校，吸引和培育了大量学者，鼓励学术，重视艺术，以此为基地向地中海区域传播伊斯兰教和文化，而其最大的手笔无疑就是重修奥克巴清真寺。

凯鲁万的古老，还有几样有趣的物证。有个寺院俗称"理发师清真寺"，埋葬着先知穆罕默德的追随者阿布·扎马的遗骸，此君生前一直带着先知的三根头发四处游历传教。这三根头发依然在寺内存放，这里无疑就成了许多伊斯兰信徒拜谒的地方。还有个叫巴鲁塔（Bir Barouta）的水磨房，我们起初还以为又是骗骗游客的小把戏，其实它已经老到有1200多年的历史了：每天清晨，一头骆驼会被牵上楼，蒙着眼睛，拉着水车一圈圈地转动，汲起一罐罐的水供居民们使用。据说，这口凯鲁万最早的水井连着圣城麦加。一代代的凯鲁万人就在这里获得生命的源泉，直到有一天不再需要用这种方式汲水。只是，水房依旧，骆驼还在。敲一敲水池，骆驼就乖乖地转起圈来，只不过喝水的人换成了好奇的游客。

11世纪以后，由于需要在地中海南岸设立海军，在迦太基废墟上重建了突尼斯城，沿海城市的地利优势凸显，凯鲁万渐渐被突尼斯城超越，不再是北非宗教、文化和艺术的中心，但在伊斯兰社会面临现代化和西方潮流冲击的今天，沉着安静、风采依旧的恰恰是凯鲁万。黄昏时分，我们即将离开，奥克巴清真寺里又传来悠扬洪亮的诵经声:"祂是唯一的真主、唯一的永恒,祂不会冒犯人,也不会被人冒犯。祂无与伦比……"

在交通不便的古代,非洲穆斯林有一个说法:"去过七次凯鲁万,就等于去过一次圣城麦加。"今天,如果有人问有没有去过麦加,我会回答:我去过七分之一。

从突尼斯城到凯鲁万,由北向南短短200公里的路程,无论是自然景观还是人文环境都发生了有趣的渐变。突尼斯城经历了从迦太基到罗马、从拜占庭到阿拉伯、从奥斯曼到法国殖民地的极其复杂的文明交叠,信仰的旗帜变来变去,到最后就不那么纯粹了。于是,信仰归信仰,生活归生活,所以,当你走在布尔吉巴大街上,看到玻璃窗内烟雾缭绕,成群的男人们坐在那里,频频举起手中的啤酒杯,千万不要吃惊到合不拢嘴。在这个伊斯兰国家的首都,清真寺的诵经声响起的时候,门外的女人不用戴头巾,男人们可以照常喝酒。但是越往南走,蓝色的大海不见了,葱翠的绿意也越来越少,褐色的黄土与沙漠渐渐显现,浓郁的阿拉伯风味这才弥漫开来。在城市的边远角落,在长途公路两旁,咖啡馆或茶馆的门面变得简陋,当地人土衣布衫,同样无所事事地坐在那里,神情呆滞而满足。沿路成排的小饭馆用一种独特的方法招揽顾客:炉火上冒着轻烟,屋檐下倒挂着刚宰杀好的、开膛剖腹的绵羊,而就在不到两三米开外的地方,几只活羊被圈在一边,不知所措地望着往来的路人,它们旁边还有倒悬示众的同伴的尸首。

一路上,我们在探讨着地貌的变化与文明的变迁,从基督教文明转为伊斯兰文明,人类变得更文明还是更野蛮?容易被忽视的是:伊斯兰世界曾经对人类文明做出过

待宰的羔羊

巨大的贡献。在倭马亚王朝和阿拔斯王朝的鼎盛时期,阿拉伯人追求文化发达、科学昌明,并不仅仅限于叩首诵经。他们从蛮荒的沙漠地带而来,征服了比它先进的文明之后,乐意放下身段,当被征服者的学生。阿拉伯人在巴格达建立了智慧馆,由图书馆、科学院和翻译局3个机构组成,这是继公元2世纪亚历山大博学园之后最重要的学术机构。他们甚至跑到对手拜占庭帝国的皇帝那里索取欧几里得的《几何学原理》等古希腊著作,拿回来翻译成阿拉伯文。在阿拔斯王朝成立100周年的时候,古希腊重要的哲学和自然科学著作差不多全都译成了阿拉伯语。彼时欧洲大陆正处于中世纪的蒙昧时期,不少希腊语原本早已遗失,是阿拉伯语版的古希腊的研究成果死而复生,为后来欧洲大陆文艺复兴保留了火种。阿拉伯人还是东西方文明传播的优秀使者,他们将中国的指南针用于航海术,将中国的造纸术用于学术研究和教育,并将之传播到西方。阿拉伯人还在天文学、地理学和医学上有独到的研究和发明，在数学领域上的成就更广为人知，他们将源自古印度的十进位数字加以改进并传播，成为今天人人都在使用的阿拉伯数字。

聊聊历史，打打瞌睡，车又南行了一两百公里。两边的景色继续发生着变化。原先森林茂密，绿树成荫，不知何时绿色渐渐稀少，褐色慢慢增多，沙砾也开始出现。沿路种植的油橄榄树本来还排列紧密，到了南方连树间距也大起来了。伊萨姆告诉我们，油橄榄树的间距代表着地下水的多寡。间距拉大了，说明地下水变少，沙漠也不就远了。

我们的目标是迈特马特（Matmata），当年第一部《星球大战》取景的地方。你在银幕上看到的外星世界其实是历代柏柏尔人为了避暑挖的地洞和穴居，这些外貌奇怪的洞穴被开凿在土褐色的岩石山上，像瞪着无数双黑眼睛的天外怪物。从突尼斯城到这里，只不过在跨度1000公里的南北通道上走了一半多一点，但葱翠的绿意已被满目的褐黄取代，人文景观也渐渐稀少，往来的车辆不再频繁，连道路也变得狭窄起来。北边从迦太基到古罗马、从阿拉伯到法兰西的纷杂交替、人世沧桑，在这里成了千年不变的浩浩黄沙。站在这里，你必须做出抉择。往东，依旧能见到浩瀚的地中海，明媚的阳光，幽深的海水。往南，则只能沿着狭长道路前行，你将选择寂寞，2000公里长的撒哈拉人沙漠从这里拉开序幕。

历史也不过如此，再强大的文明，在此遇到大自然的伟力，也只有停下前进的步履。

第七章

日落地中海　土耳其

以弗所的美好生活

地中海周边的版图，今天已被很多国家切割，互为邻居，还彼此看不顺眼。希腊批评北马其顿盗用了"马其顿"这个本属于他们的字眼当作国名；土耳其嘲笑希腊人懒、无能，配不上祖先的伟业；塞浦路斯又指责土耳其觊觎和侵占他们的领土……其实在奥斯曼土耳其帝国崩塌之前，这片辽阔的水域虽几经易手，但总体上是一家。现代土耳其地处欧亚交接地带的安纳托利亚半岛，也就是小亚细亚，自独立以来就一直纠结于以其伊斯兰身份如何能被以欧盟为代表的西方社会接纳。几千年前，这根本不是问题，无论是爱琴海西边的希腊诸岛、亚平宁半岛，还是东边的安纳托利亚，都属于伟大的古希腊和古罗马。

沿着土耳其西部海岸线，从伊斯坦布尔奔向全国第三大城市伊兹密尔，不是为了美丽的爱琴海，而是为了一个属于那个时代的城市——以弗所（Ephesus）。

如果光看地图的话，以弗所安安静静地居于爱琴海边缘线内侧一点点的地方，但事实上，以弗所只存在于地图上、史书中、废墟里。今天的以弗所并没有什么行政机构、工商区域、市政设施，面积也只有一个公园大小，走快点的话一个小时足可以绕上一圈。可是，以弗所却在土耳其的版图上把周边其他真正意义上的城市压得无声无息，因为早在公元前600年之前，这里已经初具城邦的轮廓，而直到公元6世纪之前，以弗所都是地中海东部地区最声名显赫的城市之一。幸运的是，以弗所居然躲过了人类几个世纪的战火，用一段一段惊艳的残垣断壁，记录着千年之

以弗所库里特斯街

前当地人的美好生活。他们和我们那么相似，仿佛就是同一幢旧宅里前世的邻居。

没有人确切地知道是谁、在什么时候建立了以弗所，有人根据史书认为这里就是公元前 1500 年左右的安纳托利亚古国阿扎瓦的都城。比较有想象力的倒是一个神话传说，说的是第一批古希腊的先民不知去何处定居，求教于阿波罗神。阿波罗给了他们一个神秘的建议：去一条鱼和一头猪指引的地方居住。领头的雅典王安迪克勒斯在考虑这个建议的时候，正在和朋友们一起煎鱼。那条活鱼被煎得从锅里跳了出来，燃烧的木炭飞溅，点燃了周边的灌木，惊出了草丛里的一头野猪。先人定居的地方就这么定了下来。以弗所西边靠海，南边靠山。海里有鱼，山里有猪，的确没有选错地方。

远古时期的以弗所就很繁华，以致在公元前500多年时，就有一个古国的国王把以弗所列为他要征服的头号城市。这个古国叫作吕底亚，国王名叫库罗伊索斯，就是他后来跑到德尔斐去讨神谕，结果错误地发动了对波斯的战争以致亡国。但库罗伊索斯确实不费一兵一卒，就成功地将以弗所收为己有。无论对城市还是对臣民，库罗伊索斯都礼待有加，因为这是阿尔忒弥斯之城。月亮神阿尔忒弥斯是太阳神阿波罗的孪生妹妹，兄妹俩掌管着天地间的日月更替。阿波罗在德尔斐有属于自己的神庙，而以弗所城里则有座伟大的建筑属于阿尔忒弥斯。据考古发现，阿尔忒弥斯神庙（Temple of Artemls）有127根高大的石柱，面积是雅典帕特农神庙的四倍，这是个何等惊人的数字。它巍然屹立在以弗所东北郊的小山上，迎接着摩肩接踵前来朝觐的信徒。阿尔忒弥斯神庙与埃及金字塔、巴比伦空中花园、亚历山大灯塔等并称为古代七大世界奇观，只是神庙早已被毁，如今只有在遗址留下的残破凌乱的碎片。只有一根石柱擎天而立，那也是后人将发掘出的石柱残段拼接而成，已不值一看。

关于阿尔忒弥斯最独特的记忆，留存在以弗所博物馆里，那是一尊比真人还大的阿尔忒弥斯雕像。传说中的月亮女神容貌艳丽，冰清玉洁，始终保持处女之身，对性事了无兴趣，但这个1956年才在神庙废墟里出土的雪花石膏雕像，面容沉静，胸前却缀满了一串串葡萄般的乳房，足有三层之多，喻示着生殖能力的强盛和大地的丰产。

奥林匹亚供奉宙斯，德尔斐供奉阿波罗，雅典供奉雅典娜，以弗所供奉阿尔忒弥斯……这几个城市各司其职，

阿尔忒弥斯雕像

把天上的各路神仙服侍得妥妥帖帖。

今天我们看到的以弗所,基本都是罗马帝国的遗留。在那个时期,以弗所被奥古斯都大帝选定为小亚细亚行省的首府,从此开始了它全新的辉煌历程。那时留下的铭文已有记载:"亚洲第一个最大的大都市。"这个大都市有多大呢?以弗所最著名的建筑之一就是那座可容纳25000人的环形大剧院,依山而建,面向大海,气势磅礴。这座伟大工程兴建时,是以当时百分之十的人口设计的。也就是说,以弗所在世纪初的人口,就达到了25万,都市气象蔚为大观。即便是今天,走进以弗所的第一感觉一定是震撼。无论是保存完好的还是散乱一地的,这些廊柱、拱门、石块、地基都在向我们展示着2000年前以弗所人的平凡生活。

爱琴海的海浪拍打着岸边。看到岸上耸立的排排廊柱,你就知道东方大都市以弗所到了。连接港口到市中心的是大理石铺就的港口大道(Harbor Street),长500米,宽11米,那些精美的廊柱就是港口大道两边的装点物。喧嚣是即刻就能感受到的,因为廊柱的后面就是一长排的店铺。店铺设计得十分合理,白天可以把摊位挪到阳光下,晚上收摊了可以撤回里面收起。不过别以为古人就必定日落而息。港口大道在晚上是有50盏街灯照明的,夜市应该也很热闹,在当时只有帝国首都罗马才享此殊荣。

港口街旁有个港口浴室,上岸的旅人、城市的居民都可以在此洗浴休闲。在小小的以弗所,公共浴室有两三家,

大剧院

无偿向公众开放。你可以到椭圆的池子里去泡一泡，或者去蒸一蒸桑拿。穷人洗去身上的泥水，接着出门干活；富人则可以在那里多躺一会儿，让仆人按摩，顺便聊聊国事家事。比公共浴室还要多的是体育场馆，供市民锻炼身体。场馆内均铺有图案精美的马赛克。有些场馆自带浴室，冷水、热水、温水分开提供。那时候，已经有人乐善好施，比如捐一座浴室或体育馆以为公用。政府也知鸣谢，在浴室或场馆门口立施主的塑像以志纪念。

　　港口街的尽头就是大剧院，其规模已毋庸赘述，想想今日几十万人的集镇，都绝少有可容百分之十民众的集会场所。大剧院是典型的古罗马风格，弧形包围舞台，座位逐级而上，视线彼此不遮挡。舞台的背墙砌三层，均有精美雕饰。最前排的位置留给贵宾，后面是男人的座席，而女人只能上到最高最远的看台。其实这里并不是以弗所唯一的集会和文艺场所。在500米外城市的另一头，还有一个小型的环形剧场，似乎更加秀美可爱，可供演出，更供政要集会商讨政事。

除了锻炼、泡澡、观剧和购物，以弗所人还蛮可以在城里转转，欣赏一下几座神庙和拱门。这些建筑甚多，零星散布在城中，既是宗教场所，又是艺术殿堂。最精美的一座应该是库里特斯街上的哈德良神庙（Temple of Hadrian）。又是这位如乾隆御览般四处留印迹的哈德良皇帝，帝国在他的治下于公元2世纪获得了最广阔的疆域，神庙算是献给这位罗马贤君的礼物。神庙里侧拱顶塑有希腊神话中的女妖美杜莎的头像。美杜莎和海神波塞冬躲在雅典娜的神殿后做爱，终被雅典娜发觉。大怒的雅典娜让人取下美杜莎的首级，并将她的头嵌在神盾埃癸斯的中央。任何直望美杜莎双眼的人都会变成石像，这个传说留传数千年不变，土耳其人至今喜欢戴一个眼珠状的蓝色玉石以避邪。

城市的主干道叫作库里特斯街（Curestes Street），相当于上海滩繁华的南京路，两边的景致和装饰丝毫不亚于港口大道，甚至比港口大道有更多情趣。比如拐角有个男厕所，2000年不用了，女性游客到此也不必脸红。一长条的大理石上依次挖了一排圆洞，是为坐坑，想来要远比中国农村的蹲坑来得讲究。下有顺坡而下的山泉流水冲洗，除秽去味。天冷的时候，有钱人会让仆人先坐，为自己暖暖屁股。这都只是寻常的公共设施，最冲击人们视线的，是顺坡而下的大街尽头，耸立着以弗所乃至古安纳托利亚

科鲁苏斯图书馆

地区最具标志性的建筑——科鲁苏斯图书馆（Library of Celsus）。当你跟跟跄跄地从起伏的坡道上颠簸而下时，面对这一堵牌楼般的高墙，你无法不抬头仰视。科鲁苏斯是公元 2 世纪罗马帝国掌管小亚细亚地区的执政官，这座图书馆是他的儿子以父之名而建。图书馆 1.2 万册的纸莎草纸藏书早已荡然无存，科鲁苏斯的石棺倒还依旧埋藏在图书馆的地下。图书馆其实不大，但壮美的外墙使它看上去雄伟高大，墙面的龛内雕刻着四大美神，分别代表善良、思想、知识和智慧，均精细入微，妙不可言。

以弗所人一定和我们一样，在门口仰望一下这美轮美奂的建筑，然后进入内墙，进入飘洒着书香的殿堂。不过，也有一些以弗所男子，装作进入图书馆，却半道打个弯，从一个隐秘的地下通道折返到大街对面。那里有他们真正梦想的地方：妓院。妓院门口用作标志的石柱今天还在，老鸨就是在这里接待客人。不过进场之前还需验明资格，门前有块石板，刻着一个凹形的足印。客人的脚型超过这个足印，证明已经成年，才有资格入场享受男欢女爱。老鸨会根据客人出资多少发一个红筹或白筹。白筹只提供速战速决式服务，红筹可以和妓女多缠绵一会儿。客人喝着老鸨送的美酒，点选成排站立的女子。美酒催情，老鸨送酒自有她的道理。妓院也有定期的卫生检查，妓女用酸性的柠檬汁来防止怀孕。她们挣到了足够多的钱后，会远走他乡。以弗所非其久留之地。

大致说来，以弗所是个歌舞升平、声色犬马的城市。比首都罗马还有优势的一点是，以弗所不在欧洲大陆，不用担心北方蛮族的骚扰和侵略，日子过得安安稳稳。不过，物质丰盛、生活安逸的社会也会冒出个别不甘寂寞的人，他们振臂一呼成为精神领袖，事情就会变得复杂。在公元1世纪，使徒保罗出现在以弗所，后世基督徒对保罗极其尊崇，称之为圣保罗。保罗是生于今土耳其境内的犹太人后裔，从没见过耶稣，他起初坚持犹太教传统，认为传播耶稣的思想是违背传统信仰的，因此极力迫害基督徒，但后来在前往大马士革迫害门徒的途中，保罗得到耶稣奇妙的异象启示，自此悔改归入主的名下。此后，保罗一生中至少进行了三次漫长的宣教之旅，足迹遍至小亚细亚、希腊、意大利各地，在外邦人中建立了许多教会，影响深远，是对早期基督教发展贡献最大的人。公元53年，保罗来到以弗所布道，赢得了大批追随者，并建立了第一座基督教堂。保罗的宣教活动在平静的以弗所引起轩然大波，因为

图书馆墙面的美神雕像

当地的珠宝商靠贩卖阿尔忒弥斯的银像赚钱,改变信仰无异于要断他们的财路。于是珠宝商们在大剧场组织万人大会,高呼口号,攻击保罗。保罗被迫出走布道了三年的以弗所,并最终被囚于罗马。在狱中,他写下了著名的《以弗所书》,给远在以弗所的外邦信徒。公元67年,保罗在罗马殉道。《以弗所书》成为《圣经·新约》的重要组成部分。后人有评价说,保罗的书"充满安宁、默想、敬拜和平安的气氛"。

保罗不仅自己在以弗所留下足迹,据说还为这座城市带来一位重要人物。他从耶路撒冷接来了失去爱子、孤独无助的圣母玛利亚,让她在以弗所近郊定居下来,直至去世,在据信她居住的原址上,还建有一座教堂以为纪念。

在此之前,还有一位名人的亲戚曾在以弗所居住。近代考古学家发掘出一座古墓,经鉴定墓内的骨骸极有可能属于埃及艳后克里奥佩特拉的亲妹妹阿希诺伊。当年埃及艳后与恺撒有染引起托勒密朝中大臣的不满,有人试图立年轻她10岁的妹妹阿希诺伊取而代之,结果手段老到的克里奥佩特拉将阿希诺伊发配到大海对面的以弗所,没过几年想想还不放心,又派人追去,终结了亲妹妹17岁的生命。阿希诺伊的遗骸在"二战"时不知所终,好在发掘时拍摄了足量的照片,近年来经科学技术复原,人们发现阿希诺伊是个大眼睛、高鼻梁、高颧骨的美女,并由此推断克里奥佩特拉和阿希诺伊姐妹并非希腊后裔,而是兼有欧洲白人、古埃及人和非洲黑人的混合血统。

有了这些名人的加持,以弗所的面目就不仅仅是一堆残砖废瓦,而具备了更多可供追忆的人文温情。这就是为什么地中海对面约旦的杰拉什古城虽同样壮观雄伟，名声却不及以弗所。

除了福音传道者保罗引发的这次精神博弈，以弗所似乎几百年来都在安逸舒适的氛围中度过。这是一座没有天敌的、闲适的和充满物欲气息的城市，唯一对它构成威胁的是一条河道：城外川流而过流入爱琴海的凯斯特河。这条河道带来的泥沙不断地淤积在它的港口，这对一座海港城市是致命的威胁。自然的力量似乎胜过一切思想的危害，到了公元6世纪，像一个呼吸不畅的病人终于停止了吐纳一样，以弗所终被遗弃，只留下成片的石柱吸引后人惊叹的目光。

今天，以弗所25000人的大剧场依旧被使用着。时常有一些流行乐明星借助这块宝地开演唱会，拉拢人气。他们多半打错了如意算盘。很多时候，观众们只是觉得这剧场很棒，音乐实在马马虎虎不太般配，算了，能坐在2000年前的老剧场里，看在天上的月正圆、爱琴海吹来的海风还凉爽的分儿上，就凑合着听吧。

山中日月长

在土耳其的行程中，本来并没有卡帕多西亚（Cappadocia），但听说那里拥有"月球的地貌"，终于动了心。想想这辈子估计也不会有登上月球的机会，所以放弃了沿着爱琴海一路奔向安利西亚，享受地中海和煦阳光和蔚蓝大海的机会，掉头朝东，深入到安纳托利亚高原的中心地带。这就好比本来应该在三亚洗海水浴的游客，突然出现在了大风起兮的黄土高坡上。

土耳其是个不小的国家,其地理构成更是丰富多彩。简单说来,就是三面临海——北临黑海、西临爱琴海、南临地中海,一面靠陆地,也就是平常所称的小亚细亚半岛,与整个的亚洲大陆相连接。正是这个独有的地理特质,深刻地影响了土耳其的文化和历史。深蓝与褐黄、海水与热土,说不清哪个才是土耳其的主旋律。

在卡帕多西亚地区,土黄显然是挥之不去的主色调。土地广袤,人烟稀少,汽车一路奔跑,见不到花也没几棵草。但临近果日美村(Goreme),那些平稳的土丘似乎不安分起来,像一个个调皮的孩子,突然从黄色的帆布下冒出头来,集体做起怪脸。这一大片的怪脸,其实是一个个石笋和石柱。卡帕多西亚地带山峦起伏,沟壑纵横,在这起伏纵横之间,就是一望无际的岩石森林,姿态各异,各有千秋,让人无法不感叹大自然的鬼斧神工。我相信遇到好事的中国旅行社,一定会根据每个石笋石柱的造型,敷衍出仙人指路、慈母望子之类的故事来。不过面对那么一大片的石林,哪怕最饶舌的导游都要掂量掂量自己的口水。有那么一小片的石柱,蹿出地面,带个伞状的蘑菇头,其形状直接引发联想,我们几个大男人看到都忍不住笑出声来。车上的土耳其出租司机虽然听不懂我们在说什么,也跟着我们笑。看来,我们并不是唯一在这里发笑的游客。

这一大片石笋石柱的形成,要拜火山之赐。海拔4000米的厄西耶斯山,耸立于周边的群山之上,在古罗马人心中有着特殊的地位。他们相信,登上了厄西耶斯山,就可

月球上也没这样的地貌

引男人发笑的石柱

以北眺黑海，南望地中海，饱览安纳托利亚高原的大好河山。几百万年前，厄西耶斯山中的火山喷发，喷涌而出的火山岩浆四散蔓延，彻底改变了周边的地形。火山停息，厚厚的火山灰堆积起来，沉积成熔岩。后面的事情，需要时间细细打磨。山洪、雨水，还有风，慢慢地雕琢着熔岩表面，冲刷出道道沟壑，磨砺出片片石林。今天的卡帕多西亚，是自然的神力，是时间的造化。

初看一眼，不禁将卡帕多西亚和中国云南的石林联系起来，可一旦走近，脑海里却突然蹦出另外一个地方：敦煌莫高窟。

卡帕多西亚的石林，不是一块块没有生命的石头。远眺过去，许多石笋石柱都露出黑黑的洞眼，仿佛蒙面骑士的眼睛。其实，这些洞窟都是卡帕多西亚的先人们代代开凿而出，层层叠叠，密密麻麻，他们在这里面生活、繁衍，寄托理想，也寄托信仰。一个个洞窟汇集起来，成了方圆几百公里的复杂的石窟村镇。穴居，则是他们延续千百年的生活方式。

最早在此居住的先民绝对是天才，据说在新石器时代，这些天才已经出现。几百万年前的火山灰已经变成了肥沃的泥土，只要老天配合，随便撒上点种子，收成是不用说的。而那些千奇百怪的石柱稍加雕凿，就是天然的庇护所。石窟冬暖夏凉，防潮隔热，挖一个洞就可以埋锅造饭，铺一块木板就可以席地而息。这里多的是石柱，所以几室几厅都不是问题，顺着石墙一点点开凿过去就是。探访卡帕多西亚的乐趣，不仅在远观，更在亲身体验，爬上嶙峋的山石，探访先人的洞窟居室。有些探险者甚至会花上几天时间，像个攀岩运动员一样爬上山崖，去寻访被废弃了千年的石窟人家。这些石窟，一开始只是作为生存的需要被开凿使用，渐渐地，内容就丰富了起来。成排的低矮洞窟被开掘出来，以为鸽舍。鸽子的地位在当时举足轻重，现在卡帕多西亚地区还留有不少类似"鸽子谷"的地名。在生产力比较落后的时代，鸽子不仅可作为食物，还可以作为不同的石窟村落之间联络的信使。鸽子的羽毛可以用来

先人在此穴居

缝衣取暖，鸽子的蛋清是用来描摹壁画的绝好调色料，连鸽子的粪便也是农作物最好的肥料。再往后，洞穴越开越多，而且这些经过几百年风雨考验的石头要比一千年后的伪劣建筑靠谱得多，住房面积扩大，生活水平提高，有些石窟就成了马厩，用来饲养家畜。不过，比这些琐碎而漫长的生活变化更重要的是，人类的信仰从来不曾间断。

据说卡帕多西亚地区有3000多座教堂，其中没有一座是我们传统意义上尖塔耸立的教堂，而无一例外都建立在石窟之内。我们探访了无数个洞穴，关于洞穴人的生活已无太多可以推究，无非是做饭的土坑、饮马的水槽等，最考究的也就是一个集体餐厅，那是在一个面积较大的洞穴里，有一个长条石桌，两边是长条石凳。这样的宴饮场景令人遐想。但餐桌前方的石墙上，竟是一尊精美的红色圣像岩画。今天，无数游客流连于各个洞穴之间，在幽暗中仰视一幅幅彩色壁画，感慨先人粗茶淡饭，一心自省和传道的执着精神。由于卡帕多西亚是荒野之地，从公元3世纪开始，就成了许多基督徒逃离宗教迫害的避难所。他们脱离了西方的世俗生活，跋山涉水来到这里，钻进一个个洞穴，通过不受干扰地禁食、祈祷和独身生活来向神表示虔诚。在卡帕多西亚松软的岩石上，有关圣经故事的彩色绘像越来越多。可以想象当年鼎盛时期无数教士在一个个洞穴里穿梭往来的情形，心中有神，毕生穴居也无比充实。

说到罗马帝国对基督徒的迫害，有必要为罗马人稍稍辩护几句。帝国早期并无国教，对广阔疆域的管理也基本保持宗教自由的开放态度，罗马人自己就跟随古希腊人信奉多神，你信你的，我信我的，凡人在地界斗得再狠，神

洞中一日，世上千年

仙在天上终会和解。所以任何地区任何民族的人信奉自己的神，帝国都不会干预，但如果装神弄鬼，妖言惑众，影响社会治安，甚或排他性地阻挠其他人信奉别的神，罗马人就要出手管制。与罗马人结下最大梁子的就是犹太教，其圣殿被罗马人摧毁得只剩一面孤墙，犹太人也四散到世界各地。而即便耶稣因坚称自己是上帝之子被处死，基督教起初也并未被全禁，可基督教的教义是排他性的，基督徒们对别人也并不宽容，罗马人对他们拿生肉和酒作为祭祀品也颇看不惯，这与罗马人的日常生活和祭祀方式相悖，偏偏早期基督教的信众们多数都是犹太人，耶稣是犹太人，包括保罗在内的一干使徒们也是犹太人，而罗马人基本搞不清信犹太教的犹太人与信基督教的犹太人的区别。公元64年罗马城突发大火，烧了六天六夜，尼禄皇帝一怒之下杀死了很多基督徒，招致后世指责，有人甚至怀疑是他故意纵火并陷害教徒。其实，作为一国之君完全没必要以毁灭都城为代价来寻找加害自己臣民的借口，尼禄确实相信犹太人出于报复心理纵火毁城，因此他要惩罚犹太人，而不因为他们是基督徒。帝国并没有设立宗教法庭，所以睁一只眼闭一只眼地让基督教传播了200多年，直到公元3世纪帝国面临内有通货膨胀，外有北方蛮族入侵的困顿局面，戴克里先皇帝希望重建古希腊、罗马的传统信仰，在精神层面维护国家的稳定，但这遭到了基教徒们的强烈反对，尤其是军队士兵需要参加传统的宗教祭祀活动，基督徒为此拒绝当兵。而此时基督教的信众已占帝国人口的百分之十，戴克里先下决心对基督徒动手，从公元303年开始对基督徒进行大规模的迫害，杀死信众，摧毁教堂，这是基督教的至暗时刻。好在戴克里先很快年迈退休，所以这段凄惨的日子也并不太久。也正是在这段时间里，众多基督徒躲到了偏远的卡帕多西亚岩洞里，深居简出，潜心修行。

信仰越坚定，受到的挑战也越多。在卡帕多西亚的土地上，不可思议地隐藏着大约400个地下城。这些地下城早在3000年前就由赫悌人开始开掘，但真正代代修建并藏匿于此的是基督教徒。我们去的地下城是果日美村西南20多公里的德林库约（Derinkuyu）。顺着台阶猫腰往下走，七弯八绕之后，到达宽敞平坦的地下一层，这里是厨房、酒窖和马厩。再猫腰往下走，第二层是设有圣坛的教堂。就这么一层一层往下走，走到最后一层已经腿膝酸软，听说这是地下九层。整个地下城面积有2500平方米，深度有55米。每层之间的通道口都有一个沉重的圆石盘把关，石盘朝外的一面光滑，朝里的一面有把手。一

大块吃肉，大碗喝酒

旦外人来袭，里面的人按着把手转动石盘就能把门封住，外面的人则面对圆盘无处下手。地下城有暗藏的孔道通到地面，所以在地下九层做深呼吸也没什么问题。由于经历代开凿居住，谁在什么时候在此住、住了多少人已不可考，据说最多有3000人同时居住，似乎也没有太确凿的证据，但土耳其乃至欧亚历史上的重要片段，相信这些地下城都有所见证。

基督教的转运很快到来。戴克里先退位后，曾在其麾下服役的君士坦丁脱颖而出，他打败了数位政敌，成功坐上了帝国皇帝的宝座。由于君士坦丁的母亲海伦娜是个基督徒，因此君士坦丁也得到了基督徒的广泛支持。相比于其他信众，基督徒更具有团队意识和牺牲精神，他们在内战中为君士坦丁的最终胜利立下了汗马功劳。因此，即位后的君士坦丁大帝就不再参加罗马传统宗教的祭祀仪式，并于公元313年颁布米兰敕令，承认基督教徒同其他异教徒一样具有同等的信仰自由权，归还给他们被没收的教堂和教会财产，免除其个人对国家的徭役义务，规定主教有权审判教会案件。一句话，宣布基督教合法。

基督教合法了，甚至成为罗马帝国的国教，教堂如雨后春笋般在欧洲大陆兴建起来，卡帕多西亚山坳里的洞穴教堂却依然如故。修行在心，不管外面的世界如何精彩，如何太平，这幽暗的洞穴里一盏烛灯、一尊圣像、一卷《圣经》就已足够。更何况世事难料，外面的世界说变就变。

公元8世纪初，好端端的基督教内部突然爆发危机，激烈论战的焦点只是教堂中是否应该使用圣像。当时的东罗马帝国皇帝利奥三世认为圣像有悖教规，而且帝国打不过阿拉伯人，就是因为人家不用圣像而我们用的缘故。这场论战的结果引发了禁用圣像和镇压崇拜圣像者的运动，宗教迫害使地处偏远的卡帕多西亚又成为拥护圣像的基督教教士与教徒的收容所。100年后，信奉伊斯兰教的阿拉伯人入侵小亚细亚，大批基督教徒逃离，荒郊僻野的卡帕多西亚再次成为一大批滞留的基督徒躲避异族和异教迫害的避难所。又过了几百年，信奉伊斯兰教的突厥人从东边的亚洲大陆杀来，在土耳其的疆域上建立了奥斯曼帝国，当地的居民纷纷改信伊斯兰教。直到这时，坚守了上千年的欧洲基督徒才最终撤离，基督教在这一地区的影响至此渐趋消弭。满山满坡马蜂窝一般的洞穴终于流失了它最后一批住民，渐渐被世界遗忘，直到1907年，一位法国的基督教学者偶然骑马路过这里，惊叹于眼前的景象。他在书中写道："我们的眼睛被震撼了，我记得那些灼人、耀眼的

山中日月长

阳光下的山谷,连绵不断地跨越最奇异的地形。"

今天的果日美村已经渐渐转化为一个旅游集散中心,你可以自己租辆摩托车或租匹马探访山间小道;花 40 欧元可以在周边一日游,含一顿丰盛的午餐;花 100 多欧元可以坐一次热气球,俯瞰这一片大自然的伟大杰作。我们穿过这排略显萧条的商铺,绕到后山坡上,那里有不少当地的居民,依旧住在依山凿出的石洞里。有些还把自己的住宅略作修整,作为旅馆出租。有一位老年妇女,趴在一间平顶房的屋顶上,用棍子击打椰枣树,把成熟的果子敲落下来。看到我们举起相机,她马上背转身去,不久就几乎消失在一片绿叶丛中。卡帕多西亚的民风保守,在伊斯坦布尔,大部分的女性都亮出一头秀发,在这里几乎每个妇女无论老幼都披戴白色头巾，见了陌生的外国游客就远远地避让。如今的卡帕多西亚住民，几乎全部是虔诚的穆斯林。从基督教到伊斯兰教的转变，少说也有上千年，令人欣慰的是，那些洞穴里的基督教壁画，绝大部分都保存完好。这些精美的圣像壁画，如今被文物保护部门更加精心地维护起来。千百年前至今的伊斯兰教徒们，他们虽然虔诚，却依然理性而不偏执，心中有真主，也未必需要砸烂一个旧世界。

我们住在一个四下僻静的旅馆里。探访洞穴壁画一天，回来不胜疲惫，洗了澡就倒头睡去。凌晨5点，突然被某种声音惊醒，空旷，悠扬。正逢斋月，那是不知哪个清真寺传来的晨祷诵经声。

拜占庭的夕阳

从北京出发前往伊斯坦布尔的只有夜航，抵达的时候正是凌晨4点多。这本是我最讨厌的航班时间，但这一次，坐着出租车驶向市区，右手边宁静深沉的大海吹来徐徐清风，让我宿闭于机舱的头脑为之一凛。这应该是马尔马拉海峡吧。车继续前行，前方出现的一些斑斑驳驳的白色古旧建筑、横亘的残垣断壁，以及远方隐约可见的清真寺的穹顶，无不静穆在黎明前的暗色里，有几只海鸥在近前四处低飞。最真切地接触一座城市，还是应该在拂晓吧？

这个遥远国度的神秘城市，曾频繁出现在我们高中课本里、考试的试卷中，而且在不同的科目里呈现为不同的名字。好在两个名字长度相当，结尾押韵，身经百战如我，从来不曾在这个题目上失手过。

矗立在伊斯坦布尔市中心的狄奥多西方尖碑

在历史课上，它叫君士坦丁堡；在地理课上，它叫伊斯坦布尔。

这座城市的历史非但悠久，而且确切，其建成并作为帝国都城之日在公元330年5月11日。在此之前，这里曾是一个属于古希腊城邦的小渔村，其传说中的城邦主名叫拜占。拜占早年去德尔斐求神谕指点安身立命之地，神谕告诉他在"瞎子的地方"定居。"瞎子的地方"是个什么鬼东西？拜占东跑西颠，来到博斯普鲁斯海峡边上。拜占惊呼如此横跨两片大陆的风水宝地居然无人问津，"真是瞎了眼了"。于是拜占的人马在此定居，名之为拜占庭。长期以来，此地民风不佳，人多嗜酒贪欲，旅客租房可以顺带租下房东老婆。后来罗马帝国一统天下，这里也就成了帝国版图的一部分。到公元4世纪时，强盛了300多年的帝国已渐露衰败之相，人口锐减，百业凋敝，东西两边还爆发了内战。西部的统治者君士坦丁最终获胜，成为帝国唯一的皇帝。一统江山后，大帝决意迁都，换换风水也换换手气。一方面东边的波斯人对帝国边境构成威胁，国家的战略防御重心应该东移；另一方面大帝受其母亲影响，已经改信了基督教，并宣布基督教合法。相对来说罗马城的异教氛围浓厚，另辟首都也有利于在全新的环境中弘扬基督教。君士坦丁大帝看中了博斯普鲁斯海峡的这一咽喉要道，在这个小渔村大兴土木。如果说20世纪末全世界最大的工地就是上海浦东的话，4世纪全球最大的工地就在博斯普鲁斯海峡边。公元330年5月11日这一天，君士坦丁大帝驾临新城，在可容纳数万人的战车竞技场宣布新首都落成。大帝心心念念的新罗马以他自己的名字命名：君士坦丁堡。半个多世纪后，折腾的帝国再次一分为二，西罗马帝国仍以罗马为首都，东罗马帝国则以君士坦丁堡为首都，也称拜占庭帝国。

  再造一个新城，往往比旧城气派宏伟很多，上海和香港开埠，小渔村很快就超过发展了几百年的内陆城市，成了东方之珠，当时的君士坦丁堡也同样汇集了古代社会的无数财宝，短时间内就把西方世界的旧有名城比得黯然失色。昔日的战车竞技场，如今已成了苏丹艾哈迈德公园（Sultanahmet Park），看不出竞技场的痕迹。其实在长达千年的岁月里，这里就是整个城市的中心，当年的罗马皇帝从帝国各地哪怕最偏远的角落搜罗各种雕塑、珍宝，安置在此，装点和美化城市。这些文物大多在第四次十字军东征时遭到洗劫，但至今仍有一些流氓骑士们搬不动的大物件屹立在广场上。狄奥多西方尖碑，由粉红色的花岗岩制成，挺拔高耸，虽以拜占庭皇帝的名字命名，却是公元前16世纪图特摩斯三世时期在埃及雕刻完成的，原本矗立在卢克索的卡纳克神庙内，拜占庭时期才被狄奥多西大帝搬来。这是一根螺旋形圆柱，状如从地缝里钻出的一根天津大麻花。第一眼就觉得似曾相识，想起来在希腊德尔斐的阿波罗神庙边上见过。果然，这是公元前5世纪希腊人纪念打败波斯人所铸，柱子上应有3个蛇头，原本就安放在德尔斐神谕之所一侧，新罗马成立时被君士坦丁大帝运到君士坦丁堡装点门面，希腊人如今只能弄个仿制品在德尔斐应付游客。

　　拜占庭帝国的大手笔自然远远不止这些。地下水宫（Basilica Cistern）如今是伊斯坦布尔的重要景点，但在奥斯曼土耳其帝国时代这个伟大的地下建筑先被当作垃圾场，后来干脆被彻底遗忘。这是查士丁尼大帝在公元6世纪时动用了7000名工人兴建的，在地底下挖出硕大的空间，再通过20公里长的沟渠从黑海附近的水库中引水过来，形成一个可储藏8万立方米淡水的庞大蓄水池。建造水宫的本意是一旦战争爆发，全城军民可依靠水宫的储水安渡难关，但今人更赞叹拜占庭人杰出的艺术创造力。12排立柱，每排28根，都是高大的大理石柱子，撑起高阔的空间，更绝的是支撑这336根石柱的基座，有不少都是巨大而精美的雕塑。那个浓眉大眼的卷发头像，是古希腊传说中的美艳女妖美杜莎，所有直视她眼睛的人都会变成石头，所以水宫里她的头像都倒置或者侧放，以此辟邪。这哪里是在造水利工程，分明是在修建一座豪华宫殿。地下水宫建造时，已是君士坦丁以基督教立国 200 年后，但你依然可以看到古希腊文明对这座城市的深厚影响。

拜占庭建筑的最大手笔，依然出自君士坦丁之手。彼时，基督教已经成了帝国的国教，相比于其他圣城，耶路撒冷有圣墓大教堂，罗马有圣彼得大教堂，君士坦丁堡自然也应该有一座。查士丁尼动手造了一座，就是如今被无数游客挂在嘴边的圣索菲亚大教堂（Aya Sofya）。

查士丁尼大帝是个非常勤勉的皇帝，也足够有运气。他镇压了在战车竞技场爆发的一场差点导致他下台的骚乱，杀了 3 万多人，惊魂甫定就决定修建圣索菲亚大教堂，以示君权神授。花钱无数，用工甚多，只花了四五年时间，就于公元 537 年大功告成。落成典礼当天，查士丁尼走进金碧辉煌的大厅，走上祭坛，振臂高呼："荣耀归于上帝，祂教导我完成如此伟大的工程！所罗门王啊，我已经胜过了你！"

圣索菲亚大教堂并不是我们今天常见的尖顶教堂模样。旧时的教堂形制还深受古罗马多神教建筑影响，是容量较大的多功能大厅，上方不是尖塔而是拱穹顶，建筑学上称为巴西利卡（Basilica），其最有代表性的建筑就是罗马的万神殿。圣索菲亚大教堂正是这样的结构，墙面用石块堆砌而成，坚固无比，褐色的墙面衬托着雅致的穹顶，显得神秘而威严。穿过内外前廊，迎面就是一排坚固的大门，其中第三扇被称为帝王之门，上方有光彩夺目的马赛克镶嵌画《万物的主宰耶稣》，描绘耶稣与圣母玛利亚接受某位拜占庭皇帝跪拜的场景。进入帝王之门，就是占地面积巨大的教堂主空间。真让人震惊！这是世上罕有的宗教建筑样式，如果非要用文字来形容，就是仿佛进入了一个用排排拱廊支撑起的三层百货大楼，只是没有商铺，而是一扇扇通透又清幽的玻璃窗。外面的天光射入殿堂，朦胧又略带神秘，缥缥缈缈，如梦如幻。巨大的穹顶在上方笼罩四周，镇定八方。穹顶两翼各有一个半圆形的帆拱，使得整个大厅建筑面积更大，形状也不规则。大教堂内部装饰华丽，白绿红黑四色大理石贴面，石纹如海浪般起伏。穹顶和帆拱绘有金箔为底的彩色玻璃镶嵌画，多以天使、使徒和殉道者等为题材，耀眼夺目。查士丁尼时代的宫廷史官普罗科匹厄斯在描绘圣索菲亚大教堂时曾写道："它是一项令人羡慕、令人震惊的工程，似乎不是止于底下的石造结构之上，而像是吊在悬挂于天空高处的一条金链上。"

  宗教在那个年代的人心中具有神圣地位，圣索菲亚大教堂的建成令君士坦丁堡拥有了可与罗马和耶路撒冷相媲美的精神高度，城市也逐渐成为基督教世界的精神中心。拜占庭帝国的两任皇帝对世界历史的影响深远：君士坦丁令基督教合法化，狄奥多西一世更是宣布基督教为国教，旧有的多神教均为非法，宙斯率领的希腊众神不敌耶稣，从此走下神坛，古代奥林匹克运动会被废止还算小事，所有古代神庙被遗弃或者改造成基督教堂，包括亚历山大图书馆馆藏在内的大批藏书被付之一炬。随着罗马帝国一分为二，基督教会也随之分成西部教会和东部教会，分别以罗马和君士坦丁堡为中心。两座城市之间存在竞争，教会

圣索菲亚大教堂

也不遑多让，东西两个教会数百年来矛盾和争议不断，小到宗教仪式上用什么物品和器具，大到对《圣经》的解读，以及最重要的管辖权问题。东罗马帝国因为政权稳定，所以皇权与教廷、世俗与宗教的关系还比较正常稳定；西罗马帝国从一开始就没过上什么安稳日子，不断遭北方蛮族侵扰，像一头健壮的公牛被一群野狗咬得筋疲力尽、顾此失彼，到公元476年就一命呜呼了，倒是西部教会乱中取胜，周旋在各种复杂的政治势力之间，站稳了脚跟，不断壮大。朝代更迭之际，教皇倒成了罗马世俗社会的真正统治者。两大教会彼此看不惯，矛盾越积越深，到了公元8世纪，为了圣像的事彻底撕破脸。

以耶稣、圣母、使徒、圣人的形象或神迹绘制成的绘画、雕像和马赛克镶嵌画，统称为圣像。在俄罗斯、乌克兰、保加利亚、希腊、土耳其等传统东正教国家旅行，最美的视觉享受之一就来自圣像。东正教的圣像无不色彩艳丽，形容端庄，神态淡定，人物脑后有金环闪耀，整个画面富丽堂皇，从艺术呈现上要远胜于天主教那些主打悲情苦情的宗教作品。拜占庭的信徒们不只将圣像当作艺术品，在他们看来，圣像本身就是神圣的，抚摸圣像、亲吻圣像，就是在与神沟通。这种狂热的圣像崇拜是否有违教规与戒律，本就存在争议，争议在拜占庭帝国屡遭穆斯林骚扰侵袭之后更加激烈。伊斯兰教禁绝圣像崇拜，真主之伟大岂是人间具象可以描摹的，所以屡战屡败之后，拜占庭帝国的皇帝利奥三世得出结论：我们遭受穆斯林欺负，就是因为我们搞圣像崇拜而人家穆斯林不搞。出于这样的奇思妙想，公元726年利奥三世颁布法令，拉开了圣像破坏运动的大幕。大批圣像被毁，耶稣、圣母和圣徒们的图像一律被废除，大量教会的土地、房产和财物被没收。当然，利奥三世也借此机会，削弱日益强大的教会力量，彼时教会拥有的特权已日益增多，税收都可以减免甚或不缴，严重拖累国力。但此举激起教徒们的强烈反抗，流血事件不断。卡帕多西亚石窟中的那些教徒们，很大一批就是在那个时候逃到深山峡谷中，躲在洞穴里坚守信仰的。这场声势浩大的运动整整持续了100多年才告终结，造成的损失已无可挽回。

今天我们依然能在伊斯坦布尔见到大量精美的圣像作品，但大都是公元843年圣像破坏运动被废止后的新作。圣索菲亚大教堂多幅作品都作于9世纪到11世纪，最著名的一幅位于半圆形壁龛上，圣母玛利亚居中，面带慈容，

"悬挂于天空高处的一条金链上"的圣索菲亚大教堂

马赛克圣像壁画

怀抱圣婴,左右二人毕恭毕敬,右侧君士坦丁大帝献上君士坦丁堡,左侧查士丁尼大帝则手捧圣索菲亚大教堂。如果去伊斯坦布尔考古博物馆,还能见到很多圣像雕塑没鼻子没脸,那都是圣像破坏运动时被砸烂的。要是这场运动带来的灾难仅限于文物的毁坏倒也算了,但文化革命的源头未必是文化,受冲击的也远不止于文化。这样的运动持续百年会是什么结果?人文精神的崩塌、社会财富的流失、宗教派别的分立、社会问题的复杂化。

一个宗教信仰的理论问题,最后闹成轩然大波,对国运都产生影响。圣像破坏运动严重撕裂了东西部两大教会之间的关系,哪怕百年后破坏运动终止也无法复合。到了1054年,罗马教皇和君士坦丁堡大牧首彼此宣布开除对方的教籍,基督教会大分裂,说拉丁语的西部教会成为天主教,说希腊语的东部教会成为东正教,耶稣的两派追随者从此分道扬镳。

宗教派别造成的积怨还远不止于此。东西方基督教会分家没多久，十字军东征就开始了。为了被阿拉伯人占领的圣城耶路撒冷，整个欧洲大陆也算拼了老命，前三次虽然各有胜负，可好歹也从穆斯林手中夺取过耶路撒冷。第四次就荒唐得离谱了，出发时定的目标是先攻打埃及，再进军耶城，结果因为人马不足，又缺粮饷，大队人马在威尼斯集结出发的时候一合计，咱先别顾什么理想信念，还是捞钱要紧。威尼斯与拜占庭素有恩怨，于是在威尼斯总督的带领下，一干人马一路杀向君士坦丁堡。同是基督教的子民，大水偏要冲倒龙王庙。恰巧这时的"龙王"也昏聩得可以，明明自己军队的数量远多于远征军，懦弱的新皇帝却在交战之后逃之夭夭，将大好城池拱手相让。十字军进城后烧杀抢掠，无恶不作，连圣索菲亚大教堂也无法幸免。今天你若去威尼斯旅行，在著名的圣马可广场上的圣马可教堂，可见教堂正面有一辆金色的马车雕塑，它就是从圣索菲亚大教堂抢来的。这是基督教历史上的一大耻辱，抢劫与被抢的、杀人与被杀的，脖子上都挂着亮晃晃的十字架。

君士坦丁堡是几任皇帝作为新罗马悉心培育的结果，到公元 9 世纪的时候，全城人口已有 100 万人。同它相比，昔日中世纪欧洲的小王国小公国就仿佛乡村小镇一般，威尼斯最强盛的时候，人口也不过 20 万，而北京的人口达到 100 万也还是 18 世纪后期的事情。这个脚踩欧亚、横跨东西的庞大都市，是强大的拜占庭帝国跳动的心脏。在帝国最强盛的时候，查士丁尼大帝曾出兵西征，一度从北方蛮族手中收复了罗马和几乎整个西罗马帝国的领土，地中

残破的拜占庭城垣

海再次成为内海,版图扩大一倍,重振了罗马帝国的荣光。但祸福相倚,盛衰更迭,圣像破坏运动算是帝国的内耗,十字军东征算是基督教世界的自残,帝国自此之后一蹶不振,在运行一千年之际,已然羸弱不堪,奄奄一息。

今天的伊斯坦布尔,是一座伊斯兰风格的国际大都市,拜占庭的遗存还有,但不算太多,信奉东正教的人口可能只占百分之一,东正教堂已寥寥无几,连圣索菲亚大教堂也沾染了太多奥斯曼帝国的痕迹。还好,在马尔马拉海拐向金角湾的地方,依旧留存有一段拜占庭帝国王宫的残垣断壁。因为算不上什么旅游景点,周遭也无人居住,所以没人修葺,也没人破坏。墙上早已挂满青苔绿藤,斑斑驳驳,但就像一位老迈的角儿在舞台亮相,依然气场十足,巍峨端庄,其昔日的荣光不难想见。人很少,偶有小孩在墙下踢球玩耍,有恋人相伴走过,有个别垂钓高手在此抛杆。那段残壁就在他们身后,静静地矗立着,无声地面对滔滔海水。

这堵千年老墙经历了太多的炮火,1453 年,它将无奈地见证一个帝国的毁灭,一个时代的终结。

今日伊斯坦布尔
已是伊斯兰风貌

奥斯曼的曙光

在伊斯坦布尔旅行,有两个小小愿望总要实现一下:洗一个土耳其浴,看一场肚皮舞。

要感受伊斯坦布尔的激情,最好是在夜幕降临之后,去看一场肚皮舞表演。挥舞的手臂,扭动的腰肢,铮然作响的金属饰物,妖媚,性感,热辣,冷艳。用文字去描述舞蹈一定是徒劳的。作为一个喝酒还没有上头的游客,如果还不至于就此爱上肚皮舞娘,也一定会爱上伊斯坦布尔这座城市。

土耳其浴则不然,其名声在外,令我们揣想全世界最懂得洗澡之乐的大概就属土耳其人和中国人了吧。于是,和同伴摩拳擦掌,查了旅游书,找到一家有300年历史、如今专门接待外国游客的土耳其浴室,《纽约时报》曾

肚皮舞娘

将其列入 1000 个死之前必看的地方之一。在卡加洛鲁浴室（Cagaloglu Hamami）洗澡，大概等于在上海城隍庙的湖心亭喝茶，环境没的说，但可能失却些许市井情趣。大浴室全部由大理石铺就，冲洗之后，就躺到中央凸起的大理石平台上蒸。睁开眼，圆形的穹顶如此高远，一如躺在清真寺的圆顶下。顶上有几扇小玻璃窗，能望见外面的天空。此刻，你感受到的不仅是身体的放松，更是自我与上苍、与神灵的距离。蓄着胡须的助浴师终于来了。这哪里是按摩，分明是蹂躏。噼里啪啦一阵，能忍住不叫唤的就是英雄，能顶住不被敲到脱臼的就是铁汉了。咿呀哀鸣间，又被架到旁边的小水池旁坐下，肥皂从头到脚抹了一身，然后一瓢冷水兜头而下，眼睛还没睁开，又是一瓢水下来。晕了半分钟回过神来，助浴师已经不见了踪影。你要愿意，就再回到那热烘烘的大理石板上接着"烧烤",或者坐进小间里再蒸桑拿。小间头顶也有高高的穹顶,顶上有玻璃窗,你坐在里面,仰望天穹,依然可以冥想。我等既不信真主,又不信耶稣,实在不知道该想什么,满怀110欧元流水而去的遗憾出来净身更衣。不禁想念在国内洗浴,有敲背有搓澡,有按摩有修脚,有美食有好酒,有电视有扑克,真乃享尽人世乐趣。奉劝《纽约时报》的专栏作家洗完土耳其浴还要多多保重,等享受过中国扬州的"水包皮"之后再瞑目不迟。

  一座城市和它的市民们,既要保有信仰,又要有世俗情趣,这之间的分寸是不太好掌握的。不过,伊斯坦布尔似乎能够在理性与激情、信仰与生活、放纵与节制、自律与宽容之间找到平衡。这一方面和土耳其这个国家本身有关,虽然几乎所有的国民都信仰伊斯兰教,但1923年奥斯曼帝国瓦解后,凯末尔完成世俗化改革,建立了现代化的土耳其共和国。今天的土耳其是个政教分离的世俗国家,宗教理念没有全然渗透到社会的运行规范中去。土耳其的男人可以娶四个老婆吗?答案是不,因为法律不允许。另一方面在于伊斯坦布尔所处的东西交会的位置,使它学会宽容和多元。伊斯坦布尔的大街小巷,随处可见或新或老的清真寺,做祷告的人们在寺外濯足;街头的年轻女性打扮时髦,但戴不戴头巾,端视各自的选择。男女同行,挤同一辆公交车,但绝少有在大街上搂抱亲昵的行为。穆斯林禁酒,街头碰不到酒气熏天的醉鬼,但很多饭店都供应酒,毕竟这是个国际化的大都市,毕竟它的前身是伟大的君士坦丁堡。

烤肉香

一说起拜占庭帝国和君士坦丁堡，总不免让人唏嘘感怀，因为上帝并没有庇佑这个信仰虔诚、信念坚定的帝国。拜占庭不是个侵略性的国家，它最大的扩张，也无非是想恢复昔日罗马帝国的荣耀，可实际上它不停地被波斯骚扰，被北方蛮族和阿拉伯人侵犯，被威尼斯人、热那亚人占商业便宜，被圣像破坏运动伤害，被十字军掠夺，最后覆灭于奥斯曼土耳其人的圣战。谁能想象，这个被欧洲旅人赞叹说"到处是华美的教堂和宫殿，周遭是铜和大理石创造的奇迹"的伟大国都，在9世纪的时候人口就达100万之巨，到了15世纪居然只剩下不到10万人。帝国所有的国土都已经丢失了，包括整个小亚细亚半岛。甚至连首都郊区也大半落入土耳其人之手，昔日引以为傲的广场和公园都已变成了瓜果菜地，其间点缀着幢幢破败的教堂。拜占庭皇帝知道大势不好，与土耳其人联姻也不管用，屈尊去西方求援也收获甚微，只有坐以待毙的份儿。不管那场历史上著名的战争在哪一年爆发，拜占庭的命运其实已经板上钉钉了。

塞尔柱土耳其人是突厥人的一支，他们的先祖是大唐帝国的手下败将，在败逃和往西迁徙的漫长过程中皈依了伊斯兰教，几经磨难后在出色的领袖奥斯曼的统领下日渐强大。为了将圣战打到欧洲，他们几代人都做着准备，终于将拜占庭的手足都断得干干净净，这只煮熟的鸭子是肯定飞不了了。公元1453年春，内忧外患、奄奄一息的拜占庭帝国在博斯普鲁斯海峡与塞尔柱土耳其人做最后的殊死一战，经过两个月的鏖战，惨败落幕。苏丹穆罕默德二世踩着敌人的尸体进入欧洲这座最华美壮丽的城市，开启了奥斯曼土耳其帝国500多年的统治。其鼎盛时期，这群信仰伊斯兰教的突厥后代在欧洲征服了塞尔维亚和波黑，打到过奥地利，在非洲则消灭了埃及的一代王朝，攻占突尼斯、阿尔及利亚，占领红海领域，在亚洲攻占伊拉克，打败伊朗，将麦加和麦地那两个伊斯兰的圣城都揽在版图之内，建立起横跨欧亚非三洲的庞大帝国。

这个帝国的中枢部位，依然是这座饱经风霜的伟大都市。自公元10世纪起，土耳其人就称之为"伊斯坦布尔"，其希腊语的意思是"到城里去"。1453年后，"伊斯坦布尔"逐渐成为官方名称，与"君士坦丁堡"一词并用，直至1930年土耳其共和国建立后正式使用现名。从"拜占庭"，到"君士坦丁堡"，再到"伊斯坦布尔"，同一座城市的三个名称，概括了这座城市的沧桑历史。

要粗略感受伊斯坦布尔的历史，一天也勉强凑合，因

奥斯曼帝国宫廷

为老城的古迹相对集中，都在苏丹艾哈迈德区。无论是拜占庭还是奥斯曼，都以这里为政治、经济和宗教的核心区域。圣索菲亚大教堂、地下水宫、由战车竞技场改造的苏丹艾哈迈德公园、托普卡帕宫、蓝色清真寺，都彼此相邻，步行几百米即可到达，甚至连那个去或不去都是遗憾的卡加洛鲁浴室也躲在不远的巷子里。

圣索菲亚大教堂是拜占庭时代最辉煌的建筑，却从内到外都透着浓烈的奥斯曼色彩。外观就足够奇特，大教堂厚重的拱顶四周竖起了四座宣礼塔，高高瘦瘦的。伊斯兰清真寺的标志性建筑怎么跑到教堂来了？原来君士坦丁堡陷落的第二天下午，穆罕默德二世进城，在大臣和卫队的陪同下，首先来到这座举世闻名的教堂。苏丹下马躬身，拾起一捧泥土自头巾洒下，以示对真主的敬意。随后他步入殿堂，默默地驻足静观这座伟大的建筑。当发现一名土耳其士兵正在开凿大理石的地面时，苏丹勃然大怒，斥责这个小兵的破坏行径。他又宽容地释放了躲在角落里瑟瑟发抖、恳求慈悲的教士和平民，许他们平安，然后请来阿訇登上祭坛祷告。苏丹本人也匍匐在地，感谢真主为他带来胜利。圣索菲亚大教堂得以幸免，但毫无疑问必须被改造成一座清真寺。四座宣礼塔高高竖起，塔身细高，塔顶尖细，削弱了大教堂原先外形的朴拙感。内殿更是花了大力气修饰。殿堂四周挂起巨大的圆匾，上刻"真主安拉"以及先知穆罕默德和早期哈里发的名字；从穹顶垂下排排吊灯，取代原先幽暗的玻璃油灯；用厚厚的石灰粉遮住殿堂内所有与基督教相关的圣像，再绘上伊斯兰教的符号和标志。大教堂就这样被改建成了清真寺！奥斯曼帝国存续了四五百年，后人也习惯了殿内的清真寺装扮，直至近代土耳其共和国建立后，真相才逐步揭开，石灰层被小心地剥离，耶稣圣像重新显露。今天我们得见拜占庭宗教艺术的精妙作品，还要多谢奥斯曼苏丹手下留情。不过修缮工程究竟是恢复其大教堂原貌，还是保留清真寺面目，又引来各方争执。最后最合理的方案自然是两相妥协，于是才有了今天的景象：走进昏暗高耸的殿堂，柱脚顶端高挂伊斯兰标志，可墙角上却依稀有圣像的壁画。

一座圣索菲亚大教堂扼要地概括了土耳其漫长的历史，而与它遥相呼应的，正是苏丹艾哈迈德清真寺（Sultanahmet Camii），不过这个名字都快被人遗忘了，几乎所有人都称它为蓝色清真寺（Blue Mosque）。这座建立于17世纪初的建筑，像是和圣索菲亚大教堂一个模子里刻出来的，不过当然要比1000多年前的老前辈更挺拔，更鲜亮，更高扬。整个建筑占地甚大，据说当时有医院、学校，还有施粥所，是奥斯曼帝国最早、最大的宗教场所。主建筑旁居然竖了

中世纪油画《伊斯坦布尔》

六座宣礼塔,严重超标,已经犯了麦加之忌。清真寺内,柔和的光线洒到光洁油亮的地板上,再折射到铺满伊兹尼克花砖的四壁上,花砖的图案多以蓝色勾线,其整体效果诉诸视觉,产生宁静平和之感,蓝色清真寺的别名也由此而来。建造蓝色清真寺的时候,奥斯曼帝国取代拜占庭,统治安纳托利亚大地已经一个多世纪,应该已进入了"和谐盛世"的时代,估计因为国库渐丰,就不满足于将前代的大教堂改头换面,而立志于建造一个真正、纯粹的清真寺了。此后历任苏丹在全国范围内建造了众多类似形制的清真寺,古罗马的巴西利卡穹顶主体搭配四座宣礼塔,是为奥斯曼风格。还好,新的造好了,并没有砸烂对面的旧世界,大教堂与清真寺,圣索菲亚和苏丹艾哈迈德,只是彼此对照,两相呼应。

在博斯普鲁斯海峡与金角湾的交汇点,也就是苏丹艾

托普卡帕宫

哈迈德区的东北角,一大片区域都属于奥斯曼帝国的皇宫托普卡帕宫(Topkapi Palace)。穆罕默德二世征服君士坦丁堡之后不久,就着手在这个三面临海的黄金地段修建自己的宫殿。此后历任苏丹都生活在这座一个圆顶连着一个圆顶、迷宫一般的建筑里,过着精致考究的生活,直至19世纪才搬到博斯普鲁斯海峡边新建的豪华宫殿里去。托普卡帕宫地理位置优越,占地面积也不小,但和同一时期大清帝国的紫禁城相比,还是不可同日而语。尽管如此,托普卡帕宫还是值得花上大半天时间细细领略,毕竟以王朝的实力论,奥斯曼疆域之广,历时之久,影响之大,甚少有比肩者。有些宫殿的装饰从里到外金碧辉煌,有些则有浓郁的伊斯兰宗教气息,帝国的各色金银珍宝也在里面展出,还有一大间专门陈列来自中国的瓷器,据说有2万件之多。世界各地,从古到今,古代中国的瓷器从来都是瑰宝,当

从皇宫鼻远眺金角湾

年丝绸之路，奥斯曼帝国是其重要的枢纽，直到后来葡萄牙探险家找到了从好望角转道亚洲的海路，奥斯曼作为丝绸之路无可替代的中枢作用才逐渐被取代，帝国也由此转向衰微。瓷器馆隔壁，托普卡帕宫的大厨房不可不看，其灶台铁锅之大，让人感慨宫殿的皇亲国戚，吃的也无非是大锅饭而已。没办法，托普卡帕宫人头最多的时候，仅宫女就有800多人，三宫六院，妻妾成群，算一算，两三年

内要被苏丹宠幸一次都几乎是不可能的事情。奥斯曼帝国的宫闱秘史三部长篇小说也写不过来，有 300 多间房间的后宫（Harem）意为"禁地"，值得另外付费一看。由于伊斯兰教禁止奴役穆斯林，所以这些藏在深闺的妃子们都是外国人或者异教徒，她们在宫中要学习仪态妆扮、棋琴书画等一系列技艺，只有姿色和才艺都极其出色的人才有机会服侍苏丹本人。不过，相比于苏丹的兄弟们，宫女还算

幸运。由于帝国的世袭制度不讲究长子继承制，王子们都会为王位争得你死我活。在奥斯曼帝国的前100多年里，每一位新苏丹的兄弟们都要被丝带勒死，以绝后患，最高的纪录是某新任苏丹的19个兄弟无一幸免，全部丧命。

奥斯曼土耳其帝国存世四五百年，其势固然强盛，对人类文明与文化的贡献相对来说却乏善可陈。想想那个一直中气不足的拜占庭帝国，它孕育了略显刻板却自成一格的中世纪艺术风格，也培养了众多学者，整理、翻译和研究古希腊、罗马的学术著作，使之留存至今并成为人类社会的宝贵财富。西方社会对拜占庭帝国陷落的哀叹是有理由的，这是那个自由而诗意的希腊世界的终结。

在离开托普卡帕宫前，别忘了去名叫"皇宫鼻"的小山坡上，领略伊斯坦布尔最美的景色。右侧的马尔马拉海峡在这里走到了终点，前方的博斯普鲁斯海峡一把接过，一路朝北，奔向黑海。沉重的历史已在身后，阳光明媚，海风和煦，坡下的一个餐厅里正觥筹交错，欢声不绝。

谁还能记得，在1453年那个春天的午后，残阳如血，苏丹穆罕默德二世离开圣索菲亚大教堂，骑马在被战火焚烧成废墟的城区巡视。昔日的伟大都城如今一片破败，也许就是在这里，得胜的苏丹触景生情，低吟起一句波斯古诗："蜘蛛结网昭阳殿，枭鸟哀鸣子夜歌。"

欧洲向左，亚洲向右

在伊斯坦布尔停留的日子有限，本想节约时间，趁着夜色坐一坐摆渡船，就像过去的浦东浦西轮渡船一样，也算是到博斯普鲁斯海峡一游了。因此找好了对面新城的酒吧区，打算到了对岸之后打个的去吃晚餐。一切计划周详，在吵吵嚷嚷的售票亭买了票，急匆匆跳上船去。

风有点大。同船的都是在老城区下了班回家的当地人，对岸边月光下清真寺的美丽轮廓熟视无睹。坐了大概刻把钟，船靠岸，是一个非常热闹的集市。我们也无暇停留，叫了辆出租就往酒吧区去。司机是个白发老头，语言沟通有困难，无论和他说什么，他的回答都是 Yes。

"离这里远吗？"

"Yes！"

"十分钟差不多能到吧？"

"Yes！"

"坐你车可以免费吗？"

"Yes！"

得，甭废话了，随便他开吧！这一开不要紧，路途遥遥，简直就像是从苏州往杭州跑。我们越来越疑惑，直到车前出现一座红光熠熠、我们在电视和画报里看到过无数次的大桥，才彻底让我们傻眼。

"这是博斯普鲁斯大桥吗？"

"Yes！"

"我们这会儿是在亚洲？"

"Yes！"

My God！这回轮到我们叫老天了。我们居然坐错了船，跑到亚洲来了！正错愕间，车子已经飞快地驶过大桥，从亚洲回到了欧洲。这一趟车跑的，花去我们 400 多人民币！只能聊以自慰地说，多少人有我们这种经历，开车横跨欧亚大陆呀!

伊斯坦布尔地跨欧亚，地形有点像武汉三镇，金角湾和博斯普鲁斯海峡这两道水域把城市分割成3个陆地区域。如果把整个城市当作一个V字形，那左边一笔就是窄小狭长的金角湾，状如蚯蚓，它把城市的欧洲部分划分成两片：北边是新城区贝约卢（Beyoglu），南偏西是老城区，包括苏丹艾哈迈德区和巴扎区。而V字右边那一笔就是宽阔的博斯普鲁斯海峡，东边虽然还属于伊斯坦布尔，但已经是亚洲区域了。

当天晚上我们就决定，明天起个大早，还得走一趟博斯普鲁斯。

金角湾老城区的艾米诺努（Eminonu）有点类似上海的延安东路外滩和十六铺，站在这里，身后是老城几座壮美的清真寺，前方隔着金角湾，可以饱览新城的风采。说是新城其实一点也不新，那座标志性的加拉塔塔（Galata Tower）建于1348年，是当年被帝国赋予自由贸易权的热那亚人拿下这个好市口并在此定居时建的。壮阔的加拉塔大桥横亘金角湾两岸，桥墩上红色的新月和星星标志分外醒目。而岸边悠闲垂钓的当地人，已经成了金角湾风情不可或缺的组成部分。

码头边到处是游轮说客。一般旅行社安排的线路都是两三小时浅尝辄止，我们打算耗上一个白天的时间，于是选了一直沿着博斯普鲁斯海峡前行，到尽头的黑海边上再折返的轮船。这似乎也是官方轮渡唯一的线路。轮船启航的时候，选择在左舷还是右舷颇费思量：左边是贝约卢满山坡洁白漂亮的民居，右边是老城区高低错落、雄伟庄严

艾米诺努的垂钓者

的清真寺和历史古迹。没办法,只有先去东边瞄瞄,再去西边看看,哪边都难拍到一张完整的好照片,因为甲板上的游客实在是太多了。

就是在这里,公元 1453 年的春天,围城两个月的塞尔柱土耳其人久攻不下,终于在金角湾找到突破口,令战局顿时明朗,一举拿下君士坦丁堡。

彼时的君士坦丁堡,已经是没有国土的帝都,一如没有躯体的头颅。全城人口也就 10 万左右,守城的军队只有区区 8000 人,而城下敌人的数量是 15 万人,是全城人口的一倍多。无论陆路水路,土耳其人已经将城市围得水泄不通。不过,这颗帝国明珠虽从战略上已是囊中之物,但战术上却绝非唾手可得。主攻在西侧的陆路,但这里有绵延数公里的内外两道厚重的护城墙,墙外还有宽阔幽深的护城河,绝对易守难攻。土耳其军队用重炮轰击,屡次将坚固的城墙轰出缺口,但顽强的拜占庭守军利用笨重的大炮需两三小时才能重新上膛的缺陷，一次次将缺口修补。虽有好几次城墙危在旦夕，土耳其军队已经冲上了城墙，但最终被守军打压下去。不过土耳其人毕竟人多势众，可以轮换休整，拜占庭人则不得不补完东墙补西墙，筋疲力尽，忙于应付。在水路，土耳其的舰队从南部的马尔马拉海靠近城市，但南边全是修建在悬崖上的城墙堡垒，丝毫没有下手的地方。舰船只有绕着老城区一路行进到金角湾入口，如果能进入这个狭窄的水道，就等于从东海进入了黄浦江，上岸就是轻而易举的事了。但拜占庭人也早有防备，用粗大的铁链横亘在老城与新城之间，将水域锁死，躲在金角湾里的守军舰船用可在水上燃烧的火硝向外面的敌舰发起攻击。奥斯曼土耳其人在西边用锤子砸不开，在东边又用棍子捅不进，一时无措。关键时刻，天才的穆罕默德二世出一妙招，他取得了当地热那亚人的默许，花几天时间在新城贝约卢的山丘上铺建平滑栈道，然后趁天黑无人注意，将众多舰船从东侧即博斯普鲁斯海峡一侧拉上岸，拉上山丘再从另侧滑下，这样就绕过了铁链而直接进入金角湾。这番陆地行舟，异想天开，瞒天过海，用穆罕默德二世的话说，就是"如果我的胡须中有一根知道了我的想法，我就会把它连根拔掉"。天亮时分，土耳其人的战船出现在金角湾水域，拜占庭人简直不敢相信自己的眼睛。原本死守西侧城墙的守军不得不飞速赶到金角湾驰援，这样城墙一侧的防线又告空虚，真是左支右绌，顾此失彼。5月28日，双方停战1天，其实是攻方在积蓄能量，作决战的最后部署。穆罕默德二世允诺全军将士，破城之后放任他们劫掠3天，所有财物、女人都归他们所有，他本人只需要得到夺取圣城的荣耀。29 日凌晨，总攻开始，一边是一道道呼喊真主、奋不顾身的圣战士敢死队，一边是全城动员毫无退路、殊死一搏的拜占庭军民。这一仗打得天昏地暗，血流成河，最后守方一个小小的疏忽决定了胜负。在外城墙和内城墙之间有一扇小门，供平时大门关闭时居民出入所用，居然被忽略而无人防守也没有封闭，结果一小队突破了外墙的土耳其士兵疑神疑鬼地进入，却发现已经进入了城内。这好比球场上死守了全场的一方在最后一分钟将球踢进了自家球门。黎明时分，硝烟散尽，尸骸遍地，罗马帝国的最后一个堡垒君士坦丁堡终告陷落。

我们的轮船很快就告别这片昔日腥风血雨的水域，拐过一个湾，沿着博斯普鲁斯海峡朝北驶去。此刻，东边的明媚阳光正好洒在左舷的欧洲区域，比邻而居的古典建筑逐一呈现。多马巴赫切宫（Dolmabahce Palace），这座建于 19 世纪的奥斯曼帝国宫殿耗费了数以吨计的黄金，这座奢靡的宫殿见证了帝国由盛转衰，对于匆匆而过的旅客来说只能引来一声遗憾的叹息。当年奥斯曼帝国的苏丹们，坐着狭长的划艇穿行于博斯普鲁斯海峡，往来于各个宫殿之间，当是何等的意气风发。相比于奢华繁盛的欧洲区域，东岸的亚洲区域显得安静许多，毕竟拜占庭和奥斯曼，这片土地历史上的两个重要帝国都在欧洲区诞生和发展。在科学技术落后的古代，这条海峡对两岸发展的影响无疑是深远的。不过，东岸有不少精致优雅的建筑，红墙白瓦，紧贴在蔚蓝的海水旁边，或掩映在翠绿的山冈上，透出的洒脱和慵懒，足可笑傲对面一水之隔的繁华喧嚣。船行到海峡中部狭窄的区域，一左一右出现两座十分相像的城堡，

多马巴赫切宫

欧洲一侧是鲁梅利堡垒（Rumeli Fortress），亚洲一侧是阿纳多卢堡垒（Anadolu Fortress）。鲁梅利堡垒是穆罕默德二世为了攻克君士坦丁堡，于战前一年选择在博斯普鲁斯海峡的最窄处兴建的，其目的就是为决战做准备，控制整个海峡的交通，切断君士坦丁堡的海上供给，阻断可能从黑海进入的欧洲基督教世界对拜占庭的支援。此堡一建，拜占庭知道大事不好，敌人要动手了。亚洲一侧的阿纳多卢堡垒为更早时期的苏丹所造，两个堡垒外形非常相似。这对孪生兄弟般的堡垒点醒游人：欧洲、亚洲，到了博斯普鲁斯就成了一家。

　　这真是一种奇特的感受。博斯普鲁斯海峡全长 30 公里多一点，最宽处有 3.6 公里，最窄的地方只有 708 米。在海面上航行，看到左右有航船穿梭，前方有大桥横跨，东西两岸泽被在同一片阳光下，毫无突兀割裂之感。但是，你且站在船头，想象一下你的左边和右边，曾经存在过何等截然不同的景象。

　　在你的左边是：德尔斐神谕所、雅典神庙、古罗马竞技场、梵蒂冈、凯旋门、埃菲尔铁塔、先贤祠、阿尔罕布拉宫、白金汉宫、勃兰登堡门、查理大桥、奥斯维辛、柏林墙……

在你的右边是：长城、故宫、布达拉宫、吴哥窟、富士山、泰姬陵、板门店、巴姆城堡、伊斯法罕伊玛姆广场、巴比伦空中花园、巴米扬大佛、蒲甘圣庙……

在你的左边是：希腊城邦、罗马帝国、基督教传播、十字军东征、文艺复兴、滑铁卢战役、法国大革命、纳粹第三帝国、诺曼底登陆、北约组织、华约组织、苏联、欧洲联盟……

在你的右边是：佛教诞生、秦朝一统、大唐盛世、成吉思汗的铁骑、明治维新、两河文明、巴比伦王国、非暴力不抵抗运动、新中国诞生、越南战争、两伊战争、伊拉克战争……

天各一方的世界，彼此浩瀚的历史，隔着百千米的海水，在这里会面。

难怪几千年来，博斯普鲁斯的分量都是沉甸甸的，甚至连它的名字——意为"母牛的渡口"，都是来自一个场面惊险的传说：天王宙斯在外面游玩，爱上了美丽的女神艾奥。生性善妒的天后赫拉大怒，派出一大群蚊子追袭艾奥。艾奥变成一头母牛，仓皇逃窜，像刘备的的卢马一样一跃跨过了海峡，才转危为安。追与逃、攻与防、生与死，从来都和博斯普鲁斯有联系。公元前5世纪，波斯国王大流士一世率领军队西侵欧洲，从亚细亚杀来，在博斯普鲁斯海峡上建造了一座浮桥，大军跨过浮桥，大举西征。东罗马帝国时期，欧洲的十字军东征，又是在这里乘船渡海，

博斯普鲁斯海峡

挥师东进,直逼耶路撒冷。土耳其历史上拜占庭的终结、奥斯曼的诞生,也和博斯普鲁斯密切相关,大大小小的战争打了无数,直到君士坦丁堡被围困,被攻陷,鲜血染红了岸堤,博斯普鲁斯的海水并不永远湛蓝。

在大厦将倾、大限将至的时刻,拜占庭的君王和臣民们表现出了足够的团结、镇定、宽容和勇敢,这是这场悲剧中最令人肃然起敬的地方。决战到来的前一天,圣索菲亚大教堂举行了盛大的弥撒仪式,所有政要显贵出席。罗马教廷的特派使节与君士坦丁堡东正教牧首同时走上祭坛,如兄弟般一起做弥撒。拉丁语和希腊语的赞美诗同时响起,余音在恢弘的拱顶间缭绕。争吵反目了近千年的两大教派在这一刻和解了。弥撒结束之后,将帅们奔赴陆墙,他们关闭内城的城门,断绝后路,直上外城等待最后一战。

拜占庭最后一任皇帝是君士坦丁十一世。他在大教堂里做完祷告,回到皇宫,召集家人相见,请求家族成员原谅自己的过失。入夜时分,他再次上马,到前线巡视。漆黑的夜色中,土耳其军队正将大炮移过护城河,做总攻的最后准备。所有的拜占庭将士都知道皇帝在下午的御前会议上发表了演说，他谈到了帝国首都昔日的荣耀和光荣传统，谈到了异教苏丹背信弃义发动这场战事，妄图用伪先知取代真神耶稣，他督促人们牢记自己为古希腊罗马先贤之后，须无愧于列祖列宗。而他本人，已经做好了准备，为自己的信仰、城市和人民献出生命。君士坦丁十一世感谢了为数不多的来自意大利的志愿军，又走到每个人的面前恳请他们的谅解。所有将士被皇帝感召，纷纷表示为他赴汤蹈火，万死不辞。大家互相拥抱道别，人人都是慷慨赴死的壮士。

曾有预言说拜占庭帝国将始于君士坦丁皇帝，也终于君士坦丁皇帝，而他俩都有一个名叫海伦娜的母亲。没曾想一语成谶。这位君士坦丁皇帝在城门失守的最后一刻，带着自己的几个随从杀向敌人。第二天硝烟散去后，人们在一堆尸体中发现一双绘着金鹰的朱红皮靴，方确定东罗马帝国的最后一任皇帝以身殉国了。

动人的故事很多，还有一个12人的团队不得不提。在全城被围困的时候，拜占庭人还寄希望于信誓旦旦说要派海军过来驰援的威尼斯人，他们决定派一艘小船冲出土耳其人的重围，出马尔马拉海与威尼斯人接头。这12名勇士化装成土耳其人模样，在夜色里悄悄解开铁链，划船溜出金角湾。土耳其人做梦也不会想到还有这种操作。12名勇士到了浩渺的大海上四处寻找，却没有找到一艘威尼斯帆船，西方世界已经将拜占庭抛弃和遗忘了。出来已经20天了，也没有好消息可带回，似乎也没有再冒死回去的必要了。可这12名勇士依然决定，既然出来的任务是打听情

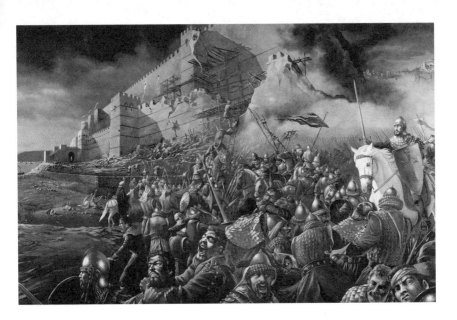

攻陷君士坦丁堡

报,那就必须回去,不辱使命,禀报哪怕是最坏的消息。于是,这12人的小船又冲破敌舰的封锁,在城楼上一片惊讶的欢呼叫好声中,冲回金角湾。我们不知道这12位勇士的名字,但他们最后的命运也不难想见。

拜占庭最后时刻的英勇抵抗可歌可泣,但面对强大的对手,是否螳臂当车、毫无意义呢?也不尽然。虽然土耳其军队在破城后的劫掠极其野蛮,但拜占庭臣民视死如归的精神留给穆罕默德二世非常深刻的印象。他本人素来仰慕古希腊学识,此时更发现古希腊的英雄主义并未消泯。同情也好,尊重也罢,在城市被征服、秩序得到恢复后,苏丹相对公正地对待了他的希腊臣民,同时也允许了东正教的存在。当然,和以前阿拉伯帝国的处置方式一样,异教徒必须纳税,沦为二等公民。穆罕默德二世懂历史,有学养,但后面的继任者就难说了。总体来说在奥斯曼帝国统治的几百年间希腊人的日子并不好过,不然也不会在近代坚决地走向独立,但毕竟拜占庭覆灭时种族得以保存,教会得以延续,希腊精神就不会真正消亡。

我们的渡船一路北行,有时靠左边在欧洲停,有时靠右边在亚洲停,每次只留上下游客的短暂时间。一开始我们还纳闷,这渡船似乎并不是公共汽车,不见下一班。后来一查渡船手册才恍然大悟,渡船是在欧亚两岸适宜的地点停靠,然后驶到海峡的北方尽头黑海口,在那里的一个站点停靠三小时,然后一路南归,再逐一把一路下船的游客接回金角湾。当然你如果不怕车资昂贵,也可以和我们昨天一样,在任意一个下船的地方打车回市中心。

我们匆忙跳下的站口叫萨里耶(Sariyer),在欧洲一侧,但已近黑海口,离市中心已经相当遥远。我相信每个轮船停靠的站口都有特色,有的以历史遗迹取胜,有的有宁静的港湾和花丛掩映的高档别墅小区,有的酒肆林立,是大快朵颐吃海鲜的地方。我们的这个萨里耶看来算不上著名的旅游景点,但贵在真实。这是一个伊斯坦布尔市郊的临海小镇,镇中心已经被现代化的生活搞得交通堵塞,喧闹无比,但只要拐过几个弯,就是清幽的石阶小路,木屋已经破败得有些腐烂,但极有情致。路边的烤肉店散发出阵阵肉香和嗞嗞的声音,店主和善地看着你,如果你想拍照,他极乐意配合,仿佛自己是个被文艺圈遗忘了好多年的演员。我们踱回到海边,坐在露天的码头边吃饭。土耳其的菜肴其实并不丰富,除了烤肉就是烤鱼,配菜无非是生番茄和黄瓜,但沐浴着阳光,在博斯普鲁斯被海浪轻微拍打的岸边进餐,眼睛都忍不住要眯起来。叫啤酒,服务生怯怯地回说，这里不供应酒类。这才醒悟，这个远离伊斯坦布尔的小镇，还保留着地道的伊斯兰民风。刚才在街上看到的所有女性，无论长幼，都有头巾包裹，与伊斯坦布尔市区到处黑发飘飘的景象相比实在是天差地别。现代化的伊斯坦布尔可能给许多外国游客以假象，其实土耳其的绝大多数地区，还是和萨里耶小镇一个样子吧？好在萨里耶人对外国游客的唐突并不介意，毕竟这里是土耳其，一个面纱可以遮起，又可以放下的国家。

吹着海风，晒着太阳，忍不住拿出奥尔罕·帕慕克的书来读。这位在土耳其土生土长的诺贝尔文学奖获得者对伊斯坦布尔满怀深情，对伊斯坦布尔的描绘，不可能比他更细腻更唯美了：

> 强流穿过博斯普鲁斯海，海风和海浪随时掀动海面，海水深而黑。假如身后有海流，假如按照渡船排定的行程走，你会看见公寓楼房和昔日的雅骊别墅，阳台上看着你、品着茶的老夫人，坐落在登岸出口处的咖啡亭，在下水道入海处下水、在水泥地上晒太阳的只穿内衣的儿童，在岸边钓鱼的人，在私家游艇上打发时间的人，放学后沿海边走回家的学童，坐在遇上塞车的公车里眺望窗外大海的游人，蹲在码头等待渔夫的猫，你从没意识到的如此高大的树，你根本不知道的隐秘别墅和围墙花园，直入山中的窄巷，在背后隐约出现的公寓楼房，以及慢慢在远方浮现的混乱的伊斯坦布尔——它的清真寺、贫民区、桥、宣礼塔、高塔、花园以及不断增多的高楼大厦。沿博斯普鲁斯

一千年前,我们称他们为突厥人

海边的擦鞋匠

海峡而行，无论搭乘渡船、摩托艇还是划艇，等于是在观看城里的一栋栋房子、一个个街区，也等于从远方观看它的剪影，一个变化万千的海市蜃楼。

拜占庭已经远去。人类历史上发生过的攻城战千千万，很多都比君士坦丁堡陷落更血腥，但1453年的这场战争深深地嵌入西方世界的记忆中，如此鲜明，无法磨灭，因为这一战是西方文明所仰仗的古希腊罗马世界的覆灭，是伊斯兰教对基督教最强有力的征服，人类历史由此翻开新的篇章。后代历史学家将君士坦丁堡的陷落作为中世纪结束的标志。几乎在差不多的时候，意大利北方的佛罗伦萨已经开始了文艺复兴运动，天才的艺术家将以惊世骇俗的作品冲破陈腐的中世纪藩篱，让欧洲大陆上空吹出来新鲜的空气。同样在差不多的时候，由于奥斯曼帝国控制了地中海的商路，以葡萄牙为首的航海家们将从大西洋扬帆远征，探索人类未知的全新航程。地理大发现将开辟横跨大西洋到达美洲、绕道非洲南端到达印度的全新航线，未来将在更大的舞台上上演他们的辉煌史诗。

而强大的奥斯曼也会有一天走到如拜占庭一样的穷途末路。帝国的版图之大、历史之久，非古代中国的朝代可比，但从19世纪开始，奥斯曼帝国与清王朝一样，衰亡如流星划过，到了近现代，更是被列强欺负羞辱。这一切，和中国何等相似。这也是我读帕慕克时常有一种亲近感涌上心头的原因。再往前看，也许埃及人、希腊人、罗马人、犹太人，都有曾经的荣光，也不免难堪的屈辱。回望故土，回想历史，始终爱恨交织，带着挥之不去的哀愁，就像帕慕克写的："博斯普鲁斯尽管忧伤，却十分美丽，不亚于生命。"

在萨里耶发了三个小时的呆，直到接我们的渡船从黑海方向缓缓驶来。此刻，太阳已经偏西，照耀在东边亚洲的土地了。匆匆过客如我，须向博斯普鲁斯道别了。那句话，也只有帕慕克有资格说：

"生活也没什么大不了的，"我不时会想，"无论发生什么事，我随时都能漫步在博斯普鲁斯沿岸。"

第八章

海角风劲好扬帆　西班牙

摩尔人的黄金时代

已是傍晚 6 点，安达卢西亚（Andalusia）的阳光却劲道十足，毫无顾忌地直射对面看台，照得白色镶金的拱形柱廊熠熠生辉，照得那大片的观众压低帽檐、戴起墨镜还要眯缝着眼睛。我们庆幸花了更多钱买了阴凉处的看台座位。高潮时刻到来，身穿金色制服的斗牛士挥动红色斗篷，把浑圆结实、肩胛流血的黑色斗牛耍得筋疲力尽，直愣愣地站在那里口喘粗气。斗牛士面容坚毅，将长长的利剑举至齐眉。观众放下了挥动的扇子和嗑着的瓜子，全场鸦雀无声。一声断喝，斗牛士用斗篷引诱公牛冲向他身体右侧，一剑直刺入肩胛骨间寸尺宽的空隙，只留剑柄在肉身之外。公牛遭受终极一击，踉跄，挺立，再踉跄，再挣扎，终于倒地。全场掌声雷动，欢呼庆贺，白手绢四处飞舞，不仅献给举手致意的斗牛士，也献给那头英勇不屈的公牛，为他俩共同奉献的哲理：平静地面对死亡，哪怕以生命作赌注。

曲终人散，上万观众涌出地处市中心的斗牛场，塞维利亚（Seville）本就不宽敞的街道再次人满为患。这时太阳终于西坠，华灯初上，街边成排的餐厅酒肆承接了盛会的下半场。橱窗里摆出新鲜的海鱼和贝类、色泽鲜红的牛肉，衬托着红酒、面包和风味独特的西班牙火腿。我们钻入一条小巷，循声推开一幢古老建筑的铁门，满墙铺就马赛克花砖的宽阔厅堂早已高朋满座，而那声音正是台前悠扬的吉他声和伴随着乐音的击掌声，一位黑衣红裙的少妇脚踩节拍，抖动腰肢，轻舒双臂，灵转手腕，舞起了弗拉明戈，那绵长、迷醉、感伤、独一无二的弗拉明戈。我们

弗拉明戈

塞维利亚斗牛场

点了当地特色菜红焖牛尾，口感酥烂入味。西班牙人吃饭不似有些国家那么讲究礼仪，谈笑风生本就是一杯助兴的美酒。觥筹交错中我们发觉邻桌正是斗牛场里的邻座，免不得又要彼此敬上一杯，开始聊天说笑话。有个笑话说有位美国老太太来塞维利亚旅游，看完斗牛去吃饭，看到邻桌上了一盆硕大的肉菜，极为好奇。侍应生告诉她，这是刚才斗牛的公牛的牛鞭。老太太说我也来一份。侍应生说只有一份，斗牛每周一次，您要的话下周同一时间再来。老太太连忙预订，过了一周欣然前往，却发现端给她的菜是短短细细的一条，比上周那盆分量缩水很多。她向侍应生抱怨，侍应生回答她说：很抱歉，太太，今天的斗牛比赛，牛赢了。

在塞维利亚，在整个西班牙南部的安达卢西亚地区，就是这样充满欢乐。除了地中海共有的灼热阳光和蔚蓝海水外，这里的历史建筑更加高大精美，美食更加丰富多样，小伙子更帅，姑娘更美，服饰更艳丽，文化更多元也更有个性。我有时候觉得西班牙人与中国人有异曲同工之处，同样爱吃米饭，爱嗑瓜子，爱大声喧哗，爱睡午觉，爱纯粹诉诸感官的形式美，比如他们观赏斗牛和弗拉明戈时，就痴迷于动作定格的那一瞬间，像极了中国人看京戏角儿亮相时的喝彩。

西班牙如此多彩而独特，要感谢地中海对面的非洲大陆。

塞维利亚并不靠海，要往南走近百公里，才到伊比利亚半岛南端一个著名的地方：直布罗陀。通过直布罗陀海峡，西班牙与北非大陆隔海相望，对面是摩洛哥的两个城市：休达和丹吉尔。直布罗陀海峡有多窄呢？最窄的地方只有14公里，简直就是狠踩一脚油门、抽几根烟就能到的地方。所以非洲人跑到欧洲地界上并不是什么新鲜事，早先腓尼基人就到过西班牙，待过好长一阵子，还和罗马人狠狠干过仗。到了公元8世纪头上，非洲人又来了。当时的北非和中东、西亚地区，已是阿拉伯帝国的天下，出于版图扩张的需求，或因内部争斗失败一方逃难的原因，穆斯林又看中了大海对面的那块沃土。毕竟伊比利亚半岛地处欧洲大陆的最西南端，发达程度无法和欧洲中心相比。公元711年穆斯林跨过直布罗陀海峡入侵伊比利亚半岛，但再往北进入欧洲腹地就被比利牛斯山阻隔，想穿越崇山峻岭打到法国也办不到，多方拉锯之后守在占当今西班牙三分之二的国土上，后来又步步南退。夸张的说法是西班牙被穆斯林统治了800年，客观来说是西班牙南部安达卢西亚地区被穆斯林统治了500年。那些来自北非的统治者不管地区和种族，都被统称为摩尔人。他们的标配形象就是皮肤黝黑，身穿袍子，头扎头巾，腰配短刀。中国人最熟悉的摩尔人可能是个戏剧形象：莎士比亚笔下暴躁易妒的奥赛罗。

整个安达卢西亚地区受穆斯林世界统治的影响深远，最有知名度、最具规模的城市有三个，呈三角形分布，各自相距一两百公里。左下角是塞维利亚，西班牙许多闻名的动人故事和浪漫传说都在这里发生：浪荡公子唐璜、性感舞女卡门、费加罗的婚礼、塞维利亚的理发师。塞维利亚之所以发展成西班牙第四大城市，不仅因为在摩尔人统治时代是某个伊斯兰小国的都城，更因为 14 世纪被基督教收复后，成为西班牙与美洲殖民地航海贸易的重要枢纽。右下角是格拉纳达，它的出名在于拥有中世纪整个伊斯兰世界最伟大的建筑阿尔罕布拉宫。而要说摩尔人时代雄踞欧洲、风头无两的城市，则当数三角形顶端的科尔多瓦（Cordoba）。

我们入住在科尔多瓦新旧城的交界处。放下行李，跨过马路，就见一堵宽厚高阔的褐色石头城墙，墙高 6 米，有雉堞口，颇有中国古代烽火台的味道。这圈保护完好的城墙建于公元 10 世纪，将新城旧城全然隔开。进得城内，外面的车水马龙顿时消弭，眼前变成窄窄的石阶小巷、洁白的两三层楼房、隐秘幽静的庭堂小院，以及在所有的窗台前都盛开的天竺葵花盆。我们漫无目的，从这条小巷穿到另一条，探头看看这家的院子，抬眼望望那家阳台上的盆花。正值午后时分，是西班牙人大睡午觉的时候，几乎所有的民宅前都一片清幽，很多商店也高挂休息牌。西班牙人的这个传统习俗多年来一直被其他国家的商业伙伴诟

风格混搭的主教堂大清真寺外墙

病,整个一下午想谈点生意都找不到人接电话!不过受国际化和旅游业发展的影响,慵懒的西班牙人也比以前勤劳了,餐厅里依然人声鼎沸,有些特色店家也照样开门迎客。我们走进一家礼帽店,店里专售看似普通的黑色男士礼帽,安达卢西亚的男人喜欢戴着这种帽子遮挡阳光。他们的制帽工艺特别有讲究,其出发点是所有男人的头型都不一样,所以面对每一个顾客,店家都会根据你的头型拿出一张相应的纸样,放进一个有很多根金属条构成的模子里,再把这个模子戴在你头上,看上去就像你正在同时做着10次脑电图一样。在这个过程中,每根尖尖的金属条都会在贴着你的头颅的纸样上扎下小孔。摘下模子,取出纸样,裁去小孔,再放回模具,用小榔头敲敲打打使每根金属条都贴合到位,然后将礼帽套入模具,用电熨斗熨烫。由于帽子是兔毛做的,很容易熨烫成形。这样做出的礼帽百分之百符合你独一无二的脑袋。我喜欢西班牙的原因之一,就是无论吃喝玩乐,始终有些奇奇怪怪的独门秘籍,让这片土地上的人显得与众不同,别有一功。他们愿意与你分享,但无论你爱或不爱,他们都自得其乐。

穿行在科尔多瓦旧城的街巷,就像炎炎烈日下躲进树荫,咬一口冰凉的沙瓤西瓜。这里房屋的外墙都刷成白色,最大程度地反射热量。巷道都很狭窄,房屋彼此借位以避免太阳直射。有条"手绢巷",意为只有一条手绢那么宽,只容一个瘦子将将穿过,颇似中国江南水乡的个别号称"一线天"的窄巷。不过无论你在科尔多瓦城中如何穿行,最后总会在某两幢房子窄窄的缝隙中有惊鸿一瞥,那是不远处被街巷和民宅拱卫着的深褐色建筑,雄浑,高大,深不可测。其完整的全名有些错乱,叫主教堂大清真寺(Cathedral Mosque),是科尔多瓦千余年宗教更迭、沧桑变迁的见证。

公元 750 年,远在大马士革的阿拉伯帝国发生叛乱,倭马亚王朝被推翻,阿拔斯王朝取而代之,并迁都到巴格达。旧朝的公子王孙纷纷被杀,几近灭门,只有一个老哈里发的孙子侥幸逃出,狼奔豕突一路西窜,跨过直布罗陀海峡才喘上一口气。他又经一番苦战,从阿拉伯老乡的手里夺下科尔多瓦,这才算有了自己的安身立命之地。这个西亚之外的伊斯兰王朝被叫作安达卢斯,也就是如今安达卢西亚这个地名的由来,这名被折腾得够惨的落难王孙被后人称作拉赫曼一世。

拉赫曼一世身在南欧,心系安拉,站稳了脚跟就琢磨

面向麦加的壁龛

着要造一座清真寺,好天天向麦加跪拜,解大马士革的乡愁。清真寺就这么建起来了。在后来的 200 年岁月里,每个统治者都这里添一点,那里加一笔,到了公元 10 世纪,大清真寺已长 220 多米,宽 140 米,俨然一个庞然大物。不过在那个年代,所谓伊斯兰建筑还没有发展到具有今天这样规整明确的形制,加上地处古希腊罗马文明浸润千年的地中海沿岸,这个大清真寺的造型还是有很多别致之处,甚至有一些希腊古典建筑的痕迹。走进大清真寺幽暗高阔的大殿,扑入眼帘的就是一排排森林般的立柱,一路铺展开去,悠远缥渺。这样的立柱据说有 800 多根,每根都带着圆弧形的拱券,红白相间的色彩,连接着更具伊斯兰装饰风格的天花板。我从来没有在任何宗教建筑里看到过这样的阵仗,不能说它有多美,但有锁住你记忆的奇特魔力。在此后的西班牙之行甚至回国后很长一段时间里,一念及科尔多瓦,脑海中就会浮现出这一排柱廊"森林",以它独

带红白圆弧形拱券的柱廊"森林"

有的面貌成为区别于所有宗教建筑的傲然存在。清真寺面向麦加方向的是一面壁龛，流光溢彩，金碧辉煌，细密的伊斯兰文字和交错的蔓藤花符号精细入微。想当年，安达卢斯的统治者们和伊斯兰信徒就是在这里跪拜，遥望先祖故乡，诵念真主的伟大。

拐过这一片柱廊的森林，风格陡然大变。天庭敞亮，白色的柱子和墙壁镶嵌着耀眼的金边，墙上的雕塑全是《圣经》人物。金光闪闪的穹顶下，是赭红色的大理石祭坛，饰以彩色的基督教画像。祭坛前的唱诗班席位则配置了雕琢精美的红木长椅。这种宗教空间的变幻如同在太和殿旁边搭了白金汉宫，令人错愕。而这，正是历史大变迁留下的痕迹。西班牙北方的基督教势力从来不甘心于被摩尔人鸠占鹊巢，历经数百年持续的收复失地运动终获成果，

1236年他们打下了科尔多瓦,把清真寺变成了天主教堂。开始的时候还比较尊重伊斯兰教习俗,这个大清真寺或者主教堂还是一物两用,感恩真主的时候它是清真寺,祷念上帝的时候又是天主堂,谁也不得破坏任何一方的建筑,否则杀头。可三百多年过去,摩尔人回到了非洲,也不可能再打回来了,代际的更迭让信仰的天平倾斜,基督教终于要向清真寺动手了。公元16世纪,当时的西班牙国王查理五世一声令下,大破大立的改建工程全面启动。如今我们看到的主教堂大清真寺,属于天主堂的一部分是此后各代叠加的成果,而属于清真寺的那部分,就只是那个年代的残存了。据说查理五世后来也心生悔意,对施工的人说:"你们所建造的,虽精美万分,但在别处也有建造;而你们所毁掉的,却是举世无双。"今天,当我们站在大清真寺内庭绿意盎然的橘园里,抬头仰望高耸的钟楼时,须知这原先就是伊斯兰教的宣礼塔。逝去的已无法追回,我们也只能在夕阳西下、红霞满天的时候,安然聆听那飘荡在整个科尔多瓦旧城上空的洪亮钟声了。

但无论如何,诞生在东方的伊斯兰教,一个黄金时代正是摩尔人统治欧洲大陆南端的五百年,而科尔多瓦就是这漫长时代的中枢地区。拉赫曼一世的后代不管肤色如何,已是土生土长的欧洲人了,他们已经敢于自称哈里发,意谓承正统伊斯兰教衣钵,与远在巴格达的阿拔斯王朝平起平坐了。想象一下你走在公元10世纪鼎盛时期的科尔多瓦城内,那是一番何等繁荣的景象:

每天黎明之后,晨礼时分,全城800多座清真寺响起此起彼伏的祷告声,唤醒了这座拥有30万到50万人口的

同一空间下的天主教堂

城市，所有人都忙碌起来。服装工坊内已经云集了诸多编织高手，他们设计精巧，手艺精湛，制作的衣袍在整个伊比利亚半岛都赫赫有名。地毯工艺也不遑多让，也许是摩尔人的祖先在西亚和北非地区就积累了丰富的织毯经验，手艺代代相传到欧洲，他们编织的地毯在北方的基督教控制区也大受欢迎。同样出名的还有制革工人和银匠，他们制造的皮革制品和银器都是远近闻名的畅销产品。餐厅里，餐桌上，沉重的金属餐盘已不复见，取而代之的是轻便的玻璃器皿，还有色彩斑斓的彩釉陶瓷餐具。新鲜的茄子、橘子、西瓜等都是摩尔人喜欢的果蔬，这些食材都是他们从地中海彼端的阿拉伯世界带来的，连名称也来自阿拉伯语，同"请您用餐""但愿如此"之类的常用语一起，始终被当作西班牙语沿用至今。摩尔人懂得享受生活，由于伊斯兰教徒每天都要沐浴洗礼，因而城内遍布700多座公共浴室，洗浴和冥想不仅是休憩，也同样是一种修行。摩尔医生因善于诊断、医术高超而广受信任和赞誉。这张手术台上，医生正给病人做白内障摘除手术，另一边，医生往病人的头盖骨上钻孔，以降低他的脑压。病人在手术过程中并不感到很痛苦，因为摩尔人早就掌握了麻醉技术。摩尔人并不是头脑简单的酒肉之徒，他们热爱诗歌，尊重诗人，诗歌甚至是点评时政的有力工具。政权的最高统治者重视文化，哈甘二世出资建造了图书馆，收藏有25万本各种珍本图书，其中不乏亚里士多德、欧几里得、希波克拉底、柏拉图、托勒密的著作。这些伟大的思想家和科学家在中世纪的欧洲大陆已被遗忘甚至禁止，但在科尔多瓦却被奉为珍宝，很多阿拉伯学者皓首穷经，做着艰苦的翻译和评注的工作，其中包括像阿维罗伊这样的饱学之士，他的塑像至今还矗立在科尔多瓦的城门口……

安达卢西亚地区的气候有一点惹人喜爱，就是无论白天的太阳多么热烈，让人在晌午吃饱了西班牙海鲜饭就一杯啤酒之后昏昏欲睡，但只要太阳落山，热气立马收束，清风必定徐来，神智也为之一清。当夜色笼罩全城，清风送来的又是哪个深宅大院内感伤的弗拉明戈乐音。我们难舍主教堂大清真寺，吃了晚饭又踱到那堵长长的外墙下，找个地方坐着，静静地看着。西班牙人对古建筑的保护与鉴赏的品位都是一流的，丝毫不加雕饰，一束黄黄的暖光打在上面，也就比昏黄的路灯稍稍亮一点，但足够了，斑驳的墙面现出暖意，却更有一种沉稳的沧桑。一排墙上有好几扇门，都不大，紧闭着，角上还有窗，幽不可测。门

夜色下的科尔多瓦

上和窗棂上都有我们熟悉的红白相间的拱券装饰,使人立刻联想到墙内的立柱森林。这分明就是伊斯兰时代的建筑遗存。可再往上看,高处还有被损毁的雕刻痕迹,虽已面目不清,但应是人像无疑。伊斯兰排斥具象,这显然就是后来基督徒"精美万分又毁了举世无双"的手笔之一。伊斯兰教与基督教、摩尔人的辉煌时代与基督徒的收复失地运动,就这么紧密而奇特地在这堵墙上聚合了。

先进与落后、文明与野蛮,有时候很难在刀光剑影下得以明辨。今天很多人会觉得,以基督教为根基的西方文明代表科学和理性,而伊斯兰世界则充满偏执和疯狂。当1453年奥斯曼土耳其人攻克君士坦丁堡的时候,整个欧洲都在哀号,似乎上千年的人类文明就此毁在了只识弯弓射大雕的蛮子手中。可是,回看公元8世纪到15世纪的伊比利亚半岛，尤其是10世纪前后的黄金岁月，摩尔人的伊斯兰世界堪称世界的一盏明灯。他们仰慕前人的智慧，尊重人类积累的文明成果，开明地对待犹太人和基督徒，充分调动所有人的勤劳和智慧。再看看中世纪的欧洲大陆在做什么：教会与国王斗得不可开交，普通百姓夹在中间无所适从。他们生活简朴，平淡无奇，即便可以来去自由，其活动半径也很少超过自己的邻区。书本少得可怜，只有少量的手抄本在很小的范围内流传。能在僧侣的教育下识几个字、读几本书、做几道算术题，就已经算是有文化的人了。他们在很多事情上都显得非常无知，他们守着身边随处可见的古罗马文物和建筑，却从来没有读过任何一本关于罗马历史的书籍，因为所有遥远年代人类创造的人文地理、科学知识，都已同伟大的古希腊罗马精神一起，被埋在了废墟之下。

我们在那堵色彩单一、内容丰富的墙下坐了很久。偶有野猫跳上跳下，发出喵喵的叫声。也有两三对情人先后走过，无不在墙下站定，凝神对立，驻足良久。他们都不说话，用手机拍个照，看好了就牵起手，沿着墙根在高高低低的台阶上走过，留下长长的剪影在千年无语的墙面上。

阿尔罕布拉的回响

我相信不少人和不识简谱的我一样，听到某段耳熟能详的音乐，也搞不清它的名字。有一首吉他名曲《阿尔罕布拉宫的回忆》，乐音响起时我才恍然大悟，这么熟悉的旋律居然是献给阿尔罕布拉宫的！曲调从容淡定，婉转悠长，仿佛尘世的一切都不在它眼中,可孤傲中又带有一丝无奈和忧伤,孑然独立,顾影自怜。这也难免,世间无论是人还是物,都免不了高处不胜寒。

200年前,美国作家华盛顿·欧文到访时,阿尔罕布拉宫(Alhambra)是个人迹罕至、鸟不拉屎的废弃宫殿,今天,阿尔罕布拉宫登上各种西班牙旅游书的封面,成为全欧洲最受欢迎的一大景点。去那里参观要做好充分的准备,至少提前两个星期在官网预订门票。我们就是太笃定,入境西班牙后才想起订票,结果连刷几天都不得,无奈到了格拉纳达(Granada),下榻后乘着朦胧夜色,登上一座小山,来到阿尔罕布拉宫门前。我们在售票窗口被告知,售票处不会出售一张散票,所有的门票都只有通过网络订购以实名制获得,所以连黄牛票都没得买。这个消息如五雷轰顶,难道我们千里迢迢来到西班牙,在格拉纳达只住一晚,就是为了爬这座比上海佘山高不了多少的小土丘吗?我硬着头皮问工作人员,还有没有哪怕百分之一的机会。工作人员含混地回答说:你今天半夜里试试吧。我们如获至宝,明白所有的门票都是在不同日期和时段分批放出的,想获得明天的票,今晚就是最后的机会。四人商定分作两班,以每两小时为轮换,一定要把票刷出来,不怕半夜鸡叫,决战到金鸡报晓!

第二天上午吃了早饭,再次来到阿尔罕布拉宫。门口果然有跑来现场买票的,呆若木鸡地站在窗前。我们在入口处神气活现地出示电子票,那感觉,就像马克·吐温笔下的穷小子穿着破旧的衣衫,坐在富丽堂皇的餐厅里吃完大餐,在侍应生睥睨的眼神下,从兜里拿出一张面值百万

内华达山脉下的阿尔罕布拉宫

英镑的钞票……园区里已经人来人往，据说这里每天都要接待 6000 名游客。阿尔罕布拉宫并不是一个单独的宫殿，而是占地面积不小的庞大建筑群。通票可入三个区域，首先是城堡区（Fort，西班牙语统称 Alcazaba），那是当年摩尔人的王国为拱卫都城而建造的坚固堡垒。经过一段狭窄的楼梯，穿越几座塔楼，就到了顶部天台。凭栏远眺，远处是葱翠的内华达山，格拉纳达城就在山下铺展开来，一色白墙砖房，配以黄褐色的斜坡屋顶，整齐而壮观，不时有教堂尖塔从错落的民宅间冒出头来，显示出这座城市历数百年来浓厚的基督教氛围。从"真主伟大"到"上帝保佑"，这一切的转折都在 1492 年 1 月，基督教军队纳降格拉纳达，就是在这个全城制高点升起了绣有十字的大旗，

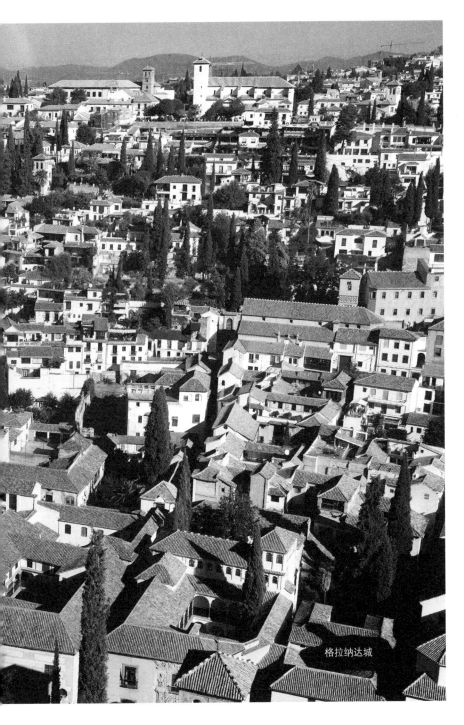

格拉纳达城

狮子庭院

宣告收复失地运动取得最后胜利。

  从拉赫曼一世占领科尔多瓦开始，摩尔人在安达卢西亚的黄金岁月持续了300多年，科学昌明，军事强大，把北方的基督徒打得抬不起头来。最狠的时候，将西班牙西北部名城孔波斯特拉大教堂里的门和钟都拆下来运到科尔多瓦，给大清真寺做装饰，简直就是在羞辱对手。到了11世纪，科尔多瓦因内讧而分崩离析，安达卢斯被分割成二三十个伊斯兰小王国，各自为政，这就给了心心念念要收复失地的基督教对手以可乘之机。双方又拉锯了200多年，摩尔人节节败退，以卡斯蒂利亚公国为代表的基督教势力则越战越强，1236年收复科尔多瓦，1248年拿下塞维利亚。整个伊比利亚半岛只有一个小小的角落还属于摩尔人，那就是格拉纳达。卡斯蒂利亚君王之所以放过格拉纳达,并不是它有多强大,而是因为格拉纳达苏丹只身来到他的营帐下,屈膝亲吻他的手,卑微地表示愿做卡斯蒂利亚的奴仆。胜利者一开心,就放了摩尔人一马,允许这个伊斯兰小邦国继续存在下去。于是,这个酋长小国作为穆斯林在伊比利亚半岛的唯一政权,又存续了200年,被称为纳斯瑞德王朝。我相信这200年内,摩尔人和基督教势力处得大抵不错,不然很难想象,在敌军环伺、危机丛生、今天不知明天死活的情况下,谁还有决心、信心和耐心,去建造人类建筑史上那辉煌灿烂的杰作。

下得城堡,就移步到纳斯瑞德宫(Palace Nazaries),这才是阿尔罕布拉宫的瑰宝。纳斯瑞德宫其实也是个封闭的建筑群落,由几个小院落分隔殿堂构成,最主要的两个院落,一个是南北向的桃金娘庭院,一个是比邻的东西向的狮子庭院。桃金娘庭院中央有一长条水池纵贯全院,南北两端都是纤秀的柱廊拱券。微波荡漾,溪水潺潺,多少暑意至此一消。狮子庭院中间也有一眼喷泉,由12头石狮子驮着,向四方喷出水渠各一道,分别代表《古兰经》应许给信徒的天国里最令人神往的四条河流:水河、乳河、酒河和蜜河。狮子庭院里柱子的密集程度远远超过桃金娘庭院,足有100多根细弱的石柱,架着瘦高的马蹄券,壁上布满图案繁复、如绣花一般的石膏花饰,远远望去,仿佛一群腿细脚长的骆驼驮着满满的金银珠宝,这与欧洲大陆历千年来通行的巨型多立克柱、爱奥尼亚柱全然不同,柱头花饰更是焕然一新。以这两个细水长流、风骨纤细的庭院为中心,四周配置不同的厅堂宫殿。也怪,有了这细腻的庭院,旁边的建筑怎样都觉着贴切,高也觉得有对比,

桃金娘庭院

矮也觉得很般配。这些殿堂面积都不大，其功用无非是给苏丹接见来使、处理公务，后宫娱乐之用，但所有厅堂都有一个无可比拟的特征，那就是满墙或大殿顶部那密密麻麻的花饰！由于《古兰经》禁止圣像崇拜，穆斯林用繁复的几何图形和缠绕的枝藤叶蔓表达哲理和艺术追求，即便是阿拉伯文字也演化成令人愉悦的美术符号。在纳斯瑞德宫参观的游客，从这个厅踱到那个厅，从这面墙看到那堵墙，仿佛在观赏放大了十倍百倍的刺绣。我相信所有的游客都在心里惊叹：太复杂了，太细腻了，太精微了，太绵密了，太兴师动众、太巧夺天工了！当年曾有位伊斯兰宫廷诗人用这样一句话，描摹他所见到的满目美饰："星星宁愿留在灿烂的穆克纳斯厅，而不愿留在天穹。"

离开纳斯瑞德宫，心中还默念着那片片美丽的花饰，

眼花缭乱的花饰

揣想当年是些什么样的能工巧匠，以何等的虔心和毅力，一凿一斧地雕出这方天地。我们穿越一座架设在溪谷中的小桥，去往赫内拉利费宫（Generalife）。这是当年苏丹消暑乘凉的夏宫，规模不及纳斯瑞德宫，但形制相同，也有庭院，有水塘。一路葱翠的树木被修剪得整整齐齐，在你不经意的地方会有潺潺的溪水流过，或成一汪池水，或通过一个小喷泉溅射而出。后来得知，阿尔罕布拉宫所有的水都来自山上，经摩尔人精心设计和引流，从东到西，由南向北，一路蜿蜒而下，润泽每个宫殿和庭院。摩尔人来自干燥的沙漠，因此格外喜爱水，珍惜水，统治安达卢西亚几百年，已把他乡作故乡，他们用非凡的才华和工艺，来表达世世代代阿拉伯人对水的崇拜和珍视。

我们花了大半个白天逛阿尔罕布拉宫，还不过瘾，不惜延后行程，又搞了夜游赫内拉利费宫的门票，当天晚上又来了一趟。已然没了白天的喧嚣，幽暗的路灯指引，一路只有 行人沙沙的脚步声，还有草丛中秋虫的鸣叫做伴。微风徐来，树影婆娑，宫殿的外墙呈现高贵的暖黄色，殿内的花饰在光影下显出更丰富立体的层次感。透过同样精雕细琢的窗棂，可见巨大的阿尔罕布拉宫建筑群影影绰绰，远山下格拉纳达城星星点点，清晰又朦胧。

我始终认为，用文字去描述伟大的建筑是徒劳的，也许音乐还稍稍胜任一些，就像那曲《阿尔罕布拉宫的回忆》。我们只能设身处地去回想，当年的苏丹和他的嫔妃们在这里诗意盎然地生活着的情形，想象一下当时的欧洲人第一次见到这无与伦比的建筑时的反应。那个年代的欧洲人，上千年来见过的建筑不是古希腊的就是古罗马的，要不就是哥特式的，都是诉诸高大、威猛、雄壮，哪里领略过从地中海对面吹来的清风，如此温柔、细腻、妩媚，就好比一群比谁的胳膊粗、谁的腿壮的肌肉男中间，突然出现一位身姿曼妙、体态妖娆、美目顾盼的姑娘来！也难怪那位斥责手下毁了科尔多瓦大清真寺的西班牙国王查理五世来到阿尔罕布拉宫，登上觐见厅的塔楼，环顾青山翠谷，凝视绝美殿堂，发自肺腑地长叹一声说："失去这一切的人，实在是太不幸了！"

那个不幸的人，毫无疑问就是纳斯瑞德王朝的末代苏丹博阿迪尔了，用华盛顿·欧文的话来说，这个人的不幸"从睡在摇篮里那会儿就开始了，一直到死后都没有结束"。博阿迪尔是凶暴好战的老苏丹哈桑的太子，母亲是阿拉伯裔的王后奥拉。偏偏老爹又迷上了一个信基督的漂亮女子，也生了两个儿子。于是中国人最熟悉的宫斗剧就在阿尔罕布拉宫上演了，剧情高潮迭起，豆瓣评分至少9.5。整个王国为此分成了挺后派和挺妃派，斗得天昏地暗，老苏丹怀疑王后母子图谋篡位，把母子俩打入冷宫，囚禁在宫中的一个阁楼里。偏偏太子有个性格刚烈、永不服输的母亲，她和随身宫女们用丝巾结成绳索，将儿子缒下楼，由亲信骑马护送逃离了险境。博阿迪尔和忠于自己的人马另立山头，所以，这片地区一度有两个摩尔人政权。博阿迪尔的性格与父亲截然不同，不仅没有老子那么暴力，对爱情也忠贞如一，他乐于偏安一隅，不与格拉纳达发生正面冲突，以致母亲奥拉轻蔑地说：不是自己首府的主人就不配称为君王。后来老父亲哈桑去世，博阿迪尔终于被迎入格拉纳达，成为阿尔罕布拉宫唯一的主人，可惜世易时移，那时候西班牙全境的格局已经大变。

1469年，18岁的卡斯蒂利亚王储伊莎贝拉嫁给17岁的阿拉贡王储斐迪南，促成了西班牙两个最强大的基督教王国的联合。他们的外孙就是查理五世。即位后，他们俩不是国王和王后，而是女王和国王，地处中部的卡斯蒂利亚要比北方的阿拉贡更强大，两个王国也并没有因婚姻而合并，有各自的议会和法庭，但在行动力上无疑更为统一和高效。而此时，格拉纳达与卡斯蒂利亚的关系已今非昔比，摩尔人拒绝贡奉，在边界处也多有摩擦，作为虔诚的基督徒，斐迪南和伊莎贝拉决定征服格拉纳达，完成国土收复运动最后的讨伐。摩尔人作了抵抗，而且打打停停地一拖就是将近10年，直到1491年的冬天，格拉纳达被围困，秋粮已被洗劫一空，全城陷入饥荒，博阿迪尔无奈之

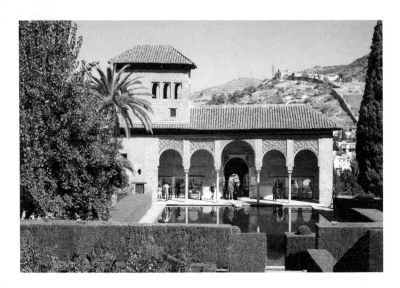

阿尔罕布拉宫最老的一幢建筑

下,只有选择投降。

　　1492年元旦,博阿迪尔在从小出生和长大的宫中睡了最后一晚,次日背起行囊,告别阿尔罕布拉宫。经两位基督教国王同意,他走出的那扇宫门将永久关闭,不对任何人开放。博阿迪尔骑着马,带着随从,一路下山。在半道遇到斐迪南和伊莎贝拉的大队人马。博阿迪尔想翻身下马亲吻国王的手背,被斐迪南国王礼貌地阻止了。博阿迪尔交出阿尔罕布拉宫的钥匙,并送上祝福,称这是神的旨意。道别后,斐迪南和伊莎贝拉进入美轮美奂的红色城堡,他们虽特意穿上了阿拉伯人的服装,进入了阿拉伯人的殿堂,却依然俯身跪地,感谢上帝。耳畔响起了称颂国王和女王的欢呼声,以及唱诗班歌手吟唱的感恩赞美诗。城堡上礼炮鸣响,基督教十字旗高高飘扬。这一切,正去往处置地的摩尔人在远山高处看得一清二楚,他们的王座和殿堂就这样永远失去了。博阿迪尔忧伤万分,失声痛哭："安拉阿克巴，万能的主啊！"这时，他那铁娘子般无畏的母亲，就对自己的儿子说出了那句千古绝情的狠话："你做得好啊，为自己没能像个男人一样保护的东西，哭得像个女人！"

1492年元月的那一天，是西班牙历史上极其重要的日子。虽然斐迪南和伊莎贝拉慷慨地给了博阿迪尔一块封地和3万金币，足可让他衣食无忧地度过一生，但博阿迪尔最后还是回到了北非，在花甲之年战死在保卫朋友家国的战场上。摩尔人彻底告别了欧洲大陆，从此销声匿迹，被北非穆斯林统治了几百年的伊比利亚半岛重归欧洲基督徒治下。遥想1453年，奥斯曼土耳其人用一场惊天动地的血战攻陷了基督教世界的中心君士坦丁堡。这给所有上帝的子民们带来了极大的冲击，哀伤、迷惘、恐惧、绝望、悲观的情绪在欧洲上空弥漫。才过了不到40年，伊比利亚半岛上的征服让欧洲基督教世界长吁了一口气，虽然胜利发生在广袤欧洲大陆偏远的西南一隅。这就好比格斗比赛，我被一记重拳击倒在地，头晕眼花，目不能视，但也用扫堂腿绊了他一跤。彼此踉跄起身，摆好功架，冲对方一笑，准备再战。千百年来，地中海不同部落、不同种族、不同信仰之间的冲突与交融，就如潮涨潮落的海水，不曾停歇。

在跟随西班牙君王志得意满地进入格拉纳达的队伍中，有一位热那亚人的身影，他就是克里斯托弗·哥伦布。他跑来不是为打仗，而是要说服斐迪南和伊莎贝拉相信他的判断：沿大西洋一路往西就能抵达印度。他希望王室能够资助他实现这个野心勃勃的梦想，他个人用性命赌一把，成功了他赚个小头，王室获得大头并拥有领地。在征服了

哥伦布之墓

塞维利亚的
西班牙广场

格拉纳达后，西班牙君王满心欢喜，同意了这场赌局。

据说在格拉纳达有一尊伊莎贝拉女王接见哥伦布的雕像，但我们在格拉纳达行色匆匆，无缘得见。在西班牙旅行，我们遇到了两次哥伦布：一次是在巴塞罗那，在著名的兰布拉大道延伸到尽头直抵蔚蓝的地中海的地方，有一座60多米高的纪念塔，塔顶上就站立着哥伦布的雕像，他气宇轩昂，俯视众生，伸出的右手遥指美洲的方向；另一次是在塞维利亚，塞维利亚大教堂是基督徒驱赶了摩尔人，摧毁了清真寺之后在原址上造起的世界第三大天主教堂，里面供奉着哥伦布之墓。墓的平台上是个考究的群雕，表现一场厚重的国葬，四个男子服饰华丽，肩扛着哥伦布的灵柩，面容凝重哀戚。他们胸前都有雕着狮子和城堡的卡斯蒂利亚纹章。哥伦布其实死在西班牙北部城市巴利亚多利德，但将他葬在塞维利亚倒是实至名归。沿着穿越城市而过的瓜达尔基维尔河（River Guadalquivir）下行100公里，就是大西洋的入海口，当年无数西班牙人就是从这里出发，循着哥伦布的足迹，奔赴美洲新大陆，去寻找财富和宝藏。正因为控制了西班牙与美洲殖民地的贸易往来，塞维利亚才超越衰败的科尔多瓦，成为繁华的国际大都市，西班牙也就此迎来了它的大国时代。

哥伦布其实最早是向葡萄牙伸出的橄榄枝，但葡萄牙王室根本不接茬儿，因为在这个地理大发现的伟大时代，小小的葡萄牙已经远远走在了西班牙和整个欧洲的前头。他们已经开辟了从大西洋南下到西部非洲的航线，在哥伦布拿出计划书给国王的半个世纪前，探险者已经运回了非洲奴隶，并在此4年前，迪亚士已经抵达非洲最南端，发现了好望角。葡萄牙人对他们到达印度乃至中国和日本信心十足。事实也确实如此，5年后也就是1497年，达·伽马到达印度，1519年，麦哲伦团队完成环游地球之旅。欧洲人的眼光终于从地中海扩散开去，世界地图终于有了今天我们熟悉的模样。

所有这一切，实属来之不易。在中世纪，航海并不普遍，也很少有人问津。一方面船体极小，船舱拥挤，设施简陋，也经不起风浪；另一方面由于航行中缺乏卫生的淡水和足够的蔬菜，人类对细菌也毫无认知，伤寒病和败血症如影随形，病死率极高。再加上对地球的概念很多出自臆想，航海图和导航设备都极不精确，航海完全就是拿命在赌博。航海业基本上吸引不了精英分子，达·伽马、哥伦布、麦哲伦拉出来的人马也多是社会底层的乌合之众。但欧洲人对遥远的东方如饥似渴，这源于他们对胡椒等香料的迷恋。由于欧洲冬季漫长，草木枯萎，不得不在入冬前宰杀大批牲畜，待开春食用。如果没有胡椒调味，这些冰冻了半年的牛羊肉就腥膻得难以下咽。夸张一点说，古代欧洲人对胡椒的渴求，就像今天美国人对中东石油的渴求一样。所以不难想象，当欧洲人读到马可·波罗笔下的中国泉州时，会是多么震撼："如果说有一艘载着胡椒的船驶入亚历山大港，准备将胡椒卖给各个基督教国家，那么就有一百倍，也就是一百艘船驶进泉州。"但是，依靠亚得里亚海的地理优势，精明的威尼斯商人垄断了东西方的贸易之路，从阿拉伯世界转手而来的东方财富——中国的丝织品、印度的宝石珍珠、东南亚的胡椒香料、非洲的象牙——都要在威尼斯中转，靠岸收税，甚至基督徒要经君士坦丁堡去耶路撒冷，也必须在威尼斯组团前往。威尼斯由此过上了几百年的好日子，直到1453年君士坦丁堡被奥斯曼土耳其人攻陷。欧洲人陷入了更大的绝望，原先以上帝的名义，和威尼斯人之间还能用钱解决，现在上帝与真主鸡同鸭讲，跟奥斯曼土耳其人之间完全不是钱的事情。随着奥斯曼帝国的日益强大，欧洲基督教的边界越来越后撤、北移，原先吹着海风、吃着海鲜、晒着日光浴思考人生的欧洲人，现在连海洋的味道都快闻不到了，正是在这样的政治绝境下，地处欧洲边缘、面对一片汪洋的葡萄牙和西班牙，突然站到了世界舞台的中央。

　　从地理上说，直布罗陀海峡就是地中海的一道关口，西出直布罗陀，就不再是地中海了。但我们的旅程还要稍微外延一些，从塞维利亚驱车西行，进入葡萄牙境内。欧洲一体化令两国之间没有任何阻隔，连个哨卡都没经过，就稀里糊涂地收到了"葡萄牙欢迎您"的短信。历史上葡萄牙和西班牙本就是一块地方，摩尔人也同步占领过，只是在收复失地运动中，某位霸主与卡斯蒂利亚闹掰，雄踞一方才有了独立的葡萄牙，而卡斯蒂利亚与阿拉贡联合，又有了后来的西班牙。我们沿着葡萄牙南部阿尔加维（Algarve）旖旎的海岸线一路疾行，也就大半天工夫，来到整个伊比利亚半岛的最西南端，也是欧洲大陆西南端的尽头——圣维森特角（Cape St. Vicente）。

　　眼前是一片茫然无边际的浩瀚海洋。我们意识到，自己是站在一片宽阔平坦但极其高耸巍峨的峭壁上。夕阳西下，似乎能听到缓缓下坠的太阳碰撞海面发出的嘶嘶声，幽深的山崖下，海浪一波波地卷来，但白色的浪花却是那么遥远而微小，拍打着被严重风蚀的岛礁。天虽清朗，但风很大，吹得人发丝散散，衣袂飘飘，吹得彼此靠近的人说话都要扯大嗓门。

这，才是真正的天涯海角。

正是在这片人迹罕至的遥远地方，葡萄牙的先行者们开始了他们的世纪远航，领头人是人称"航海王子"的葡萄牙王子亨利。1419年，他在圣维森特角建立了一所海洋研究院，延揽宇宙学、地理学、数学、天文学、造船、航海、海图制作等领域的专家，从各地收集一切与航海有关的书籍、地图和旅行记录，同时培养一大批来自欧洲各国的航海人才。他在为走出大西洋，去探索西部非洲做细致周密的准备。亨利王子本人并没有太多远航的经历，他像一位不佩枪的将军、运筹帷幄的元帅，为将士们冲锋陷阵计定八方。正是在他的引领下，航海不再是碰运气的莽撞赌博，而成为有科学预测和经验积累的探险。1436年，葡萄牙的探险船开始沿非洲西岸南下；1441年抵达毛里塔尼亚，发现了黑人；1460年抵达塞拉利昂，就在那一年，亨利王子去世，但他的队伍并没有停歇；1473年，葡萄牙探险船抵达赤道，戳破了中世纪的谣言，那里的海水并没有沸腾，人也不会被烤焦。

今天，如果你去里斯本，会在特茹河畔（River Tejo）看到巨大的航海纪念碑（Monument of Discoveries），60米高的纪念碑形似一艘帆船，石灰岩群雕上是29位大航海时代的英雄，领头第一人就是亨利王子，身后才是达·伽马、麦哲伦等他的追随者们。时至今日，葡萄牙海军舰船在此经过，水兵们须循惯例，在甲板上列队，向先辈行礼致敬。

航海纪念碑

　　我们在圣维森特角那片突兀的海岬上，看到不远处一座孤独的灯塔。昔日的海洋研究院已无处寻觅，这座灯塔是当年亨利王子工程的唯一遗存。就像苏格拉底、柏拉图、亚里士多德、伊壁鸠鲁、西塞罗们思索人生哲理，毕达哥拉斯、欧几里得、阿基米德们研究数学和物理真谛一样，亨利王子和他的追随者们也用智慧和勇气，在浩渺的未知领域拓展着人类的认知极限。他们面对同一片海水，他们的精神一脉相承。

　　日已偏西，云蒸霞蔚的天海一线，远远地飘着一艘巨大的邮轮，但在浩渺的大西洋上，却如一叶小舟。我们想冲邮轮上的人挥挥手，但我们看不清他们，估计他们也看不清我们。想想600年前，在同样的地方，那些勇敢的水手们，竖起桅杆，荡起船桨，一往无前地驶向那未知的世界。他们一定也会在那个位置，最后望一眼这块孤独嶙峋的悬崖，然后毅然转身，成为浪涛中前行的沧海一粟。天地茫茫，即便路途艰险，生死难料，但风帆既已扬起，生命就总有希望，因为他们拥抱的，是海洋！

第八章　海角风劲好扬帆　西班牙

圣维森特角——欧洲大陆的尽头